W0282322

Nachhaltigkeit liegt uns am Herzen.

Hergestellt in Deutschland
Gedruckt auf FSC®-Papier
Lösungsmittelfreier Klebstoff
Drucklack auf Wasserbasis

Natürlich

magellan

SABINE GIEBKEN

PaNia

IM BANN DER WINDHÜTER

Band 2

Band 1: PaNia – Die Legende der Windpferde
Band 2: PaNia – Im Bann der Windhüter

SABINE GIEBKEN

PaNia

IM BANN DER WINDHÜTER

magellan

PROLOG

Er stellte den schweren Eimer ab und blickte zu der eingezäunten Wiese hinüber, wo Nia mit Pan spielte. Ein paar Kinder lehnten am Zaun und sahen ebenfalls zu, nicht heimlich, so wie er, sondern ganz offen und neugierig. Sie kapierten nichts von dem Geheimnis, das die beiden umgab.

»He, Mann«, brummte Silvans Stimme hinter ihm, »willst du hier Wurzeln schlagen?«

Er schluckte, löste seinen Blick von dem Mädchen und dem schwarz schimmernden Pferd und hob den Eimer wieder an.

»Die Kleine, hm?« Silvan lachte leise. »War ja klar.«

»Bullshit«, knurrte er und lief wieder los, mit gesenktem Kopf. Aber aus den Augenwinkeln beobachtete er sie weiter.

Wie leicht das alles bei ihnen aussah! Seit der Zeremonie hatte sich einiges verändert. Er hatte es schon vorher gespürt, aber dass es so schnell gehen würde, war fast unheimlich. Nia hatte das Federhalfter ausgetauscht gegen einen normalen Zaum aus Leder. Der Zaum war sinnlos an einem Windpferd, und sie wusste das, aber sie brauchte das Halfter nicht mehr, sie konnte ihre Energie mit Pan teilen, ohne dass ihr etwas passierte. Er kannte das Band, das zwischen einem Hüter und seinem Windpferd entstand, aber

Nia und Pan … die beiden waren anders. Dichter. Noch … verbundener.

Was, dachte er, ist dein Geheimnis, Nia?

»Soll ich dir Tipps geben?« Ein Finger stieß ihn zwischen die Rippen. Er zuckte zusammen und lief schneller. »Ich kenn mich aus, wie du weißt!«

»Lass mich in Ruhe«, zischte er. »Sie interessiert mich nicht.«

»Ist auch besser so.« Silvans Stimme hinter ihm wurde dunkel. Und leise. »Sie hat keine Ahnung, wer wir sind. Noch haben wir uns nicht entschieden, sie mitzunehmen.«

Er lachte bitter. »Wir? Sie muss entscheiden! Immerhin ist es ihr Leben, ihre … Zeit!«

»So läuft das aber nicht«, grollte Silvan. »Du kannst dich an sie ranmachen, wenn du willst. Aber das Arkanum behältst du für dich, klar?«

Er schüttelte nur den Kopf und beeilte sich, ein paar Schritte Abstand zwischen sich und Silvan zu bringen. Die Eimer waren dieses Jahr schwerer oder bildete er sich das ein? Wieder musste er zur Wiese hinübersehen, zu den beiden, die ihre Köpfe zusammensteckten, als würden sie miteinander flüstern.

Pan und Nia.

Der Name war perfekt gewählt, dabei hatte sie keine Ahnung davon gehabt, was geschehen würde – was es mit ihren Namen auf sich hatte. Kurz schloss er die Augen und sah einen anderen Papierballon vor sich, andere Buchstaben, in einer lang, lang verlorenen Nacht. Ginnes. Sein Herz krampfte sich zusammen, der Schmerz verging nicht, ganz egal, wie viel Zeit verstrich. Zeit spielte ohnehin keine Rolle. Nicht mehr. Aber Gin … Gin spielte eine Rolle, Gin war alles für ihn und würde es immer bleiben.

Er musste hinter das Geheimnis kommen! Und wenn es ihn alles kostete. Nia und Pan waren der Schlüssel, der Schlüssel zu Gins Freiheit, er musste es nur schaffen, wie sie zu werden, damit er Gin retten konnte!

Ein Windstoß fuhr durch die Bäume, Blätter raschelten, die Luft schmeckte plötzlich nach Zimt und Äpfeln. Nia hielt in ihrer Bewegung inne, legte den Kopf in den Nacken und atmete tief ein. Pan tat es ihr nach – oder sie ihm? – und seine Nüstern tranken den Wind wie Wasser.

Wir haben beide Geheimnisse, dachte er.

Aber deines ist wertvoller.

DIE ZEIT

1

Der Wind an der Bushaltestelle riecht nach Regen, dabei ist der Himmel fast wolkenklar. Ich gähne, gucke mich um, gähne wieder. Es ist einfach viel zu früh, um schon hier draußen zu stehen!

Seit Pan zu mir gehört, kann ich wieder schlafen. Ich schlafe so gut, dass ich das Morgenlicht verpasse und erst zu ihm durch den Fluss laufe, wenn die Sonne schon hoch am Himmel steht. Wir haben so viel Zeit miteinander, niemand stört uns mehr, es ist fast, als wäre er mein Pferd, denn obwohl ich noch immer nicht weiß, wem Pan eigentlich gehört – also offiziell, auf dem Papier –, kann ich doch mit ihm machen, was ich will. Zuerst habe ich mir tausend Abenteuer ausgedacht, die ich mit ihm erleben wollte, Windheim unsicher machen, durch den ganzen Wald reiten, oh, und Anno besuchen und die Legende um die Windpferde einmal gründlich auf den Kopf stellen! Aber irgendwie haben wir noch nichts davon getan. Meistens sind wir einfach nur beieinander und lernen uns kennen, ganz neu, ganz für uns. Und das ist sogar noch viel schöner als wilde Abenteuerritte.

Wieder muss ich gähnen, wieder fliegt mein Blick umher. Caros kleine Schwester Leyla hockt auf der einzigen Bank, halb versteckt hinter einem pummeligen Jungen, und lässt die Beine baumeln. Neben ihr tuscheln Caro und Kim miteinander, beide ein Nusshörnchen in der Hand. Caro schielt manchmal zu mir herüber, aber sie lädt mich nicht ein, zu ihr zu kommen und mich dazuzustellen. Ist mir egal, das will ich auch gar nicht. Ich warte lieber allein. Nicht auf den Bus, so wie sie und Leyla und der pummelige Junge. Auf den auch natürlich. Aber eigentlich warte ich nur auf einen.

Hannes.

Ein Schauder kriecht mir in den Nacken, als ich seinen Namen denke. Hannes! Seit Tagen habe ich ihn nicht mehr gesehen, er geht mir aus dem Weg, und ich kapiere nicht, warum! Angeblich ist er beschäftigt, muss bei irgendwelchen Vorbereitungen helfen. Das hat Hilde mir erzählt. Aber ich glaube ihr nicht oder nicht ganz. Hannes geht mir absichtlich aus dem Weg! Vielleicht ist er sauer, dass ich meine Prüfung mit Pan bestanden habe, weil er es mir im Grunde nie zugetraut hat … oder er ist einfach nur neidisch, weil wir es ohne sein blödes Halfter aus Windpferdeleder geschafft haben. Hannes war schon immer komisch, vom ersten Moment an. Aber es nervt trotzdem, dass er sich nicht mehr blicken lässt, weil ich ihn so auch nicht fragen kann – nach dem Namen auf dem Gedenkstein, dem Grabstein, der keiner ist. Und dem Foto mit seinem Gesicht darauf.

»Steigst du nicht mit ein?« Eine kleine Hand zupft mich am Ärmel.

Verwirrt schaue ich hoch. Ein Bus steht vor uns, kein Schulbus, sondern ein grüner VW-Bus mit lauter rostigen Stellen an den Seiten. Eine müde dreinblickende Frau sitzt hinter dem Steuer und balanciert einen Kaffeebecher zwischen den Beinen.

»Ist das der Schulbus?«, frage ich Leyla.

Sie lässt meinen Ärmel los und hüpft durch die seitliche Schiebetür ins Innere. »Ja! Komm, wir sind eh schon spät!«

Verwirrt schaue ich mich um. Caro, Kim, Leyla und der Pummeljunge. Wo sind die anderen? Hilde, Irma, all die Kinder aus dem Dorf … Hannes? Werden die von ihren Eltern zur Schule gefahren?

»Ich dachte, wir warten noch, bis alle da sind«, sage ich verwirrt und steige hinter Leyla ein. Der VW-Bus ist ein Neunsitzer, wir haben alle bequem Platz darin. Ich lasse mich neben Leyla auf die Bank sinken und schon geht die Seitentür zu und wir rollen los.

Leyla wirft dem Pummeljungen einen Blick zu und beugt sich ganz nah zu mir. »Cool, dass du jetzt mitfährst! Dann setzt der sich nicht mehr neben mich.«

»Magst du ihn denn nicht?«, frage ich ebenso leise zurück.

»Nee. Er riecht immer nach Knoblauch. Wirklich immer!«

Ich muss lächeln. Der Knoblauchjunge schielt kurz zu uns herüber, vergräbt sein Gesicht dann in seinem Jackenärmel und beginnt zu dösen.

»Vielleicht ist er ja trotzdem total nett«, flüstere ich Leyla zu.

»Ach«, macht sie nur und wackelt mit ihrer Nase. »Ist mir egal. Ich gebe mich nun mal lieber mit Mädchen ab.«

Vor den Fenstern rauscht der Wald an uns vorbei. Seltsamerweise habe ich das Gefühl, in die falsche Richtung zu fahren, und jeder Baum, den wir passieren, verstärkt das Ziehen in meiner Brust. Am liebsten würde ich umkehren, zurücklaufen, zurück zwischen die Bäume, mitten hinein in den Wald, in unseren Wald – zu Pan.

Pan.

Auf einmal wird der Gedanke an ihn fast unerträglich. Ich will sein, wo Pan ist! Von ihm getrennt zu sein, tut körperlich weh, aber das kann ich der Busfahrerin ja schlecht sagen. Ich schüttle die Gedanken an Pan ab und wende mich wieder Leyla zu, die Kreise auf die Scheibe malt.

»Warum fahren die anderen denn nicht mit?«

»Die anderen?« Leyla hört auf zu malen und guckt mich an. »Wen meinst du?«

»Na, die anderen Kinder aus Windheim.«

»Ach so. Die gehen nicht auf unsere Schule.«

Das erklärt natürlich, warum sie nicht hier sind. Und Hilde ist ja auch schon älter, sie könnte durchaus schon mit der Schule fertig sein. Trotzdem hätte ich sie gern dabeigehabt, auch Irma und die anderen jüngeren Kinder.

»Paul geht sogar erst in den Kindergarten«, plappert Leyla weiter. »Und die Mädchen von der Waldapotheke sind auf einem Internat, irgendwo ganz weit weg.«

Ich nehme mir vor, Irma zu fragen, in welche Schule die anderen Kinder gehen. Vielleicht kann ich den Bus tauschen, sodass wir wenigstens zusammen fahren können. Komisch, dass niemand einen zweiten Schulbus erwähnt hat. Ben hat mich nur zur Ampel eskortiert und gesagt, ich sollte dort warten. Leyla packt ein Schulheft aus und beginnt, darin zu lesen, und ich lehne mich im Sitz zurück und schließe die Augen. Mein Kopf tut weh, es flimmert richtig hinter meinen Lidern. Mit zwei Fingern massiere ich meine Schläfen, aber der Schmerz wird eher noch schlimmer.

Ich muss hier raus!

Verwirrt klappe ich die Augen wieder auf. Was ist nur los mit mir? Ist doch nicht so wild, dass ich nicht mit Irma und den anderen im selben Bus sitze. Caro und Kim stecken die Köpfe zusammen und machen irgendein Spiel, aber sie lassen mich wenigstens in Ruhe. Ein Stich schießt durch meinen Kopf und das Gefühl zieht sich bis hinunter in meinen Bauch. Mir wird so schlecht, dass ich die Hand auf meinen Mund pressen muss.

»Anhalten«, flüstere ich und starre Leyla aus großen Augen Hilfe suchend an.

»Nia?« Leyla rutscht ein Stück von mir weg. »Was hast du?«

Ich kann ihr nicht sagen, was ich habe, weil ich nicht mehr reden kann. Wenn ich den Mund aufmache, erbreche ich mich, ganz bestimmt, mitten in den Bus, vor aller Augen. Ich schüttle verzweifelt den Kopf, drücke alle Finger fest vor meinen Mund und hoffe, dass das Gefühl vergeht, dass ich wieder normal atmen kann, oh Gott, ist mir schlecht, ich muss hier raus, wie komme ich bloß hier raus?

»Anhalten«, schreit Leyla. »Stopp! Schnell!«

Die Busfahrerin bremst, die Tür geht auf. Waldwind schwappt zu mir herein, rettet mich, treibt mir Tränen in die Augen. Ich stürze ins Freie, meine Gedanken überschlagen sich, und dann erbreche ich doch noch, ich kann es einfach nicht zurückhalten, aber ich kann mich an den Bäumen festhalten und dabei frischen Moosduft inhalieren, und sofort fühle ich mich besser, ein bisschen. Nur mein Kopf pocht noch ein wenig, aber hier, im Wald, kann ich atmen.

»Mensch, Mädchen.« Die Busfahrerin ist herausgesprungen und steht neben mir, eine Hand vorsichtig auf meinen Rücken gelegt. »Bist du krank? Oder ist das nur die Aufregung?«

Ich schüttle den Kopf. Wie nur, wie soll ich ihr erklären, wie es mir geht? Dass ich nicht wegkann aus Windheim? Dass ich sein muss, wo Pan ist, weil ich sonst nicht mehr atmen kann?

Die Busfahrerin schaut mich abwartend und ein bisschen verzweifelt an. »Was mache ich denn jetzt mit dir, hm?«

Mein Blick huscht die Straße hinunter. In die Richtung, aus der wir gekommen sind.

»Das geht nicht«, sagt die Busfahrerin knapp. »Die anderen müssen ja zur Schule. Und ich auch, ich bin schließlich Lehrerin.«

»Bitte«, flüstere ich nur. Und damit meine ich gar nicht, dass sie mich zurückfahren soll. Meinetwegen lässt sie mich hier, ich will nur nicht mehr in diesen Bus steigen und weiterfahren müssen.

»Na prima«, murmelt die Busfahrer-Lehrerin. »Gleich am ersten Schultag so ein Drama!« Sie zieht ein Handy aus der Tasche, drückt darauf herum. Sieht plötzlich erleichtert aus. »Ein Glück, wir haben hier Netz! Ich ruf dir jemand, der dich abholen kommt, ja? Warte.«

Aus dem Bus heraus starren mich die anderen an, Leyla besorgt, der Knoblauchjunge ziemlich unbeeindruckt und Kim eindeutig angeekelt. Rasch wische ich mir mit dem Ärmel über den Mund. Caros Blick kann ich nicht deuten, sie schaut zu Boden, aber dann schnallt sie sich doch ab und klettert nach vorn, auf den leeren Platz neben Leyla.

»Hast du was Falsches gegessen?«, fragt sie leise.

Ich schüttle den Kopf. »Nein. Gar nichts.«

»Da wäre mir auch schlecht«, mischt sich der Knoblauchjunge ein, und Leyla muss grinsen.

»Dann verträgst du das Busfahren wohl nicht.« Caro zuckt mit den Schultern. »Ging mir als Kind auch so. In einem normalen Auto war es okay, aber in so einem Bus war mir sofort kotzübel.«

»Was ist denn nun?« Kims Stimme vom Rücksitz. Ungeduldig. »Ich habe wenig Lust, gleich am ersten Schultag nach den Ferien zu spät zu kommen!«

Die Busfahrer-Lehrerin lässt ihr Handy sinken. »Ich weiß, Kim. Tut mir leid. Ich erreiche unter der angegebenen Nummer niemanden von deinen Eltern, weißt du, wo sie sein können?«, wendet sie sich an mich, wobei sie schön auf Abstand bleibt.

»Sammy schläft wahrscheinlich noch«, murmle ich. »Da hört sie nichts.«

»Na, ganz toll!« Die Busfahrer-Lehrerin rauft sich die Haare. »Pass auf, dann musst du eben doch mitfahren und in …«

»Nein!«, rufen Kim und ich gleichzeitig.

»Ich kann sie doch hier nicht mitten auf der Landstraße stehen lassen!«

»Doch«, sage ich. »Ist kein Problem. Ich laufe einfach zurück.«

»Mit einer Magen-Darm-Verstimmung? Kommt nicht infrage. Los«, kommandiert sie, »dann geht es nicht anders. Wir fahren zurück. Ich rufe in der Schule an und gebe Bescheid, dass wir einen Zwischenfall haben.«

»Das ist indiskutabel«, beschwert sich Kim lautstark. »Ich sehe nicht ein, dass wir die ganze Strecke zurückfahren, nur weil die Neue nicht Bus fahren kann!«

Ich will nicht wieder in den Bus steigen, tausendmal lieber würde ich durch den Wald laufen! Wenn ich in Sichtweite der Straße gehe, kann ich mich auch nicht verirren. Außerdem habe ich keine Angst mehr vor dem Wald, seit ich weiß, was es wirklich mit der Legende der Windpferde auf sich hat. Der Wald bringt mich zu ihm.

Zu Pan.

Der Gedanke an ihn lässt mich aufatmen. Pan. Gleich werde ich wieder bei ihm sein, ihn berühren, neben ihm atmen können! Es ist gruselig, wie viel mir dieses Pferd bedeutet, nach so kurzer Zeit. Wie unverzichtbar seine Nähe geworden ist. Ich gehe auf den Bus zu, steige ein und sofort rebelliert mein Magen wieder.

»Das geht echt zu weit«, schimpft Kim weiter und funkelt mich böse an.

»Kim«, sagt die Busfahrer-Lehrerin gereizt. »Sie macht es doch nicht absichtlich!«

Die Tür schließt sich hinter mir. Mein Magen rumort, mir wird flau und schwummrig, und ich sehe Gelb, ein honiggelbes Auto, das uns entgegenkommt, auf der anderen Straßenseite. Die Busfahrer-Lehrerin hat es auch gesehen, sie springt aus dem Bus und wedelt wild mit beiden Armen. Das Auto hält, sie redet kurz mit dem Fahrer und kommt mit erleichtertem Gesichtsausdruck zu uns zurück.

»Na halleluja«, murmelt Kim und lehnt sich zurück.

»Steig aus«, sagt die Busfahrer-Lehrerin und hält mir die Tür auf. »Herr Keller nimmt dich mit zurück nach Windheim.«

2

An meiner alten Schule gab es mal ein Seminar, an dem uns eingebläut wurde, niemals zu einem Fremden ins Auto zu steigen. Ich weiß nicht, ob diese Regel auch in Windheim gilt, die Busfahrer-Lehrerin fragt jedenfalls nicht, ob ich den Mann hinter dem Steuer des honiggelben Kastenwagens kenne. Ich glaube, sie ist einfach froh, mich und das Problem mit meinem Magen los zu sein.

Der Wald fließt an uns vorbei wie ein grüner Strom, er scheint uns einzusaugen, mitten in sein Herz. Windheim. Ich spüre, wie wir uns dem Dorf nähern, und der Schmerz in meinem Kopf lässt nach, mit jedem Kilometer, den der alte Tacho abzählt.

Ein uraltes Auto. Die Sitze sind verblichen, einen Gurt gibt es nur noch für den Beifahrer, wo ich sitze. Der Fahrer ist ebenfalls ziemlich alt und fährt nicht schnell, so als müsste er achtgeben, weil er sich ja nicht anschnallen kann. Vom Rücksitz weht der Duft nach frischem Obst und Gemüse zu uns nach vorn, Unmengen davon, in großen Spanholzkisten übereinandergestapelt.

»Wieder gut?«, fragt der Fahrer. Er ist natürlich kein richtiger Fremder, zumindest kenne ich seinen Namen. Mit ihm habe ich, glaube ich, zwar noch nie gesprochen, dafür aber mit seiner Frau, die sehr nett und besorgt war, als ich zu lang im Wald geblieben war. Aber ich weiß, dass Herr und Frau Keller die Wirtsleute vom »Alten Böhmwind« sind, dem Gasthaus, das nur zwei Straßen von Tante Lisbeths Haus entfernt liegt – und die Eltern von dem Jungen, der vor zwanzig Jahren in Windheim verschwunden ist.

»Ja, geht schon. Vielen Dank«, sage ich schnell, damit er keine Sorge haben muss, dass ich in sein Auto kotze.

Er wirft mir einen Blick zu, dann ruhen seine Augen wieder auf der Straße. Er sieht müde aus, so als hätte er seit Jahren nicht mehr richtig geschlafen. Sein Gesicht ist voller Falten, voller Sorgen, und ich würde ihn gern fragen, nach dem Foto oder dem Gedenkstein, aber ich kenne ihn ja kaum, und mir fallen nicht die richtigen Worte dafür ein, also lasse ich es und schaue nur aus dem Fenster, auf den vorbeirauschenden Wald und die dicht aneinanderklebenden Schattenbäume.

Der alte Wirt dreht das Radio an, ganz leise nur, aber die Töne eines fröhlichen Schlagers vertreiben die Stille.

»Ist das Baby schon da?«, fragt er unvermittelt.

»Das Baby?« Mein Kopf fühlt sich noch immer schwummrig an, und ich brauche einen Moment, um meine Gedanken zu sortieren. Er meint Sammy, natürlich, Sammy, die so schwanger ist, dass niemand es übersehen kann. »Ach so. Nein. Noch nicht.«

»Werdet ihr denn hierbleiben? Mit dem Baby?«

Verwirrt schaue ich ihn an. »Ähm … ja. Natürlich. Warum sollten wir weggehen?«

»Die meisten jungen Leute hält es nicht in Windheim«, erzählt der Wirt, und seine Lider flackern kurz. »Sie wollen, dass ihre Kinder woanders groß werden, wo sie mehr erleben können. Dabei kann Windheim so schön sein … für Kinder.«

Ich muss wieder an das Gefühl denken, das ich hatte, als wir vor wenigen Wochen nach Windheim gekommen sind. So, als ob dem Dorf irgendetwas fehlen würde. Ich kann immer noch nicht sagen, was es ist, aber anscheinend habe nicht nur ich dieses Gefühl.

»Sammy hat das auch gesagt«, fällt mir ein. »Sie vermisst das Schwimmbad, ein Kino, Einkaufsläden und eine Eishalle im Winter, wo man Schlittschuh laufen kann.«

»Oh, es gibt ein Schwimmbad.« Der Wirt schmunzelt. »Einen versteckten Weiher im Wald. Wenn der zufriert, kann man darauf auch Schlittschuh laufen. Das haben wir getan, als wir Kinder waren. Ein Kino brauchten wir nicht, wir spielten den ganzen Tag draußen an der frischen Luft. Und zum Einkaufen ist man eben in die Stadt gefahren, so wie ich es heute noch tue.«

»Dann haben Sie nie was vermisst?«, frage ich. »Als Sie ein Kind waren?«

Er überlegt kurz. »Nein. Nie. Ich wollte nicht weg aus Windheim. Aber heute sind die Leute anders. Das Leben ist anders, schneller … und die Menschen sind mit immer weniger zufrieden.«

Ich drücke mich tief in meinen Sitz und schaue wieder raus, in die dichten grünen Schatten des Waldes. Nein, wir ziehen nicht weg aus Windheim. Aber weiß ich das sicher? Was, wenn Ben und Sammy einfällt, Tante Lisbeths Haus zu verkaufen? Mit dem Geld, das wir dafür bekommen würden, könnten wir bestimmt auch woanders wohnen, in einer größeren Stadt. Auf einmal wird mir kalt und ich bekomme überall Gänsehaut auf meinen Armen. Ich weiß überhaupt nichts, schon gar nicht, wie sich unser Leben verändern wird, wenn erst das Baby da ist.

Ich weiß nur, dass ich nicht mehr aus Windheim weggehe! Nirgendwo gehe ich hin, außer ich kann Pan mit mir nehmen.

»Soll ich anhalten?«, fragt der alte Wirt und mustert mich besorgt von der Seite. »Du bist sehr blass, Mädchen.«

Ich schüttle heftig den Kopf. »Nein, nein, bitte nicht … einfach weiterfahren. Es geht schon. Alles gut!«

Er nickt, aber dann fährt er doch langsamer, und es dauert eine kleine Ewigkeit, bis wir endlich das Schild passieren, von dem uns ein Pferd mit lebendigen Augen anguckt: *Willkommen in Windheim – Heimat der Windpferde.*

Erst da, erst als wir die Schwelle zu Windheim passieren und der Wald sein grünes Tor hinter uns schließt, kann ich wieder frei atmen, ist das Pochen in meinem Kopf verschwunden und das flaue Gefühl in meinem Bauch, und ich spüre, wie ich lächeln muss.

Für die meisten Windheimer sind Windpferde nichts als eine Legende, eine Geschichte, die sie den Touristen erzählen. Ich aber weiß es besser, denn meine Seele ist verwoben mit der eines Windpferdes.

Doch das bleibt mein Geheimnis.

Der Wirt setzt mich nicht beim »Alten Böhmwind« ab, sondern fährt extra den Umweg über die Santa-Ana-Straße und hält direkt vor Tante Lisbeths altem Steinhaus.

»Vielen Dank«, sage ich höflich und steige aus. »Das war sehr nett von Ihnen.«

Er deutet mit dem Kinn auf die zugeklappten Fensterläden. »Wenn niemand zu Hause ist und du etwas brauchst, komm zu uns rüber. Meine Frau macht dir einen warmen Tee, dann wirst du dich bald besser fühlen.«

Ich bedanke mich noch einmal, sage aber nicht, dass es mir schon wieder blendend geht, und auch nicht, was ich stattdessen tun werde. Ungeduldig bleibe ich an der Straße stehen und sehe zu, wie er sein gemüsevolles Auto in der Einfahrt unserer Nachbarin wendet, und winke, als er an mir vorüberfährt. Dann husche ich schnell durch das Gartentor, schiebe meinen Schlüssel (den Ben mir hat nachmachen lassen, nachdem ich meinen klammheimlich an Tante Lisbeth zurückgegeben habe) ins Schloss, stoße die Tür auf und laufe in den kühlen Flur.

»Sammy?«

Kein Geräusch von oben. Ich gehe ein paar Schritte die knarzende Treppe hinauf.

»Beeeeen!«

Noch immer nichts. Sind sie nicht da? Oder schlafen sie immer noch so fest, dass sie mich nicht hören?

Hinter mir öffnet sich eine Tür und dann legt sich eine kalte Hand in meinen Nacken. Ich schreie auf und wirble herum, aber es ist nur Lisbeth, die mich mit großen Augen ansieht.

»Nia«, flüstert sie. »Du bist zurück!«

Ich nehme ihre kalten Finger in meine Hände und versuche, ihr so etwas von meiner Körperwärme abzugeben.

»Ja, weißt du, mir ging es nicht so gut. Die Lehrerin hat mich nach Hause geschickt.« Das ist schließlich nicht gelogen, auch wenn ich niemals in der Schule angekommen bin.

»Schule?«, fragt Lisbeth verwirrt. »Welche … Schule?«

»Die Ferien sind vorbei. Ich muss ab heute wieder zur Schule gehen.«

Hat sie vergessen, wie alt ich bin? Manchmal ist Tante Lisbeth eine ziemlich seltsame alte Frau. Aber gleich tut sie mir wieder leid, denn sie sieht so verwirrt aus, als hätte sie es wirklich nicht gewusst.

»Ich bin dreizehn Jahre alt«, sage ich ganz sacht. »Da muss man noch einige Jahre zur Schule gehen.«

»Ich dachte, du bist längst …« Lisbeth verstummt. Sie wirft einen Blick nach oben. Ich gucke ebenfalls hoch. Gehört habe ich nichts.

»Wo sind sie?«, frage ich flüsternd. »Ist Ben hier? Und Sammy?«

Lisbeth schüttelt den Kopf. »Eine Decke abholen, für das Baby.«

Ach, stimmt, da war ja was. Sie haben beim Schäfer eine Decke in Auftrag gegeben. Sammy hat sich tierisch darüber aufgeregt, wie teuer die war, aber Ben hat sie einfach bestellt und gemeint, sie würden sie hinterher zu einem guten Preis im Internet verkaufen.

Ich wende mich wieder Lisbeth zu. »Was wolltest du sagen, Tante Lisbeth? Wo bin ich längst?«

Aber ihre Augen flackern und dann wird ihr Blick wieder trüb und verschlossen. Sie zieht ihre Hand aus meiner, stapft zur Treppe und ruft hinauf: »Das ist mein Haus, ja? Vergesst das nie! Niemals!«

Damit dreht sie sich um und verschwindet wieder in ihrem dunklen, einsamen Wohnzimmer. Ich laufe ihr nicht nach. Wenn sie so drauf ist, verschwimmt die Welt vor ihren matten Augen, und ich erreiche sie sowieso nicht. Aber erleichtert bin ich doch und auch ein bisschen froh darüber, dass Lisbeth so ist, wie sie ist.

Wir werden nicht fortgehen, auch nicht, wenn das Baby da ist. Das würde Lisbeth gar nicht zulassen.

3

Leiser, raschelnder Westwind begleitet mich, als ich über den Friedhof laufe und auf den Gedenkstein zusteuere. Seit ich entdeckt habe, dass der Junge auf dem Bild aussieht wie Hannes, mache ich das jedes Mal.

Natürlich ist es nicht Hannes, wie soll er es auch sein? Der Junge auf dem Bild ist vor zwanzig Jahren verschwunden und der Hannes, den ich kenne, nicht viel älter als ich. Aber seltsam ist es doch.

Ich bleibe dicht vor dem Gedenkstein stehen, strecke die Hand danach aus und berühre die glatte Oberfläche mit meinen Fingerspitzen. Nein, genau gleich sehen sie nicht aus. Die Haare sind anders, und der Junge auf dem Foto hat so ein Leuchten in den Augen, das ich bei Hannes noch nie gesehen habe. Aber vielleicht sind sie verwandt, über irgendwelche Ecken? Schließlich ist Windheim ein Dorf und ziemlich abgeschieden noch dazu. Es muss einen Zusammenhang geben! Bloß welchen?

Der Wind wird stärker, als ich die Böschung hinunterrutsche, meine Schuhe abstreife und durch den Fluss wate, und dann hört er ganz abrupt auf, als hätte jemand einen Schalter umgelegt. Den Windschalter. Ich trockne meine Füße im tiefen Gras und renne hoch, den Hügel, auf dem die Kastanienbäume stehen. Ihre Blätter rascheln immer, auch ohne Wind. Diese Bäume müssen uralt sein, wahrscheinlich so alt wie Windheim selbst. Ich bleibe in ihrem Schatten stehen und ziehe meine Schuhe wieder an. Dann renne ich über den Schotterweg hinunter ins Dorf.

»Nia, Nia!«

Eine kleine Gestalt klebt sich an meine Seite und hüpft neben mir auf und ab. Ich lege den Arm um sie und drücke sie kurz, und sie fährt mit den Fingern durch meine Haare, die ich zu zwei tiefen Zöpfen zusammengebunden habe.

»Wieso bist du hier?«, frage ich Irma. »Musst du nicht zur Schule?«

Vergnügt schüttelt Irma den Kopf. »Nö. Wir haben doch Ferien!«

»Ferien?«

»Ja!«

»Es sind keine Ferien mehr.«

»Doch! Bei uns schon.«

Ich bleibe stehen. Das muss ich jetzt genauer wissen. »Haben denn die anderen auch Ferien? Die anderen Kinder, die hier wohnen?«

»Ja, sicher, wir haben immer Ferien, wenn wir hier sind. Das ist praktisch, weil dann der Sommer anfängt.«

»Was meinst du damit, wenn ihr hier seid?« Ich lege den Kopf schräg. »Das macht doch keinen Sinn. Keine Schule hat jetzt noch Ferien.«

»Meine Schule schon.«

»Und auf welche Schule gehst du?«

Sie guckt mich einen Moment verwirrt an, aber dann greift sie nach meiner Hand und zieht mich mit sich. »Komm mit. Ich zeig sie dir.«

Wir laufen nebeneinander die Gassen entlang, zwischen Wäscheleinen voll mit Laken, Hemden und Hosen, bis wir vor einem mehrstöckigen Haus aus grauen und schwarzen Steinen stehen bleiben. Das Haus liegt am Ende einer Gasse, aber ich kann mich nicht erinnern, hier schon einmal gewesen zu sein. Auf einem Schild neben dem Eingang steht in verschnörkelten Buchstaben: *Schule vom Wind und Wald.*

»Okay, das ist also eure Schule?« Das Haus sieht … vereinsamt aus. Allein gelassen. So als würde es tief schlafen und dürfte nicht gestört werden.

Irma nickt strahlend. »Sie ist toll, nicht? Wir haben bunte Lichter in den Klassenzimmern. Und jeder Raum ist in einer anderen Farbe gestrichen.«

»Was für eine Schule ist das? Eine Grundschule?«

Irma zuckt mit den Schultern. »Es ist unsere Schule.«

»Geht ihr denn alle dorthin? Auch Hilde und die Größeren?«

Jetzt kichert Irma. »Wo sollen sie denn sonst zur Schule gehen?«

Ich verstehe es zwar immer noch nicht, aber ein Plan breitet sich in meinem Kopf aus, ein toller Plan, voll mit langen Frühlingsferien. Wenn der Großteil der Windheimer Kinder auf diese Schule geht, dann kann ich das vielleicht auch tun!

»Danke«, sage ich zu Irma. »Du hast mir echt geholfen.«

Irma strahlt. »Du gehst jetzt zu Pan, oder? Darf ich dir zusehen?«

Das ist irgendwie der neueste Sport geworden. Mir und Pan zusehen. Immer mehr von den kleineren Kindern hängen am Zaun und beobachten uns, und manchmal wünsche ich mich auf die

Wiese im Wald zurück, auch wenn es sehr angenehm ist, Pan hier zu haben, ganz nah bei mir.

»Na klar«, sage ich zu Irma und lege wieder den Arm um sie. »Wo müssen wir lang?«

Sie streckt den Arm aus und deutet in die Richtung. Ich atme tief ein und schließe für einen Moment die Augen. Kein Zweifel, die Richtung stimmt. Wenn ich in mich hineinlausche, kann ich spüren, wo Pan ist. Er leuchtet in mir wie ein Licht, das nur ich sehen kann.

»PaNia«, sagt Irma stolz. »Und ich habe dich entdeckt, ich allein!«

Pan steht auf dem Paddock hinter Hildes Haus, am Saum des Waldes, halb versteckt hinter kniehohem Gesträuch und bemoosten Ästen. Er hat den Kopf hocherhoben, atmet die leise Brise, die in den Baumkronen raschelt. Seine Ohren sind steil aufgerichtet und zeigen in unsere Richtung, und seine Mähne, die lang und ungehindert um seine Brust bauscht, schillert im Regenbogenspiel unendlicher Farben.

Ich halte den Atem an, muss stehen bleiben. Schöner als Pan in diesem Augenblick kann ein Pferd nicht sein! Am liebsten würde ich den Moment einfrieren, für immer so bleiben und dieses wundervolle Pferd ansehen – mein Pferd.

Pan löst sich vom Waldrand und streift auf mich zu. Nicht eilig, nicht hektisch, aber zielstrebig und ohne Umwege. Ich steige durch den Zaun, laufe ihm entgegen und merke, wie das Ziehen in meiner Brust endgültig nachlässt und ein ganz neues Magenflattern erwacht.

Ich bin hier, ich bin bei dir. Wir atmen wieder gemeinsam.

»Hey«, flüstere ich und strecke die Hand aus, um sie durch seine schimmernde Mähne zu ziehen. Seine Regenbogenfarben.

Pan schnobert an meinen Haaren, pustet in meine Zöpfe und schmiegt seine Nüstern in die Kuhle an meinem Hals. Ich weiß wenig über Windpferde, gerade mal genug, um sie von normalen Pferden zu unterscheiden. Doch es wäre mir auch egal, wenn Pan grün oder blau wäre oder lila leuchten würde – ich habe ihn einfach lieb.

»Brauchst du dein Halfter?« Irmas Stimme, wie aus weiter Ferne. Dabei kommt sie nur von der anderen Seite des Zauns.

»Ja bitte«, murmle ich, ohne den Kopf zu bewegen. So stehen bleiben, für immer.

Irma huscht davon, aber schon gleich darauf höre ich, wie sie hinter mir über den Zaun klettert und ihre nackten Füße neben mir im Gras rascheln. »Reitest du ihn? Oh, bitte, Nia!«

Ich muss lächeln. Pan zu reiten, ist wie eine Droge für mich, und offenbar geht es meinen kleinen Zuschauern ganz genauso!

Vorsichtshalber drehe ich mich nun doch zu Irma um. »In Ordnung. Aber geh raus, okay? Und bleib weg von uns!«

Irma gehorcht sofort. Was die Windpferde betrifft, würde keines der Kinder leichtsinnig handeln.

Pan lässt sich das neue Reithalfter widerstandslos anlegen. Ich bilde mir nicht ein, damit Kontrolle über ihn zu haben, die übe ich nämlich auf andere Weise aus, durch meine Gefühle und Gedanken, aber die einfachen Seilzügel in meinen Händen helfen mir, mich auf meine Kraft zu konzentrieren. Das fiese Halfter, das Hannes mir gegeben hat – oben in der Höhle am Wasserfall –, habe ich ein für alle Mal aus unserem Training verbannt. Inzwischen bin ich sogar fast sicher, dass Hannes es nicht besser weiß, dass er nur nachmacht, was alle hier tun: Sie zäumen ihre Windpferde mit dem Leder aus toter Windpferdehaut und binden die Federn von Nebelkrähen daran, damit sie ihnen nicht ihre Energie stehlen können.

Dabei ist es so einfach. So leicht!

Wissen sie das wirklich nicht?

Pan zischt wie ein Windstoß. Ein ungeduldiges Pfeifen kommt aus seinen Nüstern. Er wittert mein Glück, meine Freude, und ich kann kaum erwarten, sie mit ihm zu teilen!

»Soll ich dir beim Aufsteigen …«, höre ich Irmas Stimme von weit, weit fort.

Ich schüttle den Kopf und Pan macht es mir nach. Winzige Kletten haben sich in seiner Schimmermähne verfangen. Ich senke meinen Oberkörper, und Pan knickt mit den Vorderbeinen ein, so wie er es bei unserer allerersten Begegnung auch getan hat. Ich rutsche auf seinen Rücken, und er steht auf, fließend und mühelos, als würde ich nicht mehr wiegen als die Luft um uns herum. Einen Moment stehen wir so, reglos, beide wartend. Dann entlasse ich alle positiven Gefühle gleichzeitig, spüre das Glück, hier zu sein, die Freude über den freien Vormittag und die unbändige Kraft, die von Pan ausgeht. Wir vermischen unsere Emotionen, unsere Energie, und Pan läuft los, angetrieben von uns, er galoppiert über die Wiese und scheucht Lun auf, ich muss lachen, und dann muss ich weinen, weil es so schön ist, hier zu sein.

Rauf, runter. Durch das Gestrüpp, über einen Baumstamm, der umgefallen ist. Ich produziere ständig neues Glück, sprudle vor Energie! Pan saugt sie auf, bis ich erschöpft auf seinen Hals sinke und Sternchen sehe. Meine Stimmung kippt, doch sofort hält Pan an, schwer atmend, noch immer berauscht von unserer Geschwindigkeit.

Daran muss ich mich definitiv gewöhnen – Windpferde laufen niemals langsam!

Plötzlich geht ein Ruck durch Pans Körper. Mein Kopf schnellt herum, ich sehe zwei Jungen an einer Böschung entlanglaufen. Sie schleppen etwas, das verdammt schwer sein muss … Eimer? Ja, Eimer an langen Stöcken. Jeder zwei davon. Jetzt erkenne ich die Jungen auch: Der größere, das ist Silvan, der Junge mit dem Silberpferd, der meistens auf die Herde aufpasst. Und der vordere ist Hannes.

Pan wird ungeduldig, er fängt an, mit dem Huf zu scharren und den Kopf hochzuwerfen. In meinem Kopf jagen wir auf die beiden zu und schneiden ihnen gekonnt den Weg ab!

Hannes dreht ganz leicht den Kopf und sieht zu uns herüber. Sein Blick trifft mich, ich merke es genau! Mein Magen flattert, und schon gibt es für Pan kein Halten mehr, er sprintet los, genau auf den Zaun zu, genau auf die Stelle mit dem losen Brett, die überfliegen wir einfach, und dann packe ich Hannes und …

»Halt!« Ich sammle das letzte Stückchen Verstand zusammen und zwinge mich dazu, Pan zu stoppen. »Nicht, Pan!«

Wieder das Windrauschen, wieder das Gefühl – Pan bäumt sich auf, bockt und springt in die Luft. Erst da merke ich, dass es gar nicht Pan ist, der auf den Zaun und auf Hannes zurennen will, sondern ich selbst, ich will hinstürmen und Hannes mit mir reißen! Pan fühlt nur mit mir und führt meine Gedanken aus.

»Bleib stehen«, befehle ich leise. All meine Sinne sind darauf gerichtet. Stehen bleiben. Nicht zu den Jungs hinübergucken.

Kein Strom, kein Glück. Energie auf null runterfahren. Und atmen. Langsam. Bis der Atem in meinen Ohren rauscht.

Pan gehorcht keuchend. Ich zupfe am Zügel, und endlich bleibt er stehen, nur wenige Handbreit vor der kaputten Zaunlatte, und schnauft schwer.

Ich lehne mich vor und streichle seinen bebenden Hals. »Weißt du, was? Eigentlich hast du recht. Wir sollten Hannes besser mal ein wenig Angst machen. Vielleicht redet er dann wenigstens wieder mit mir?«

Hannes und Silvan laufen einfach weiter. Haben sie die Gefahr auf die Entfernung gar nicht bemerkt? Ich atme leise aus, springe von Pans Rücken und ziehe das Halfter über seine Ohren, sodass er wieder frei ist.

Ich muss aufpassen. Pan wird immer stärker. Eines Tages wird er nicht mehr auf mich hören und den Zaun einfach einreißen.

»Wir üben das«, erkläre ich ihm. »Ja? Du wirst ein gutes Windpferd sein und keine Menschen jagen. Meine Energie muss reichen, hast du gehört?«

Pan schiebt den Kopf über meine Schulter und reibt seine Wange an meiner.

Ich muss lachen. Aus den Augenwinkeln sehe ich, wie Hannes und sein Begleiter hinter einer Mauer verschwinden.

»Wo wohnt Hannes eigentlich?«, frage ich Irma, die im Zaun hängt und mich mit großen Augen anguckt.

»Hier«, sagt sie nur.

»Was heißt hier?«

»Hier, bei uns.«

»Bei euch?« Ich gucke zu dem Haus hinab, das direkt an den Paddock grenzt. »Bei Hilde und dir?«

Irma lacht. »Ach, nein! Doch nicht in unserem Haus. In unserem Dorf!«

»Ja, das weiß ich doch. Aber in welchem Haus wohnt er?«

Irma beißt sich auf die Lippen. »Am Anfang hat er bei Norwin gewohnt. Aber dann ist er umgezogen. Er schläft jetzt immer bei Ernas Familie.«

»Er wohnt nicht bei seinen Eltern?«, frage ich überrascht.

Irma schüttelt langsam den Kopf.

Mein Herz macht einen kleinen Satz und sofort wird Pan wieder unruhig. »Ist diese Erna … ist das seine Freundin?«

Warum interessiert mich das überhaupt? Ich will nur mit Hannes reden, sein Geheimnis erfahren, nichts weiter! Er kann wohnen und schlafen, wo er will!

Irma hüpft vom Zaun und zuckt mit den Schultern. »Keine Ahnung. Bei Hannes kennt sich keiner aus.« Sie grinst mich an, und ich hoffe, ich werde nicht rot dabei. »Es ist das gelb angemalte Haus hinter der uralten Weide. Da findest du ihn.«

Auf einmal weiß ich gar nicht mehr so genau, ob ich das überhaupt will. Pan tänzelt an meiner Schulter und ich lege meine Hand auf seine Brust. Wir gehen jetzt in den Wald spazieren. Damit wir beide wieder zur Ruhe kommen.

Ich biege gerade in unseren Lieblingspfad zwischen den Federblumen ein, als eine Stimme erklingt, eine Stimme, die mich sofort zum Anhalten bringt:

»PaNia! Wartet. Ich habe eine wichtige Nachricht für euch!«

4

Ich drehe mich um, dabei weiß ich schon, wer da hinter mir steht: Norwin. Seine Stimme klingt ruhig und freundlich, wie immer, und trotzdem hat sie diesen Unterton, dieses Lauern, so als würde er in Wahrheit gar nicht das sagen, was er denkt. Ich schüttle den Gedanken ab. Blödsinn! Ich habe bloß Respekt vor ihm, so wie alle. Und weil ich immer noch nicht weiß, wem Pan eigentlich gehört.

»Hallo, Norwin«, rufe ich ihm entgegen und lächle höflich.

Er kommt zu mir auf den Hügel und bleibt vor mir stehen.

»Ich habe euch beobachtet.«

Mein Kopf fühlt sich schon wieder unangenehm heiß an. Beobachtet … oh Gott, hat er etwa gesehen, dass wir beinahe über den Zaun gejagt wären? Aber er kann nicht wissen, was tatsächlich los war. Das hat sich doch nur in meinen und Pans Gedanken abgespielt!

»Ihr seid großartig zusammen.« Norwin nickt Pan anerkennend zu. »Er ist so jung, so voller Energie! Deshalb habe ich eine Aufgabe für euch. Eine äußerst wichtige Aufgabe.«

Ich halte den Atem an. Was immer er mir zu sagen hat … solange es mit Pan zu tun hat, bin ich zu allem bereit.

»Ich will, dass ihr mit den Windhütern reitet.«

Mein Unterkiefer klappt auf. »Mit den … du meinst, Wache halten? An der Pferdewiese?«

Norwin lächelt geheimnisvoll. Dann nickt er. »So ist es. Ich wollte euch eigentlich noch länger beobachten, euch Zeit geben, einander kennenzulernen. Ihr seid beide jung.« Zwei Falten bilden sich auf seiner Stirn. »Aber es ist so, dass uns ein Hüter fehlt. Du weißt sicher, was vor ein paar Tagen mit KaRio geschehen ist. Wir brauchen Ersatz für ihn, so schlimm sein Schicksal auch sein mag.«

Mein Mund ist so trocken, dass ich kaum atmen kann. Ersatz. Ich soll der Ersatz sein – für den Jungen, der mich entführt hat? Der von seinem Windpferd in den Wald geschleppt wurde und als alter Mann zurückgekehrt ist? Ich weiß noch gut, wie er dalag, wie hilflos er plötzlich war. Und alles nur, weil das Halfter gerissen war … Ich schlucke fest. Nein, nein! Pan und mir kann das nicht passieren, schließlich brauche ich das Halfter nicht, um ihn zu kontrollieren!

»Es ist eine ehrenvolle Aufgabe, eine Windhüterin zu sein. Und du willst doch zu uns gehören … zu Pan. Oder?« Lauernd sieht Norwin mich an. Wieder habe ich das Gefühl, einen Unterton aus seiner Stimme zu hören. Aber wieder lächelt Norwin ihn fort. »Kann ich euch denn vertrauen, PaNia?«

Er spricht mich nicht mit meinem Namen an, sondern mit unserem Namen. Pan und meinem. Wir sind verbunden, und wir sollen zusammen eine Aufgabe übernehmen, eine wichtige, verantwortungsvolle Aufgabe – das Bewachen der Windpferde!

Ich nicke. Stolz sammelt sich in meiner Kehle, doch dann fällt mir etwas ein, und ich halte inne. »Ich muss zuerst … also, ich weiß nicht, wie das mit der Schule geht. Die Ferien sind vorbei, aber ich würde viel lieber hier auf die Schule gehen, als mit den anderen aus Windheim wegzufahren. Meinst du, das dürfte ich?«

Norwin runzelt die Stirn. »Du wolltest aus Windheim fort?«

Ich schüttle schnell den Kopf. »Ich wollte es nicht und … ich konnte es auch gar nicht. Mir ist plötzlich schlecht geworden, mein Kopf tat weh, und meine Brust hat sich angefühlt, als ob sie zerreißen würde. Aber jetzt geht es mir wieder gut«, schiebe ich schnell hinterher, damit er nicht denkt, dass ich der Aufgabe einer Windhüterin nicht gewachsen wäre.

Norwin tritt einen Schritt auf mich zu und legt mir die Hände auf die Schultern. »PaNia, du gehörst längst zu uns. Nicht auf die Schule dieser … Leute. Ich werde das regeln. Hab keine Sorge! Ab morgen werde ich Hilde bitten, euch zu Windhütern auszubilden, und im Nu wirst du gar nicht mehr fortwollen.«

»Ich wollte es ja gar nicht«, murmle ich, aber seine Worte sinken bereits tief in meinen Bauch. Etwas Warmes, Wohliges breitet sich darin aus, ein Gefühl, das so gut schmeckt wie warmer Kakao mit Honig. Morgen schon! Morgen darf ich mit den Windhütern reiten, ich darf zurück auf die Pferdewiese, das Wasser aus der Quelle trinken und den Windpferden zusehen, wie sie frei und glücklich unter dem Dach des Waldes leben.

»Ich will überhaupt nie mehr woanders sein«, sage ich zu Norwin und registriere zufrieden, wie etwas in seinen Augen aufblitzt.

Als ich mit Pan von unserem Waldspaziergang zurückkehre – wir haben einen neuen Pfad entdeckt und dort schöne blassgelbe Federblumen gesammelt, die ich mir unterwegs ins Haar geflochten habe –, gehe ich doch noch mal durchs Dorf, wo am großen Platz schon frisches Brot fürs Abendessen gebacken wird. Ich bleibe stehen und sauge den Duft in mich auf, aber heute habe ich keine Zeit, hier zu essen, heute muss ich zurück und mit Sammy und Ben besprechen, wie es mit der Schule weitergeht.

Die alte Weide bildet eine Schatteninsel ganz am Ende des langen Holztisches. Wer hier sitzt, muss sich den Platz mit ihren lang herabhängenden Armen teilen, hat dafür aber bei Sonne und Regen ein schützendes Dach über dem Kopf. Mir ist noch nie aufgefallen, wie alt dieser Baum sein muss, ihr Stamm ist so dick, dass ich mich hineinstellen und mit ausgebreiteten Armen um mich selbst drehen könnte. Hinter ihm, halb verborgen, stehen die Eimer, die Silvan und Hannes vorhin geschleppt haben. Neugierig gehe ich näher heran und gucke hinein. Seltsam, die sind alle voll mit Salzpäckchen! Wozu brauchen die denn solche Mengen an Salz? Ist schon wieder ein Fest geplant? Aber das hätte mir doch jemand gesagt, oder?

Ich umrunde die baumelnden Äste der Weide, in die jemand bunte Lampions geknotet hat, und stehe wenige Schritte später vor dem gelb gestrichenen Haus. Tiefblauer Enzian blüht in Tontöpfen vor dem Haus und hinter den Fenstern baumeln Vorhänge in exakt derselben Farbe.

Eine Weile stehe ich unschlüssig herum. Was soll ich zu Hannes sagen? Ob er von dem Foto auf dem Gedenkstein weiß, dem mit seinem Doppelgänger darauf? Oder warum er nicht mehr mit mir redet und mir neuerdings immer aus dem Weg geht, obwohl ich doch gemacht habe, was er gesagt hat? Ich hole tief Luft, doch mein Magen fühlt sich immer noch seltsam an. So flatterig.

Ich ziehe meine Zöpfe über die Schulter. Auf einmal komme ich mir dämlich vor, Blumen in den Haaren, das machen doch nur kleine Kinder … Ich zupfe sie heraus, lasse sie zu Boden fallen, aber im nächsten Moment bücke ich mich und sammle sie auf.

Die Tür schwingt auf, vor mir schieben sich zwei Füße zwischen die Tontöpfe. Schnell richte ich mich wieder auf und schaue in die dunklen Augen eines hübschen, schwarzhaarigen Mädchens.

»Oh, hallo.«

»Hallo!«

Sie guckt mich an, und es dauert ein paar Momente, bis ich merke, dass ich was sagen oder ihr aus dem Weg gehen muss.

»Bist du Erna?«

Sie nickt. »Und du bist … PaNia.« Das letzte Wort flüstert sie, sodass es ein wenig ehrfürchtig klingt. Okay, mich kennt jetzt wohl jeder hier!

Ich trete jetzt doch einen Schritt zurück. »Ich suche Hannes«, platze ich heraus. »Ist er da?«

Erna schüttelt den Kopf. Sie scheint ein bisschen älter zu sein als ich, etwa so wie Hilde, und sie ist so zart und hübsch, dass ich gar nicht weiß, wo ich hingucken soll.

»Weißt du, wo ich ihn finden kann?«

Sie zögert kurz. »Das ist im Augenblick schwierig«, sagt sie und hebt die Schultern. »Er hat viel zu tun, alles vorbereiten und so.«

»Was denn vorbereiten?«

Erna lächelt und schiebt sich die Haare aus der Stirn. »Du wirst ihn sehen, beim großen Abschiedsfest. Wir machen ein Fest für den Wind und dann …« Sie verstummt. »Hannes wird dort sein. Mehr weiß ich leider auch nicht.«

»Aber er wohnt doch hier, oder nicht?« Ich versuche, an ihr vorbei ins Haus zu schielen. »Das hat Irma erzählt.«

»Ja, das stimmt auch. Normalerweise. Aber im Augenblick … ist er sehr beschäftigt. Er wird bestimmt bald wieder öfter hier sein.«

Ich beäuge sie unsicher. Will sie mir nicht sagen, wo er ist? Aber warum? Vielleicht ist sie ja doch seine Freundin und kann es nicht leiden, wenn andere Mädchen vor der Tür stehen und nach ihm fragen. Könnte doch sein! Ich seufze tief und mache noch ein paar Schritte rückwärts. »Also gut. Ich komme ein andermal wieder. Tschüss!«

»Auf Wiedersehen«, ruft Erna mir hinterher. Sie klingt richtig erleichtert. Oder bilde ich mir das ein?

Sammy werkelt im Garten herum, als ich nach Hause komme. Schwer atmend hockt sie in den Rosen und versucht, einzelne Sträucher herauszuschneiden. Das Abendlicht hängt in ihren Haaren und malt einen goldroten Schein um ihr aufgequollenes Gesicht.

»Soll ich dir helfen?« Ich renne die letzten Meter bis zum Haus.

Sammys Kopf fährt hoch. »Mann, hast du mich erschreckt!«

»Sorry.«

Der Blick, den sie mir zuwirft, ist nicht gerade freundlich. »Soso. Und wo kommst du her, Miss Ich-bin-zu-krank-für-die-Schule?«

Ach du Kacke. Das habe ich ja total vergessen!

»Haben die angerufen?«

»Die? Du meinst, die Schulleitung? Nee. Nur eine besorgte Lehrerin, die wissen wollte, ob du heil nach Hause gekommen bist. Tja, keine Ahnung – hier warst du ja nicht!«

»Lisbeth hat mich doch gesehen!«

»Hat sie mir nicht gesagt.«

Das wundert mich nicht. Lisbeth und Sammy sind nicht gerade dicke Freundinnen.

»Das geht echt nicht. Schulpflicht und so, Nia!«

»Mir war wirklich total schlecht! Ich dachte, mein Kopf zerplatzt. Die Lehrerin hat mich nach Hause geschickt.«

»Aber fit genug, um durch den Wald zu ziehen, warst du dann schon wieder, was?« Sammy schaut mich aus schmalen Augen an. »Für Schuleschwänzen kriegen wir den Ärger, Ben und ich. Das kann ich gerade echt nicht brauchen, Nia! Morgen sitzt du in diesem Schulbus, und wenn du dir eine Kotztüte um den Hals hängen musst. Anscheinend geht es dir ja wieder blendend!«

»Aber …« Ich schnappe nach Luft. »Das geht nicht, Sammy, ich kann hier nicht weg! Ich kann Pan nicht allein lassen, es fühlt sich an, als … als ob ich …«

Sammy wirft die Gartenschere zwischen die Wurzeln und stemmt sich schwerfällig auf die Knie hoch. »Wie bitte? Geht's noch? Du hast den ganzen Nachmittag Zeit für dieses Pferd! Deshalb willst du nicht in die Schule? Ich hab mich wohl verhört!«

»Doch«, versichere ich schnell. »Ich will ja in die Schule, nur … auf eine andere Schule. Die in Windheim.«

Sammy sieht mich überrascht an. »Es gibt keine Schule in Windheim.«

»Doch, gibt es! Ich war vorhin dort, und viele von den Kids hier gehen auch dorthin, also warum muss ich in die Stadt fahren?«

»Caro geht auch auf diese Schule in Windheim?«, fragt Sammy ungläubig.

»Nein, Caro nicht. Und Kim auch nicht. Aber die anderen …«

»Pass auf.« Sammy stöhnt und ächzt, als sie sich aus der Wiese hochstemmt. »Mir ist egal, auf welche Schule du gehst. Wenn es hier eine gleichwertige Schule gibt, dann gehst du eben dorthin.« Sie kommt auf die Beine und atmet schwer aus. »Im nächsten Schuljahr dann.«

»Was?«

»Na, das Schuljahr dauert noch sieben Wochen, das wirst du ja wohl aushalten. Danach reden wir weiter.«

»Aber das geht nicht, echt nicht, ihr müsst mich da anmelden, jetzt sofort!«

Sammy stößt ein Lachen aus und deutet auf ihre Bauchkugel. »Erde an Nia. Es geht jetzt nicht um dich!«

Verzweiflung steigt in mir auf. Windheim verlassen, ohne Pan? Unmöglich!

»Bitte«, flüstere ich und merke, wie meine Augen sich mit Tränen füllen. Nicht weinen, nicht weinen! »Bitte, Sammy, ich kann hier nicht weg. Pan braucht mich, er ist mein einziger Freund hier, und du hast doch gesagt, ich soll Freunde finden in Windheim!«

Sammy zieht die Brauen hoch. »Nia, echt. Reiß dich mal zusammen! Du bist doch kein Baby mehr! Ein Pferd im Wald, wegen dem du nicht zur Schule kannst …« Sie schüttelt den Kopf, dann wankt sie zum Haus hinüber und ruft nach Ben, damit er ihr mit den Rosensträuchern hilft.

Ich drehe mich um und laufe in den Garten, mitten ins Abendschattenlicht hinein, und kauere mich auf einem Korbstuhl zusammen. Die Tränen laufen jetzt doch, ich kann sie nicht aufhalten. Was soll ich nur machen? Ich weiß, dass ich morgen nicht in diesen Bus steigen und aus Windheim wegfahren kann. Und Pan mitnehmen kann ich ja auch nicht.

Oder vielleicht doch?

Eine Idee kriecht in meinen Kopf. Pan. Natürlich! Sammy hat gesagt: *ein* Pferd im Wald. Pan ist aber nicht irgendein Pferd aus dem Wald, Pan ist jetzt mein Pferd, mein Gefährte! Das muss ich ihnen einfach nur klarmachen! Im Grunde hört sie mir nicht zu, weil sie sich nicht für mich interessiert. Sie glaubt wahrscheinlich gar nicht, dass es Pan tatsächlich gibt!

Die Lösung ist so leicht, so einfach. Ich muss nur dafür sorgen, dass Sammy mir glaubt, dann wird sie verstehen, warum ich nicht mehr fortkann aus diesem Wald.

Sie muss Pan mit eigenen Augen sehen!

5

Am nächsten Morgen steht Ben mit mir auf und begleitet mich zur Bushaltestelle. Wahrscheinlich hat Sammy ihm gesagt, er soll aufpassen, dass ich nicht heimlich in den Wald abbiege. Auf dem ganzen Weg rede ich auf ihn ein und versuche, ihn umzustimmen, aber er geht nur stumm neben mir, trägt meinen Rucksack und hält den Arm um mich gelegt, als müsste er mich festhalten.

»Ich verstehe dich ja«, sagt er ruhig. »Du hast Schiss. Neue Leute, neue Umgebung und so. Ist ja ganz normal.«

»Das ist nicht der Grund«, versuche ich es wieder. »Ich will doch zur Schule, nur eben auf eine andere!«

Ben wirft einen Blick auf seine Uhr und bleibt stehen. »Nia, es gibt keine Schule in Windheim.«

»Doch! Gibt es!«

»Wo soll die sein?«

»Hinten beim Friedhof!«

Ben grinst. »Ja klar. Denkst du dir aus, was?«

»Es ist eine Privatschule, glaube ich. Nur für die Dorfkinder.«

»Soso.«

»Der Schulleiter hat gesagt, ich kann auch auf diese Schule gehen.« Okay, das ist gelogen. Norwin hat das gesagt. Aber vielleicht hat er an der Schule sogar was zu melden? Norwin hat doch überall seine Finger im Spiel.

Ben glaubt mir immer noch nicht, das kann ich sehen. »Okay. Aber bis es so weit ist, musst du auf die Schule in der Stadt gehen. Du bist schulpflichtig, da kommst du nicht drum herum.«

»Kannst du mich nicht krankmelden? Nur ein paar Tage?«

»Klar kann ich. Mache ich aber nicht.«

Ich merke, wie schon wieder Verzweiflung in mir hochsteigt. »Ben, bitte, ihr werdet es bald verstehen, gib mir nur einen Tag, nur diesen Tag, ja? Bitte!«

Ben runzelt die Stirn. »Wovor hast du denn solche Angst?«

Jetzt habe ich ihn, ich spüre es. Ich muss nur die richtigen Worte finden! Betreten gucke ich zu Boden. »Dieses Mädchen … Kim …«

»Ja?«, fragt Ben. »Was ist mit der?«

»Die … die hänselt mich. Die ganze Zeit. Zusammen mit Caro.« Ich schlucke, aber besser, ich erzähle Ben einen Teil der Wahrheit. »Sie haben gesagt, wir sind Schmarotzer. Weil wir nur scharf auf Tante Lisbeths Haus sind.«

Wir schweigen beide. Doch ich merke genau, wie Ben innerlich kocht.

»Das ist dieses Bürgermeistergör, oder?«, knurrt er. »Diese verwöhnte … oh Mann, Nia, das tut mir leid, echt. Ich hatte ja keine Ahnung, dass du auch solche Sprüche abkriegst.«

Ich gucke ihn wieder an. »Sagen die Leute zu euch auch solche Sachen?«

»Nicht … Schmarotzer. Aber so was Ähnliches.« Ben guckt zur Bushaltestelle hinüber, wo Caro und Kim an einem Baum lehnen und miteinander tuscheln. »Weißt du, was? Du kriegst deine Galgenfrist. Das, was diese Mädchen gesagt haben, ist einfach nur superfies. Hör nicht auf sie! Wir finden eine andere Lösung, wie du zur Schule in die Stadt kommst, ja?«

Vor lauter Erleichterung könnte ich schreien, aber noch habe ich es nicht geschafft, also drücke ich nur fest meine Fingerkuppen aneinander.

»Und jetzt?«, frage ich vorsichtig.

Ben hängt sich meinen Rucksack über die Schulter, legt wieder den Arm um mich und so schlendern wir los. »Jetzt gehen wir zwei erst mal Frühstück holen. Und dann rufe ich in der Schule an und melde dich für diese Woche krank. So haben wir genug Zeit, uns was Neues zu überlegen, ja?«

Ich kann nicht mehr, ich falle ihm um den Hals. »Danke, Ben, vielen Dank!«

»Kannst ja trotzdem was Sinnvolles machen«, schlägt er vor, als wir die Bäckerei betreten. »Matheformeln üben oder so.«

»Oder so«, sage ich und grinse in mich hinein. Mein Herz hüpft vor Aufregung. Oh, ich weiß genau, was ich mit meiner geschenkten Zeit anfange!

Pan steht vorn am Zaun und wartet auf mich. Morgenlicht glitzert in seiner langen Mähne. Er sieht mich abwartend an, als ich ihm den Sattel auflege und den Gurt um seinen Bauch festschnalle, und seine Ohren zucken interessiert, als ich ihm erzähle, wo wir heute hinreiten werden.

Ein Pferd. Aber Pan ist nicht nur ein Pferd!

Mein Bauch flüstert. Es fühlt sich an wie ein Grummeln, ein bisschen wie Hunger, aber ich weiß, dass es etwas völlig anderes ist, nämlich die Art von Nahrung, die Pan braucht – meine

Energie. Wenn ich aufgeregt bin, ist es viel leichter für uns, eine Verbindung aufzubauen. Deshalb lasse ich das Gefühl zu und ich lasse es ihn spüren.

Pan streckt den Hals. Er schiebt seinen Kopf durch die Riemen meines Halfters. Es stört ihn nicht, weil es ihm nicht wehtut. Mir ist es egal, was die anderen über uns sagen. Pan hört auf mich, weil ich ihm geben kann, was er braucht. Dafür muss ich ihn nicht mit Gewalt kontrollieren.

Ich öffne das Gatter und Pan folgt mir hinaus. Lun kommt nachsehen, ob er auch mitdarf, aber ich schließe das Gatter schnell wieder vor seiner Brust. Es ist niemand hier. Alle scheinen irre beschäftigt zu sein, ich kann Hilde drüben im Haus hören, wie sie laut mit jemandem spricht, und Irma und die anderen Kinder habe ich vorhin am Fluss gesehen, wo sie kleine und große Steine ins Wasser getragen haben. Niemand, der mich beobachtet oder dem ich erzählen muss, was ich vorhabe. Irgendwie ist mir das auch ganz recht.

Ich führe Pan ein Stück von der Umzäunung weg, von den Häusern, den Menschen. Je näher wir dem Wald kommen, desto tiefer kann ich atmen, doch heute geht es für uns in die andere Richtung.

Mit einem einzigen Satz schwinge ich mich in den Sattel hinauf. Es fühlt sich vollkommen natürlich an, auf Pan zu sitzen, mit ihm zusammen zu sein. Hier gehöre ich hin! Ich schließe die Augen, lasse die Energie durch meinen Körper fließen und spüre, wie Pan sie auffängt. Dann geht es auch schon los, in fließendem Schritt, und ich muss aufpassen, dass wir nicht vor lauter Übermut lospreschen!

Wir umrunden das Dorf und klettern den Hügel zu den uralten, riesigen Kastanienbäumen hinauf. Lange Schatten fallen vor uns zu Boden und weisen uns den Weg zu der steinernen Brücke. Unten am Fluss, zwischen den Büschen, sehe ich Irma und die anderen Kinder, aber sie sind schwer beschäftigt, und keines von ihnen sieht zu uns herüber.

Pan zögert, als ich auf die Steinbrücke zusteuere.

»Keine Sorge, das ist der richtige Weg.« Ich treibe ihn an, so wie ich es gelernt habe – mit den Beinen gegen seinen Bauch. Aber das funktioniert bei Windpferden nicht. Pan bleibt stehen und schnauft die Steinbrücke argwöhnisch an.

»Was ist?«, frage ich ihn und überlege. »Du bist noch nie hier gewesen, oder?«

Ein Ziehen in meinem Bauch. Pan hat vor irgendetwas Angst und diese Angst frisst meine Energie in doppelter Geschwindigkeit!

»Komm schon«, flüstere ich und stelle mir vor, wie wir über die Brücke marschieren, ganz leicht, ganz leise. »Das wird ein Abenteuer, vertrau mir!«

Aber Pan weigert sich. Er geht zwei Schritte rückwärts, schnauft, lauter diesmal, und schüttelt den Kopf.

»Du traust der Brücke wohl nicht, hm?« Ich beuge mich vor und lege meine Hand auf seinen Hals. Auch das ist sehr … pferdisch. Ein gewöhnliches Pferd könnte man damit vielleicht beruhigen, für Pan bedeutet es nichts. Er braucht andere Signale. Bloß welche?

Pan legt den Kopf schräg und guckt zum Wasser hinunter, wo Irma und die anderen spielen.

»Hast du Angst, dass sie uns hören? Sollen sie doch. Wir reiten nur nach Hause, komm schon! Es ist wichtig für mich, weißt du?

Meine Familie glaubt mir nicht. Sie müssen dich sehen, damit sie verstehen, dass es dich wirklich gibt.«

Pan tritt einen Schritt nach vorn und erschaudert, als ob er Angst hätte, die Brücke würde jeden Moment aufspringen und ihn verschlingen. Ich atme tief ein und wieder aus. Und dann … ist es wie im Wald, bei unserer Prüfung. Ein Gefühl, als würde ich einen Mantel um Pan breiten und ihn einhüllen. Es geschieht fast von selbst, aber das Gefühl reicht aus, um Pan weitergehen zu lassen. Seine Hufe klappern laut auf dem Stein, und ich komme mir vor wie in einem dieser alten Ritterfilme, wo der Held endlich den Burggraben überquert und nach Hause in sein Reich zurückkehrt.

Unter uns schillert das Wasser in allen Regenbogenfarben. Wir hätten auch einfach darüberspringen können. Als wir das Ende der Brücke erreicht haben, lobe ich Pan, und dann drehe ich mich schnell um und sehe nach, ob Irma und die anderen Kinder uns gehört haben und uns womöglich folgen, aber sie sind verschwunden. Kein einziges von ihnen hockt mehr am Fluss.

Pan läuft bereits weiter, er hat es ziemlich eilig jetzt. Mit langen Schritten überqueren wir den Friedhof. Die Grabsteine sehen viel kleiner aus von hier oben und mein Herz klopft wie irre. Da, die Kapelle. Aus ihrem Inneren leuchtet das gelbe Licht der Honigwachskerze. Wer sie wohl angezündet hat? Pan macht einen Satz, und ich muss aufpassen, dass wir den richtigen Weg einschlagen. Wir gehen nur im Schritt, und trotzdem fühlt es sich an, als würden wir schweben, so schnell ziehen die durcheinandergewürfelten Grabsteine an uns vorbei.

»Pan«, sage ich, zu ihm, zu mir. »Pan, ich brauche dich jetzt. Ich brauche deine Hilfe, hörst du?«

Wir verlassen den Friedhof auf der Südostseite und folgen dem Pfad, der zur Santa-Ana-Straße führt. Der Himmel über uns ist wolkenlos und die Luft mild und rauchig. Morgennebel steigt in dunstigen Schleiern vom Waldrand auf, die Windheim umwabern wie das Meer eine Insel.

Als wir die ersten Häuser erreichen und Pans Hufschritte vom Asphalt der Straße widerhallen, möchte ich am liebsten laut rufen: Schaut doch, guckt ihn euch an – hier ist er! Ein Pferd aus eurer Legende, von denen ihr sprecht, als wären sie nicht real! Aber natürlich rufe ich nicht, ich bleibe still und lenke Pan gedankenverloren durch die verlassenen Straßen.

Mein Herz klopft schneller vor Aufregung, als wir uns Tante Lisbeths Steinhaus nähern. Für den Weg haben wir nur wenige Augenblicke gebraucht, so als wären wir eben erst losgelaufen. Wenn ich ihn ohne Pan gehe, bin ich immer mehrere Minuten unterwegs, selbst wenn ich renne.

Diesmal hockt Sammy nicht in den Rosen, aber ich kann Stimmen hören, die von der Rückseite des Hauses kommen, aus dem Garten. Ohne mir die Mühe zu machen, von Pans Rücken abzuspringen, drücke ich mit dem Fuß das Tor auf. Wir schlängeln uns an den Rosenbüschen vorbei, bis ich Sammy und Tante Lisbeth sehen kann, die mitten im Garten stehen und streiten. Tante Lisbeth hält eine Schaufel in der Hand, mit der sie offenbar etwas ausgraben wollte – vor ihren Füßen klafft ein unförmiges Loch im Rasen.

»Das geht echt zu weit«, schnauzt Sammy sie an. »Da braucht ja nur mal jemand reinzutreten!«

»Es muss aber sein«, beharrt Lisbeth mit erstaunlich lauter Stimme. »Es muss genau hier sein!«

»Mann!« Sammy rauft sich die Haare. Sie greift nach der Schaufel, will sie Lisbeth aus der Hand reißen, aber das schafft sie nicht. Lisbeth ist viel stärker, als ich gedacht habe.

Ich schicke einen Gedanken zu Pan, der den Kopf senkt und zwischen die beiden tritt. Wegen ihrem Gestreite haben sie uns wohl nicht gehört, denn Sammy lässt die Schaufel los und stolpert keuchend rückwärts, während Lisbeth uns nur anstarrt.

»Das … aber … das …« Sammy schüttelt den Kopf. »Nia!«

»Ja«, sage ich nur und leere meinen Kopf, damit Pan anhält. »Sammy, das ist Pan. Das Pferd aus dem Wald, von dem ich dir erzählt habe.«

Sammys Mund klappt auf. Sie schüttelt wieder den Kopf, ungläubig, und ich habe schon Angst, sie kippt gleich um, doch da geht sie einen Schritt auf uns zu und noch einen, bis sie direkt vor Pan steht und die Hand in seine Mähne schieben kann.

»Wow«, haucht sie, »bist du aber schön!«

»Ja, nicht?« Stolz beuge ich mich vor. »Glaubst du mir jetzt? Glaubst du mir endlich, dass es Pan wirklich gibt? Er gehört zu mir, weißt du, er ist wie … ein Teil von mir! Ich kann nicht weg aus Windheim, solange er hier ist. Wir sind irgendwie … verbunden.«

Sammy nickt andächtig. Unfassbar, das ging ja wirklich leicht! Ich dachte mir schon, dass sie beeindruckt ist, wenn sie Pan erst zu Gesicht bekommt, aber Sammy scheint richtig fasziniert von ihm zu sein. Sie streckt die andere Hand auch noch aus und streichelt damit über seine Brust, seinen Hals, die Stirn, seine Nüstern. Das Loch im Boden und die Schaufel, um die sie eben noch so gestritten haben, sind vergessen. Und Pan scheint Sammy auch zu mögen, er hält den Kopf gesenkt und steht ganz ruhig, wie eine Statue, und schiebt seine Nase in ihre Halsbeuge.

»Das ist das schönste Pferd, das ich je gesehen habe«, sagt Sammy und lacht leise. »Ja, du fühlst dich auch wohl hier, was?«

»Er kann uns jetzt öfter besuchen kommen, wenn du magst.« Ich bin so erleichtert, dass ich Sammy am liebsten um den Hals fallen würde. Und ich dachte, sie wirft mich und Pan direkt wieder raus! Vor lauter Freude ziehe ich die Füße aus den Bügeln und springe aus dem Sattel. »Schau mal, das Halfter habe ich selbst gemacht!«

Pan prustet Sammy sanft ins Gesicht und sie schließt verzückt die Augen. »Was für ein Prachtkerl!«

Ich trete einen Schritt zurück, damit Sammy Pan in Ruhe streicheln kann, und dabei fällt mein Blick auf Tante Lisbeth, die immer noch an ihrer Schaufel hängt und mich anstarrt, als wäre ich von einem anderen Stern in ihren Garten gefallen.

»Steig … wieder … auf«, krächzt sie. »Sofort!«

Ich nicke ihr beschwichtigend zu. »Keine Sorge. Er macht nichts kaputt! Wir bleiben auch nicht lang, ich wollte ihn Sammy doch nur mal …«

»Kann ich ihn reiten?« Die Zügel werden mir aus der Hand gerissen. Ich wirble zu Sammy herum, die schon versucht, ihren Fuß in den Steigbügel zu bekommen. Pan sinkt mit dem Vorderbein ein, um es ihr leichter zu machen – da kapiere ich.

Ich kapiere, was hier geschieht, was mit Sammy los ist und dass ich verschwinden muss, sofort!

»Nein«, keucht Tante Lisbeth mit weit aufgerissenen Augen. Sie lässt die Schaufel fallen, hastet um Pan herum und packt Sammy mit beiden Armen um ihren gewaltigen Bauch.

Ich versuche, Sammy die Zügel aus der Hand zu reißen und meinen Körper zwischen sie und Pan zu drängen, doch Sammy hat eine unglaubliche Energie. Sie drückt mich einfach zur Seite und versucht erneut, ihren Fuß im Steigbügel auszubalancieren, aber sie kommt nicht nah genug an Pan heran, der Bauch ist dazwischen. Jetzt kann ich sehen, wie sich das Baby darin regt und der Bauch eine Wölbung bekommt. Energie, fast wie elektrische Spannung liegt sie in der Luft …

»Nia!« Tante Lisbeth schreit mich an, weil sie es nicht schafft, Sammy von Pan fortzuzerren. Ich muss etwas tun, sofort! Es gelingt mir, Sammy den Steigbügel wegzuziehen, aber sofort greift sie wieder danach und starrt mich böse an.

»Geh weg, Nia. Ich reite jetzt!«

»Du kannst nicht reiten«, keuche ich. »Außerdem bist du ultraschwanger, hast du das vergessen?«

»Ich … reite … jetzt!« Mit einem Ruck hat sie den Steigbügel zurückerobert und schubst mich gegen Lisbeth. Wir fallen beide hintüber, Lisbeth stöhnt, aber ich rapple mich sofort wieder hoch und sprinte auf Pans andere Seite. Ich muss in den Sattel steigen, bevor es Sammy gelingt – schnell! Mein Fuß gleitet in den Bügel, Pan tanzt ein Stück von mir weg, doch ich bin darauf gefasst und hüpfe hinterher, jetzt Schwung holen und – geschafft! Ich sitze oben. Mit der Fußspitze drücke ich den linken Steigbügel nach unten, sodass Sammys Fuß herausrutscht. Sie taumelt rückwärts, wankt gegen Lisbeth, die immer noch auf dem Boden sitzt und voller Panik zu mir aufsieht.

»Nia«, schreit Sammy mich an. »Geh sofort runter von dem Pferd!«

Tränen laufen mir übers Gesicht, ich spüre sie, aber aufhalten kann ich sie nicht. Dafür merke ich, wie Pans Gier nachlässt, wie wir beide wieder ruhiger atmen können, jetzt, wo wir wieder verbunden sind. Ich schüttle den Kopf und lasse Pan rückwärtsgehen, einen Schritt, noch einen.

»Es tut mir leid«, flüstere ich Sammy zu. »Nicht böse sein, bitte nicht!«

Sammy steht da und keucht. Ihr Gesicht ist rot angelaufen, und dabei sieht sie aus, als würde sie jeden Augenblick platzen.

»Verschwinde«, ruft Lisbeth mir zu. »Schnell, Nia!«

Ich werfe Sammy noch einen letzten verzweifelten Blick zu, dann wende ich Pan, und wir jagen aus dem Garten, auf die Straße und zurück in den Wald, und wir werden erst langsamer, als mein rasender, polternder Herzschlag sich beruhigt.

Das war knapp, verdammt knapp!

Wie knapp, werde ich wohl nie erfahren.

6

Die Luft um uns ist grün und voller Fliegen. Pan schüttelt immer wieder unwillig den Kopf, wenn die Biester um seine Ohren summen, also verlassen wir den Wald bald und biegen auf den Wanderpfad ein, der zum »Gegenwind« führt.

Der kleine Souvenirladen mit Imbiss ist ein beliebter Touristentreff, und vielleicht sollte ich Menschenansammlungen besser meiden, nach dem, was gerade beinahe mit Sammy passiert wäre … aber die Versuchung, Caro zu begegnen, ist einfach zu groß. Ich muss eben ganz besonders gut aufpassen, und auf keinen Fall darf ich von Pans Rücken absteigen!

Warum nur hat er auf Sammy so stark reagiert? Weil ich so nervös war? War ihre Energie in diesem Augenblick stärker als meine? Oder … oder hat es damit zu tun, dass Sammy ein zweites Leben in sich trägt?

Ich seufze, beuge mich vor und streiche Pan über den Hals. Es gibt immer noch so viel, was ich nicht über Windpferde weiß! Natürlich, was mit KaRio geschehen ist, war schlimm. Aber er hat sich auf das Halfter und die Federn verlassen, ohne diese Hilfsmittel war er seinem Pferd schutzlos ausgeliefert. Bei Pan und mir ist das anders! Pan stielt mir nicht meine Energie, wir teilen sie miteinander, freiwillig. Es liegt in seiner Natur, Menschen auf seinen Rücken zu locken und sie mit sich zu nehmen, aber ich bin sicher, er hätte Sammy nichts angetan. Sammy wäre nichts geschehen, keinem von ihnen wäre etwas geschehen, und wenn ich Glück habe, speichert sie die Begegnung mit Pan als etwas Positives ab. Dann haben wir vielleicht eine Chance, das Treffen zu wiederholen, unter anderen Umständen, und sie kann tatsächlich einmal auf Pan reiten, ich kann es ja schließlich auch! Sammy war so begeistert von Pan – daran muss ich anknüpfen!

Und Lisbeth? Sie war ganz anders als sonst, gar nicht so verplant und feindselig … oh, natürlich! Lisbeth hatte wieder einen ihrer lichten Momente! Das letzte Mal, als das passiert ist, hat sie mich plötzlich auf den alten Friedhof geschleppt und mir Geschichten von einem Liebhaber erzählt, der schon seit Ewigkeiten tot ist und zu dem sie unbedingt ins Grab möchte, wenn sie einmal stirbt. Ich bin ziemlich sicher, dass an dieser wirren Geschichte etwas Wahres dran ist, auch wenn sie ziemlich verrückt klang.

So ganz verstehe ich nie, was in ihrem Kopf vor sich geht, aber eines weiß ich ganz genau: Lisbeth hat ein Geheimnis. Und vielleicht will sie es mir sogar erzählen, nur klappt das nicht, weil ihre Erinnerung immer wieder verschwimmt und sie dann nur wirres Zeug redet.

Auf jeden Fall hat sie mir geholfen, Sammy davon abzuhalten, auf Pans Rücken zu klettern. Als wüsste sie, was Pan vorhat … als hätte sie es gemerkt, noch bevor ich es kapiert habe.

Moment mal. Ich schüttle den Kopf, aber der Gedanke bleibt kleben. Das würde ja bedeuten … das würde bedeuten, Lisbeth weiß, dass Pan kein gewöhnliches Pferd ist! Wie kann das sein?

Ich dachte, die meisten Windheimer halten sie nur für eine Legende. Wer weiß noch von den Windpferden?

Das »Gegenwind« taucht am Ende des Waldweges auf, der Parkplatz, auf dem bestimmt zwanzig Autos mit unterschiedlichen Kennzeichen parken, und dahinter die Stehtische, zwischen denen Caros Mutter ihr Tablett herumbalanciert. Zwei Wanderer – ein Mann und eine Frau mit dicken Rucksäcken zu ihren Füßen – sehen auf, als ich auf die Tische zureite und mich suchend umblicke. Ich beachte sie nicht, sondern umrunde den Bereich mit den Stehtischen und gucke durch die großen Fenster ins Innere des Souvenirshops. Der Drehstuhl neben der Kasse ist leer, und ich kann nur Caros Mutter entdecken, die mit ihrem Sohn über eine Packung Süßigkeiten diskutiert. Pan zuckt zurück, weil an der Tür ein kleines Gesteck baumelt, eine Art Traumfänger mit innen liegenden Federn. Wir haben auch so ein Ding an unserer Tür, und ich weiß, das sind die verhassten Federn der Nebelkrähe, also lasse ich Pan ein paar Schritte zurücktreten.

»Darf ich ihn streicheln?«

Erschrocken schaue ich zu der Frau runter, der mit dem Riesenrucksack. Sie streckt schon die Hände nach Pan aus und fährt mit ihren langen, lackierten Nägeln durch seine Schimmermähne.

»Wunderschön«, flüstert sie.

»Nein, bitte … Lassen Sie ihn einfach, nicht anfassen!« Ich lenke Pan ein Stück von ihr weg, während ich mich weiter nach Caro umblicke. Ob sie noch nicht wieder von der Schule zurück ist? Wie spät ist es überhaupt? Ich schaue zur Wohnung über dem Laden hinauf, aber alle Vorhänge sind zugezogen und nirgendwo brennt Licht. Caro muss …

Ein Summen in meiner Brust. Wie das Vibrieren, wenn man auf einer Waschmaschine sitzt, während die Wäsche schleudert, immer lauter, immer schneller. Ich lasse die Zügel fallen und fasse mich mit beiden Händen an die Brust. Etwas … zieht an mir, an meinem Bein, ein Gewicht, das stärker ist als ich und mich jede Sekunde von Pans Rücken reißen wird, ich muss hier weg, aber ich kann nicht – ich will nicht! –, ich schaue hinab, die Frau, die Pan streicheln wollte, sie hängt an meinem Bein, und ihre Augen sind nicht mehr freundlich, sondern gierig, sie stößt einen Zischlaut aus und hängt sich mit ihrem vollen Gewicht an meinen Fuß!

»He«, rufe ich und versuche, sie abzustrampeln. »Loslassen, aua, nein!«

Der Mann steht auf, aus den Augenwinkeln sehe ich, wie er auf uns zukommt. Zuwankt. Er wird seine Frau packen und von mir wegzerren, ganz bestimmt! Aber das tut er nicht, er greift stattdessen nach Pans Zügeln und flüstert beschwörend auf ihn ein.

Pan streckt seinen Hals lang und schließt die Augen. Ich kann sehen, wie die beiden Wanderer ihm verfallen – nein, ich kann hören, wie heftig ihre Herzen pochen, fühlen, wie ihr Adrenalinpegel vor Freude steigt! Die Energie, die von ihnen ausgeht, ist so gewaltig, dass ich nach Luft schnappen muss.

Mein Bein schmerzt, doch die Frau zerrt immer fester daran, ich rutsche zur Seite, ich rutsche und kann nichts dagegen machen, rufe: »Nein, aufhören, nein, gehen Sie weg, gehen Sie doch weg!«, aber die Frau geht nicht weg, und sie hört auch nicht auf zu ziehen, ihre Augen sind nun ganz groß und dunkel, ich darf nicht nachgeben, nicht runterrutschen …

Oh Gott, was mache ich bloß? Pan darf diese beiden nicht auf seinen Rücken bekommen, ich muss das verhindern, ganz egal, wie!

»Lisbeth«, schreie ich, aber sie ist nicht hier, natürlich nicht. Ich muss mir selbst helfen!

Verzweifelt kralle ich mich an Pans Sattel fest und trete mit aller Kraft gegen die zerrenden Hände der Frau, bis Wind aufkommt, sanft, leicht und flüsternd.

Nebelwind.

Er fährt durch Pans Mähne, wirbelt seine Farben auf. Ich war so leichtsinnig! Warum, warum nur musste ich unbedingt herkommen?

Und dann, ganz plötzlich, mir fällt ein, wie man sich vor dem Zauber der Windpferde schützt.

Mit Federn.

Den Federn der Nebelkrähen!

Hektisch schaue ich um mich. Wo soll ich jetzt und hier eine Nebelkrähe herbekommen? Moment, da, das Gesteck an der Tür! Ich sammle all meine Kraft zusammen und reiße meinen Fuß aus der Umklammerung der Frau. Sie stößt einen kleinen Schrei aus, mir bleibt keine Zeit, ich muss vor ihr an der Tür sein, aber es ist schwer, Pan zu bewegen, so schwer, er klebt richtig zwischen diesen beiden Fremden fest! Die Frau grabscht nach meinem Fußknöchel, ich kann ihn gerade noch vor ihr in Sicherheit bringen. Aus den Augenwinkeln sehe ich, wie Leute aus dem »Gegenwind« strömen und uns anstarren. Ich muss irgendwie an diese Federn gelangen, bevor die auch noch auf die Idee kommen, mich von Pans Rücken zu zerren!

Der Wind wird stärker, raunend und wispernd.

Unheilvoll.

Pan tänzelt herum, links, rechts, und von allen Seiten nähern sich jetzt Menschen! Er wirft seine Mähne herum, und ich kralle mich daran fest, das Wirrwarr an Stimmen vernebelt mir die Sinne, und ich sehe nur noch Schlieren aus Haut und Händen, die sich zu mir heraufziehen …

»Nia!«

Ein Schatten, schräg hinter mir. Einer der Gäste vor dem »Gegenwind« nimmt Anlauf und rennt auf uns zu. Schützend reiße ich die Arme hoch, Pan bewegt sich schwerfällig seitwärts, überall sind Menschen. Da hat uns der Schatten erreicht und springt an Pans Flanke hoch. Ich schreie, versuche, ihn wieder runterzustoßen, doch der Schatten ist stärker als ich, er drückt meine Arme einfach weg und zieht sich an mir hoch, und dann spüre ich seine Umklammerung, seine Arme um meinen Körper, ich kann nichts dagegen machen, so fest hält er mich!

»Lass … mich … los«, keuche ich und winde mich, aber ich habe keine Chance gegen ihn, er ist viel zu stark! Pan wird unruhig, auch er versucht, den Schatten abzuschütteln.

»Nia«, flüstert eine Stimme dicht an meinem Ohr. »Ich bin es. Halt still, ich kann nicht gegen euch beide kämpfen!«

Ich werfe meinen Kopf herum, doch ich sehe nur schwarzen Stoff. Kapuzenpulloverstoff.

»Hannes?«, flüstere ich, auf einmal erstarrt. »Du?«

»Ich«, murmelt er zurück. »Beweg dich nicht. Okay? Es geht los!«

Mit einer Hand greift er in seine Tasche und zieht etwas heraus. Ein Schauer prasselt auf uns nieder, aber kein Regen – es sind Federn, die er herabsegeln lässt, winzige grau-schwarze Flaumfedern. Die Leute niesen und reiben sich die Augen, doch sie lassen mich nicht los, und sie versuchen nun auch, Hannes von Pans Rücken zu ziehen!

»Es hilft nicht«, keuche ich und trete verzweifelt gegen die Hand der Riesenrucksackfrau, »es bringt nichts, sie lassen uns nicht in …«

Ein Blitz wie ein Stromschlag. So schnell, dass mir schwindlig wird. Pan und ich sind wieder verbunden, wir werden eins, ich fühle, wie meine Kraft zurückkehrt und Pan auf mein verzweifeltes Bitten reagiert, und wir schießen aus der Menge heraus, als wären ihm Flügel gewachsen. Ich drehe mich um – folgen sie uns? – und sehe gerade noch, wie die Riesenrucksackfrau stolpert und auf ihren Hintern fällt und wie die Leute, die vor dem »Gegenwind« stehen, sich verwirrt die Augen reiben, dann sind wir endlich am Waldsaum angelangt und verschwinden in den Schutz der Bäume.

Endlos galoppieren wir durch die vertraute grüne Welt aus Moosfeldern, Farnhügeln und Lichtungen voller blassbunter Federblumen. Herabgefallene Äste, tote Bäume, Dornschlingen und herausragende Wurzeln erschweren unseren Weg, aber Pan muss deshalb nicht langsam laufen. Seine Hufe berühren kaum den Boden, fast so, als würden wir fliegen.

Der Waldwind hat schon die meisten Federn von seinem Fell gepustet. Die restlichen erledige ich. Er hasst diese Flaumfedern, alle Windpferde hassen sie, weil sie den Menschen helfen, ihrem Zauber zu widerstehen.

In der Legende heißt es, Windpferde locken ihre Opfer mit ihrer Sanftmut und Schönheit an, nehmen sie mit sich in den Wald und stehlen ihnen die Lebenskraft. Aber die Leute vor dem »Gegenwind« hatten keine Ahnung, was Pan wirklich ist – für sie sind die Windpferde von Windheim nichts als eine uralte Geschichte, die man den Touristen erzählt.

Hannes sitzt immer noch hinter mir. Ziemlich dicht hinter mir. Er hält nur noch meinen Bauch umklammert, meine Arme hat er freigegeben. Trotzdem spüre ich seine Hände überdeutlich auf mir und wünsche mir aus irgendeinem Grund, dass wir ewig so weiterfliegen und das seltsame Gefühl nicht aufhört … nicht jetzt schon.

Doch ein anderes Gefühl mischt sich darunter, mindestens so deutlich. Pan, der müde ist vom Laufen, müde davon, Menschen auf seinen Rücken zu locken, und dringend frische Energie braucht – eine Energie, die ich nicht mehr habe.

Wir müssen anhalten, bevor es zu viel wird und ich ihn nicht mehr anhalten *kann*.

Ich sammle all meine Kraft und schicke Pan diesen einen, letzten Befehl.

Stopp.

Und Pan gehorcht, obwohl keine Federn mehr in seiner Mähne hängen und ein fremder Mensch auf seinem Rücken sitzt. Mit bebenden Schultern bleibt er stehen, richtet den Hals hoch auf und sieht sich um, so als hätte er selbst gar nicht gemerkt, in welche Richtung er eigentlich läuft, solange er sich nur bewegen darf.

Ich schaue mich auch um, nach der Person, die hinter mir sitzt und langsam die Hände von meinem Bauch löst. Hannes trägt seinen schwarzen Kapuzenpullover, so wie immer. Ein paar blonde Haarsträhnen schauen unter dem Stoff heraus und bedecken sein Kinn und das bisschen blasse Haut, die noch von seinem

Hals zu sehen ist. Die Augen hält er geschlossen, aber ich weiß, dass sie blau sind.

Er sammelt sich und atmet tief ein, so als müsste er abtauchen. Dann rutscht er ein Stück von mir weg, schwingt ein Bein über Pans Rücken und springt zu Boden. Er taumelt leicht, tritt zwei Schritte zurück, erst dann fängt er sich und öffnet die Augen. Doch es dauert noch mal ein paar Herzschläge, bis er mich ansieht, aus dem Schatten seiner dunklen Kapuze heraus.

»Wie machst du das?«

Einen Moment lang weiß ich nicht, wovon er redet. »Wie mache ich was?«

»Ihn reiten, ihn kontrollieren! Wie hast du ihn ohne das Federhalfter überhaupt dorthin bekommen?«

Ich überlege kurz, dann sage ich: »Wir teilen unsere Energie miteinander.«

»Teilen …«, brummt er und legt den Kopf schief. »Ja. Aber wie funktioniert das?«

»Genau kann ich es dir auch nicht erklären, ich mache es einfach.«

Enttäuscht lässt er die Schultern sinken. »Er ist … stärker, als ich dachte.«

»Er ist eben jung.« Ich streiche Pan sacht über den Hals und zupfe die Regenbogensträhnen seiner Mähne auseinander. »Aber deshalb ist er noch lange nicht böse. Diese Leute … sie haben ihn nur …«

Hannes schnaubt. »Du hast keine Ahnung, was? Wenn sie dich von seinem Rücken bekommen und auf ihm geritten wären … Hast du eine Vorstellung, was dann passiert wäre?«

Oh doch, die habe ich. Die Bilder sind noch zu frisch in meiner

Erinnerung, als dass ich sie vergessen könnte. Der Junge auf der Koppel. KarRio – mein Bewacher. Sein Körper, der zusammenfiel, als hätte jemand all seine Lebenskraft herausgesaugt und nur die Hülle eines sterbenden Greises zurückgelassen.

Ich schlucke, dann nicke ich. »Doch. Na klar.«

»Was um alles in der Welt machst du dann hier?«

Ich kann ihn plötzlich nicht mehr ansehen. »Ich wollte nach Hause reiten. Meine Familie … sie haben Pan noch gar nicht gesehen, und Sammy, sie kann nicht mehr weit laufen, sie ist doch so schwanger, sie kann nicht …«

Sammy. Mein Herz stolpert, als ich an Sammy denke, daran, was beinahe mit ihr geschehen wäre! Oh Gott. Sammy hat auch versucht, auf Pans Rücken zu steigen, und beinahe wäre ihr das gelungen! Ich beiße mir auf die Lippe und schaue irgendwohin, nur nicht zu Hannes, der bestimmt meine Gedanken erraten kann.

»Pan sollte bei den anderen Windpferden bleiben, richtig?«, murmle ich kleinlaut.

»Wenn Norwin davon erfährt, ist die Hölle los«, knurrt Hannes. »Du hast ja keine Ahnung, was du Pan damit antust!«

»Wieso Pan?« Auf einmal kann ich ihn doch wieder ansehen. Das komische Gefühl von vorhin ist weg, ich habe jetzt nur noch Angst. Angst um Pan. »Was hat das mit ihm zu tun? Ist es nicht bloß für die Menschen gefährlich? Sondern auch für ein Windpferd?«

»Weil Pan bestraft wird, wenn du … ach, vergiss es.« Hannes zieht die Brauen zusammen. »Und jetzt komm. Ich bringe euch zurück.«

Verwirrt sehe ich zu, wie er einfach losstapft, quer durchs Gestrüpp, und den Wald verlässt. Wo sind wir eigentlich? Ich brauche eine Weile, aber dann erkenne ich den Ort. Die verwitterten Grabsteine, die aus dem Moosfeld herausragen, als wären sie aus dem Boden gewachsen. Hannes umrundet die Kapelle, wirft einen kurzen Blick hinein und läuft dann auf die steinerne Brücke zu, die wir vor einer gefühlten Ewigkeit überquert haben.

»Hannes«, rufe ich und lasse Pan losgehen, bis wir zu ihm aufschließen. »Warte doch!«

Er wartet nicht, sondern läuft unbeirrt weiter. Er scheint ziemlich sauer auf mich zu sein und diesmal kann ich ihn sogar verstehen.

»Tut mir leid«, sage ich zerknirscht. »Das habe ich doch nicht gewusst! Ich wusste nicht, wie die Leute auf Windpferde reagieren, niemand hat mich gewarnt … und es hat auch niemanden interessiert, wohin ich reite!«

»Weil du jung bist«, fährt Hannes mich an. »Jung und naiv!«

»Was soll das denn heißen?«

»Sie brauchen dich!« Hannes bleibt stehen, nur wenige Schritte von der Brücke entfernt. »Du brauchst sie nicht. Ich hab dich gewarnt, dass du dich besser von Pan fernhalten sollst, aber du musstest mir ja nachschleichen. Jetzt ist es zu spät, Nia, du und Pan, ihr seid jetzt untrennbar miteinander verbunden. Echt, ich hab noch niemanden kennengelernt, der so mit einem Windpferd umspringt wie du.« Er schüttelt den Kopf. »Bleib vom Dorf weg. Bleib von den Windheimern weg! Ich kann dich nicht jedes Mal retten.«

Dieses Wort treibt mir fast die Tränen in die Augen. Retten. Er hat mich gerettet, und obwohl er immer so mufflig ist, spüre ich, dass er es ernst meint.

»Danke«, flüstere ich und senke den Kopf. »Fürs Retten.«

Hannes blickt zu Boden und nickt nur einmal kurz. Er bohrt seine Hände in die Bauchtasche seines Pullovers, und am liebsten würde ich ihn bitten, sich wieder hinter mich zu setzen, auf Pan, damit wir zusammen zurückreiten können, aber ich weiß genau, dass er das nicht tut.

»Du solltest echt gehen«, sagt er und schaut zu dem Kastanienhügel am anderen Flussufer hinüber. Er zieht die Hände aus der Tasche und geht zwei Schritte auf die Steinbrücke zu.

»Warte!«

Hannes bleibt wieder stehen und dreht sich zu mir um.

»Ich habe jemanden gesehen, der genauso aussieht wie du.« Ich sorge dafür, dass Pan sich nicht vom Fleck rührt. »Auf einem Foto. Drüben bei den Gedenksteinen.«

Hannes starrt mich an, dann zuckt er mit den Schultern. »Und?«

»Es ist das Foto von dem Jungen, der verschwunden ist. Vor … vor zwanzig Jahren oder so …« Auf einmal komme ich mir dumm vor oder, wie Hannes vorhin gesagt hat, naiv. Was habe ich denn bitte gedacht, was das bedeutet? Ein Junge, der vor zwanzig Jahren verschwunden ist, sieht aus wie er? Verlegen schüttle ich den Kopf. »Ach, nichts. Vergiss es wieder. Ist ja nur ein altes Foto.«

Hannes guckt mich noch einen Moment lang an, dann dreht er sich abrupt um und marschiert auf die Brücke zu. »Du solltest echt schauen, dass du zurückkommst.«

Diesmal lasse ich Pan losgehen. Wieder habe ich den seltsamen Drang, Hannes zu bitten, sich zu mir aufs Pferd zu setzen – und ich weiß nicht, ob dieser Wunsch von mir kommt oder vielleicht von Pan.

Nach wenigen Schritten bleibt Hannes plötzlich stehen und lässt mich vorbei. Er wendet den Blick ab und sieht aus, als würde ihm was wehtun.

»Was ist?«, frage ich ihn. »Kommst du nicht mit?«

Hannes schüttelt den Kopf. »Ich … Nein. Geht ihr besser allein.«

Enttäuscht will ich ihn fragen, was los ist, aber Hannes sieht mit einem Mal so verschlossen aus, dass ich Angst habe, er redet dann wieder tagelang gar nicht mehr mit mir.

»Okay, dann … bis später«, verabschiede ich mich, während Pan bereits mit laut klappernden Hufen über die Brücke trabt.

»Und sag ihnen nichts von deinem Ausflug«, ruft er mir hinterher. »Niemandem!«

7

Das Hufgeklapper verstummt, als Pans Hufe in weichen Lehmboden sinken.

Ich lasse ihn einfach auf den Hügel mit den Kastanienbäumen zuschlendern, ab hier kennt er den Weg ja allein. Mit meinen Gedanken bin ich immer noch bei Hannes.

Was ist nur mit mir los? Warum ist es so wichtig, dass Hannes mit mir redet? Ich glaube, er hat mir ganz schön gefehlt in den letzten Tagen. Das merke ich erst jetzt. Ob ich zurückreiten und mit ihm gehen soll? Nein, nein, das will er nicht. Er hat mich ziemlich unmissverständlich weggeschickt. Ich wäre gern noch bei ihm geblieben und hätte weiter mit ihm geredet. Ach Mann, wahrscheinlich geht es mir nur so komisch, weil er mich jetzt schon zum dritten Mal gerettet hat! Und dafür hat er bestimmt seine eigenen Gründe. Ich bin ihm eigentlich total egal.

Pan wird schneller, wir haben die Hügelkuppe erreicht. Vor uns liegt der Pfad, der ins Dorf hineinführt.

Oder besser: Hier sollte der Pfad sein.

Und das Dorf.

Verwirrt schaue ich mich um. Wo bin ich denn hier? Keine Häuser, nur ein paar verfallene Mauerreste … keine bunten Tücher, keine Pferdekoppel, keine spielenden Kinder, nichts … nur wucherndes Gestrüpp, das in die Ruinen hineinwächst.

»Wir sind hier falsch, Pan!« In Gedanken wende ich ihn. Pan gehorcht, aber jetzt laufen wir bloß wieder auf den Kastanienhügel zu. Da sind wir doch eben hergekommen! Und dort, hinter dem Hügel, die steinerne Brücke.

Oben auf dem Hügel bleiben wir stehen. Was stimmt hier nicht? Wo bin ich nur gelandet? Wo sind alle, wo ist das Dorf? Ich versuche, Hannes auszumachen, er kann ja noch nicht weit sein – aber der Friedhof liegt verlassen da, kein Hannes weit und breit.

Seltsam.

Pan und ich kehren wieder um. Wir müssen am Fluss entlang, die Häuser beginnen erst weiter unten. Oder? Nein, stopp mal. Ich bin hier schon mal gewesen, ja, genau – als ich Caro und Kim zum ersten Mal von Pan erzählt habe! Da bin ich auch hier gelandet. Aber ich habe mir nichts dabei gedacht, ich war sicher, ich wäre einfach zu weit oben über den Fluss gegangen.

Aber das stimmt nicht.

Wieder stehen wir am Ende des Hügels, auf dem halb versunkenen Lehmpfad, der eigentlich eine Straße sein sollte. Eine ausgetretene Schotterstraße. Die Straße sieht ganz genauso aus! Ihre Form, wie sie sich durch die Häuserreihen schlängelt und an der Ecke des ersten Gemäuers vorbei …

Ich presse die Hand auf meinen Mund.

Nein.

Unmöglich!

Die umzäunte Koppel hinter Hildes Haus, auf der Lun wohnt und die jetzt auch Pans neues Zuhause ist … sie formt einen Buckel, der an den Waldsaum grenzt. Ich könnte schwören, das hier ist diese Wiese! Aber wo ist das Haus? Was ist geschehen, wie können sie alle so plötzlich verschwunden sein?

Auf einmal kommt mir ein unheimlicher Gedanke und mir wird kalt, richtig kalt.

Hannes.

Hannes hat das gewusst!

Deshalb hat er mich allein über die Brücke geschickt! Er sitzt jetzt bestimmt drüben am Friedhof, beobachtet mich und lacht sich kaputt. Pan schnauft ungeduldig, und ich schiebe den Gedanken an Hannes weg und konzentriere mich wieder auf den Weg, der keiner mehr ist. Der Lehmpfad ist in eine wilde Blumenwiese übergegangen, die voller schwirrender Mücken ist. Die Biester stürzen sich auf Pan und mich und beißen überall in unsere Haut, hier können wir nicht weiter, wir müssen zurück … aber hier ist sowieso nichts, nur Wiese und dahinter wieder Wald. Zwischen den Mauerresten halten sich die Fliegen nicht auf, trotzdem will ich fort von hier, dieser Ort ist gruselig, und ich muss jetzt Hannes finden und ihn fragen, was das soll. Und diesmal lasse ich mich nicht abwimmeln!

»Zurück«, sage ich zu Pan und lenke ihn zwischen den Kastanienbäumen durch. Wir überqueren die Brücke, und noch etwas ist seltsam: Pan zuckt weder zurück noch scheint er Angst zu haben, ganz anders als am Vormittag! Als ob … ja, als ob es eine andere Brücke wäre. Oder ein anderer Ort …

Der Friedhof sieht noch genauso aus wie zuvor und mein Herzschlag beruhigt sich etwas. Ich lasse Pan zwischen den Gräbern hindurchgehen und spähe hinter jeden Stein.

»Hannes«, rufe ich laut. »Hannes! Komm raus, das ist nicht komisch!«

Aber ich finde ihn nicht, der Friedhof liegt vollkommen verlassen im Nachmittagsschein. Glitzernde Sonnenstrahlen brechen sich auf den Granitoberflächen der Grabsteine, und es ist ruhig, herrlich ruhig. Ich schließe die Augen und atme ein paarmal tief ein und wieder aus, und als ich sie wieder öffne, sieht alles immer noch genauso aus, wild durcheinandergewürfelte Grabsteine im Sonnenschein.

Ratlos schaue ich mich um. Was soll ich denn jetzt bloß tun? Ich kann schlecht mit Pan nach Hause gehen, nach allem, was heute passiert ist. Aber ich kann ihn ja auch nicht einfach hierlassen!

»Weißt du den Weg?«, frage ich Pan und spüre, wie seine Energie sich auf mich überträgt.

Neuer Mut erfüllt mich, ein neuer Gedanke … ja, natürlich! Wieso überlege ich eigentlich? Ich werde mit Pan einfach denselben Weg nehmen, den ich jeden Tag gehe – durch den Fluss! Ich weiß zwar nicht, warum, aber wenn ich den Fluss an dieser Stelle überquere, gelange ich auf direktem Weg ins Dorf. So wird es heute auch sein, so muss es heute auch sein!

Ich beuge mich vor und lege meine Wange an Pans Mähne. »Danke, dass du bei mir bist«, flüstere ich ihm zu.

Der Weg die Böschung hinunter ist steil und rutschig, aber Pans Hufe graben sich sicher in den weichen Untergrund. Ich bremse ihn nicht, als er schneller laufen will – ich will jetzt darüber, ich muss einfach wissen, ob ich recht habe, ob dieser Weg funktioniert, auch wenn ich es nicht verstehe. Ich bin über die Brücke zum Friedhof geritten. Diese Brücke. Ganz sicher! Warum lande ich dann … woanders? Und wo?

Pan kämpft sich durch das Ufergestrüpp, und Wasser spritzt

auf, als er mit beiden Vorderhufen gleichzeitig in den Fluss springt. Er hat es auf einmal furchtbar eilig. Als wir auf der anderen Seite wieder hinaussteigen, drehe ich mich um: Hinter uns liegt der Friedhof, verstreute Grabsteine im Sonnenlicht und zwischen ihnen die kleine Kapelle. Nichts ist anders an diesem Bild, nichts ungewöhnlich. Und trotzdem [illegible] ist das Gefühl … verschoben.

»Nia! Pan!«

Ein Mädchen mit kurzen Zöpfen kommt den Hügel heruntergerannt, ein Eimerchen in der Hand. Ich erkenne sie sofort und vor lauter Erleichterung beginne ich fast zu schluchzen.

»Irma!«, rufe ich ihr entgegen. »Ich bin so froh, dich zu sehen!«

Das kleine Mädchen bleibt nicht stehen, sondern läuft schnurstracks an mir vorbei. »Ich kann jetzt nicht, Nia. Ich muss noch so viel erledigen!«

Ich schaue ihr nach, wie sie zum Fluss stakst und den Eimer hineintaucht. Und blinzle verwirrt. Was ist das denn? Eben noch war die Uferkante voller Gestrüpp, oder nicht? Pan ist fast daran hängen geblieben, deshalb ist er auch in das Wasser hineingesprungen, ich bin mir ganz sicher – aber da sind keine wilden Büsche am Ufer, nur Rohrkolben und ein paar Wasserlilien … Ich blinzle wieder, aber das Bild bleibt. Nur der Friedhof dahinter, der sieht noch immer genauso aus wie zuvor.

»Irma«, rufe ich zu dem Mädchen hinunter und wende Pan, um ihr nachzureiten. »Bist du schon mal über die Brücke gelaufen? Die Brücke, die vom Friedhof über den Fluss führt?« Ich hebe den Arm und zeige hin. Friedlich und unschuldig gurgelt das Wasser unter der Steinbrücke hindurch und fängt ihren zitternden Schatten auf.

»Nein«, sagt Irma, ohne aufzuschauen. »Ich darf nicht auf den Friedhof gehen.«

»Warum nicht?«

»Weil dort böse Menschen begraben sind.« Irma schaut kurz zu mir auf und runzelt die Stirn. »Wenn die aus ihren Gräbern steigen, muss ich hier sein, auf unserer Seite!«

Oh, alles klar. Auch Irma hat man Schauergeschichten erzählt, damit sie nicht davonläuft! Die Windheimer sind ganz schön verrückt.

»Aber wenn man über die Brücke geht …«, fange ich wieder an, doch in dem Moment kommen noch mehr Kinder den Hügel heruntergerannt, die, die auch schon am Vormittag hier gewesen sind. Irma steht auf und geht zu ihnen und Pan und ich wenden uns ab. Ich habe genug gehört. Irma weiß nichts von den seltsamen Ruinen. Weil man sie immer davon ferngehalten hat.

Auf einmal kann ich es kaum noch abwarten, ins Dorf zu kommen! Ich lasse Pan den Hügel hinaufgaloppieren. Die Geschwindigkeit tut uns beiden gut, und als wir oben stehen und ich die bunten Tücher vor den Häusern im leisen Wind flattern sehe, fühle ich mich so leicht wie seit Tagen nicht mehr.

Hier ist alles ganz normal!

Die Pferdeweide hinter dem Haus, in dem Hilde mit ihrer Familie wohnt, von der Lun neugierig zu uns herüberwiehert. Die Kinder, die wie immer durch die Straßen rennen, Männer, die Zäune ausbessern oder Fassaden streichen, ein paar Frauen, die riesige Laibe Brot zum Marktplatz mit dem langen Tisch schleppen, sogar die Fensterläden, die klappernd in ihren Angeln tanzen. Weiß der Kuckuck, wo ich vorhin entlanggeritten bin!

Ich folge der Straße ins Dorf und sauge die Normalität in

mich auf wie eine Ertrinkende die rettende Atemluft. Was war nur mit mir los? Natürlich kann ein halbes Dorf nicht einfach so verschwinden, von jetzt auf gleich. Die Brücke muss irgendwo anders hinführen, eine Abzweigung, die ich übersehen habe … Oder es war eben doch eine andere Brücke!

Bloß welche?

Ich reite am Fluss entlang. Nein, da ist keine andere Brücke. Nur diese eine, über die ich vorhin davongeritten bin.

Wieder schaue ich mich um. Der Wind bläst jetzt heftiger, er wirbelt die bunten Tücher auf und saust durch die Gassen wie ein verirrtes Gespenst.

Es wäre so leicht … so einfach. Von Pan absteigen, ihn zu Lun auf die Weide bringen und nach Hause gehen. Aber so einfach ist es eben nicht, denn diese Brückensache würde mir ja doch keine Ruhe lassen!

»Komm«, sage ich zu Pan und lenke ihn erneut auf die breite Steinbrücke zu. Niemand beachtet mich, niemand ruft mir eine Warnung hinterher oder einen Rat … Nur Pan und ich allein verlassen das Dorf, zum zweiten Mal an diesem Tag.

Diesmal stockt Pan nur kurz, als er den ersten Fuß auf die Brücke setzt. Ich stelle mir wieder vor, meinen Mantel aus Mut über uns zu hüllen, und schon trabt er klappernd hinüber. Der Wind verstummt, es ist, als hätte jemand ihn abgedreht. Schnell schaue ich wieder hinüber zum Friedhof, doch das Bild der Grabsteine bleibt unverändert, ganz genau wie zuvor.

»Stopp«, flüstere ich. Eigentlich wollte ich es nur denken, aber wenn ich rede, fühle ich mich ein bisschen mutiger. Vor allem, wenn ich mit jemand anderem reden kann. »Wir kehren um. Sofort hier!«

Ich wende Pan, und er schnauft verwirrt, läuft aber artig zurück auf die Brücke.

Auf halbem Weg bremse ich ihn, weil ich auf den Wind warte, dem wir gerade davongeritten sind. Doch der Wind kommt nicht, die Welt um uns bleibt stumm und still, als hätte jemand einen Schalter gekippt und jedes Geräusch, jede Regung um uns einfach ausgeschaltet.

Wir erklimmen den Hügel. Die Kastanienbäume schwingen leicht hin und her, als ich zu ihnen hochschaue. Dann schließe ich meine Augen. Ich lasse Pan weitergehen, sehe aber nicht hin, ich warte, warte, bis ich spüre, wir haben die Kuppe überquert, erst dann, erst als ich sicher bin, öffne ich sie wieder.

Mein Herz macht einen Satz, und ich merke, dass mir schwindlig wird, schwindlig und übel.

Das Dorf ist verschwunden, weg, als hätte jemand es mitgenommen. Vor uns, zwischen wuchernden Sträuchern und verborgen unter dichtem blassgrünen Gras, ragen nur die Ruinen der Häuser empor.

»Pan …«, flüstere ich. »Pan, wie kann das sein?«

Pan steht ganz still. Er scheint zu warten. Aber worauf? Hier können wir auf jeden Fall nicht bleiben. Es macht auch keinen Sinn, weiterzureiten und zu gucken, ob das Dorf nach dem nächsten Hügel wieder auftaucht, denn es gibt keinen solchen Hügel, das weiß ich genau. Hier, genau hier müsste Hildes Haus stehen! Ich drehe mich um, hin und her, bis sich mein Nacken versteift. Hier stimmt was nicht – hier stimmt was ganz und gar nicht!

Wir reiten zurück, zurück zur Friedhofseite und von dort noch einmal durch den Fluss. Der Wind empfängt uns, kaum haben Pans Hufe das Flussbett verlassen, und sofort höre ich Irma und ihre Freunde lachen. Ich lasse Pan über den Hügel klettern, aber diesmal haut mich der Anblick nicht um. Diesmal bin ich vorbereitet.

Trotzdem verstehe ich es nicht, also reiten wir noch mal exakt dieselbe Strecke – den Hügel hinab, über die Brücke und zurück. Die Ruinen scheinen mich zu verspotten. Beim dritten Mal galoppieren wir durch den Fluss Richtung Friedhof und kehren über die Brücke zurück, und wieder landen wir in dem Ruinenfeld, ganz so, als ob die Brücke ein Tor wäre, das sich nach uns schließen würde, um Fremde vom Dorf fernzuhalten.

Nach der vierten Runde hat Pan keine Lust mehr auf das Spiel. Und ich auch nicht. Ich habe so viele Fragen im Kopf, dass mir fast das Gehirn platzt. Wie soll ich verstehen, was hier geschieht? Das alles ergibt doch keinen Sinn!

Aber ich weiß, wer meine Fragen beantworten kann.

Wenn ich ihn finde.

Hannes!

8

Bevor wir zum Fluss reiten, lasse ich Pan einen kleinen Umweg zwischen den Gräbern hindurchgehen. Ich will an dem Gedenkstein vorbei, der ganz am anderen Ende des Friedhofs steht. Hannes ist nicht mit uns über die Brücke gegangen, er hat mich absichtlich ins Ungewisse geschickt … Was, wenn er mir noch mehr verschweigt?

Die Gedenksteine stehen etwas abseits der Gräber, hinter der Kapelle, unter einer Heckenrose voller duftender weißer Blüten. Ich halte Pan neben dem linken an und beuge mich hinunter, um die Schrift darauf lesen zu können.

Johannes Keller.

Mehr nicht, aber mehr ist auch nicht notwendig. Der Stein gilt ja auch keinem verstorbenen, sondern einem verschwundenen Menschen, einem, von dem man hofft, dass er noch irgendwo dort draußen lebt und eines Tages zurückkehrt. Plötzlich springt Pan zur Seite, ein Schauder läuft durch seinen Körper.

»Was hast du?«, frage ich ihn, doch Pan schüttelt nur den Kopf und weigert sich beharrlich, auch nur einen Schritt auf den Stein zuzugehen, also steige ich ab und beuge mich darüber.

Ich weiß nicht viel über Johannes Keller, eigentlich nur, dass er der Sohn der alten Wirtsleute war, die das Gasthaus »Zum Alten Böhmwind« betreiben. Ben hat ihn sogar gekannt, aber niemand redet gern über so was. Als ob man Unheil von sich fernhalten könnte, wenn man einfach nicht dran denkt.

Das Foto ist alt und krisselig, eine Analogaufnahme von einer Kamera mit Film. Jemand hat es mit Klebeband umwickelt, wahrscheinlich um es vor der Witterung zu schützen.

Der Junge, der darauf in die Kamera lacht, sieht ziemlich gut aus. Er hat ein helles Poloshirt an, das am Kragen leicht offen steht, blonde Wuschelhaare und gerade, strahlende Zähne. Seine Augen sind tiefblau, nicht so hell wie der Himmel, es ist eher die Farbe des Meeres. Man kann sich gut vorstellen, dass dieser Junge heftig vermisst wird, sein Lachen wirkt ansteckend, er sieht aus wie jemand, mit dem es Spaß macht, durchs Leben zu ziehen.

Auf den ersten Blick sieht er tatsächlich aus wie Hannes! Aber wenn man genauer hinsieht, gibt es doch zu viele Unterschiede. Hannes habe ich noch nie so lachen sehen. Er hat keine so strahlend weißen Zähne und außerdem sind seine Haare heller und viel länger. Ob er ansteckend lachen kann, weiß ich nicht, er versteckt sich ja meistens unter dieser blöden Kapuze. Vielleicht ist die Ähnlichkeit doch nicht so groß, wie ich zuerst dachte.

Pan zieht an dem Zügel in meiner Hand. Er will fort von hier, vielleicht ist ihm der Gedenkstein ja unheimlich. Ich lasse meinen Arm lang werden, damit er nicht näher kommen muss, aber Pan ist so angespannt, dass mir unwillkürlich ein Schauer über den Rücken läuft.

»Was?«, flüstere ich. »Was ist es? Was hast du?«

Pan senkt den Kopf. Er schnauft kräftig durch die Nüstern aus, und etwas wirbelt vom Boden hoch, leise und leicht, eine winzige grau-schwarze Schneeflocke. Mit einem Ruck reißt er mir die Zügel aus der Hand und springt zwei Schritte zurück.

Ich lasse ihn gewähren. Ich weiß, was ihn stört.

Keine Schneeflocken … Federn.

Unzählige, winzige grau-schwarze Flaumfedern, eingeklemmt unter kleinen Steinen, die rings um den Gedenkstein im Moosbett ruhen.

Wir durchqueren das Flussbett im Galopp. Das eiskalte Wasser spritzt um meine Beine, aber ich kümmere mich nicht darum, auch nicht um Irma und die anderen Kinder, die urplötzlich vor uns auftauchen und kreischend zur Seite hüpfen. Wir jagen den Hügel hinauf, den Schotterweg entlang, weichen gerade noch einer Frau und einem Mann mit prall gefüllten Körben aus und fegen um die Kurve, bis wir am Marktplatz keuchend zum Halten kommen.

Die große Tafel ist bereits gedeckt, riesige duftende Brotlaibe liegen in Abständen auf dem Tisch und jemand hat Kelche mit frischem Wasser dazugestellt. Leute sitzen auf den Bänken, reden und lachen miteinander, zwei Frauen schaukeln Strickzeug auf ihrem Schoß und überall laufen Kinder herum und jagen sich durch die tief herabhängenden Äste der alten Weide.

»PaNia«, sagt ein Mann und winkt uns zu. »Was hast du es denn so eilig?«

»Hannes«, keuche ich. »Hat jemand Hannes gesehen?«

Die Frauen mit dem Strickzeug wechseln einen Blick. Keine von ihnen sagt etwas, doch dann räuspert sich der Mann und deutet Richtung Westen. »Versuch es mal dort. Bei Norwins Haus.«

Ich beiße mir auf die Lippe. Ausgerechnet Norwin! Wenn Norwin dabei ist, wird Hannes mir bestimmt nichts erzählen, aber das ist jetzt egal, weil ich ihn überhaupt erst mal aufspüren muss. Pan läuft los, und die Kinder bilden ein Spalier, um uns durchzulassen.

Ich folge der Gasse in westlicher Richtung. Die Häuser stehen hier enger beieinander und auch die Schatten fallen dichter, düsterer. Der Tag neigt sich dem Ende, die Sonne steht schon schräg am Himmel – war ich wirklich so lange unterwegs? Das ist echt gruselig. Wenn ich mit Pan unterwegs bin, verliere ich komplett das Gefühl für die Zeit.

Vor Norwins Haus haben sich einige Gestalten versammelt. Sie alle tragen lange dunkle Roben und sitzen beieinander im Gras, als würden sie Kriegsrat halten. Als wir näher kommen, sehe ich, dass es sich um die Windhüter handelt, die Reiter, die tagtäglich an der Wiese Wache halten und die Windpferde schützen. Norwin ist auch darunter und, ein wenig abseits der anderen, Hannes.

Ich lasse Pan aus den Schatten heraustreten und ein paar der Windhüter drehen sich zu uns herum.

»PaNia!« Norwin steht auf, löst sich aus der Gruppe und kommt mit ausgebreiteten Armen auf uns zu. »Gut, dass ihr hier seid. Wenn du eine Hüterin werden willst, solltest du ab sofort bei den Besprechungen dabei sein.«

Meine Frage liegt mir auf der Zunge, so schwer, dass ich kaum schlucken kann. Was ist hier los? Was stimmt nicht mit diesem Ort? Ich will rufen, schreien – aber ich sehe nur ihre Augen unter den dunklen Roben, und ich bringe keinen Ton heraus.

»Fürchte dich nicht«, sagt Norwin und lächelt. »Wir haben alle mal damit angefangen. Es gibt nur eines, wovor du dich in Acht nehmen musst, und das sind die Windpferde. Doch solange du mit Pan zusammen bist, kann dir nichts geschehen.«

Ich schaue zu Hannes hinüber. Er trägt keine Robe, sondern immer noch den schwarzen Kapuzenpullover. So als würde er gar nicht richtig zu ihnen gehören. Ich signalisiere ihm verzweifelt, dass ich es weiß, dass ich über die Brücke geritten bin und die Ruinen gesehen habe, aber Hannes starrt vollkommen ungerührt zurück und tut, als würden wir uns zum ersten Mal an diesem Tag begegnen.

Die Warnung fällt mir wieder ein. *Sag niemandem etwas von deinem Ausflug mit Pan.* Ich beiße mir fest auf die Lippe, ich will endlich wissen, was los ist, aber ich habe auch Angst. Angst? Vor wem eigentlich? Vor Norwin? Dafür gibt es doch gar keinen Grund. Aber etwas an Hannes' Worten war ernst, auch er hatte Angst. Nicht um mich, ganz bestimmt nicht. Er hatte Angst … vor etwas.

Und ich beschließe zu warten. Meine Fragen für mich zu behalten, bis ich mit Hannes allein bin. Sie sollen nicht wissen, dass ich mit Pan im Dorf gewesen bin, lieber warte ich, lieber gehe ich kein Risiko ein. Doch das nächste Mal, wenn ich Hannes allein treffe, lasse ich ihn nicht so einfach davonkommen!

»Du übernimmst deine erste Schicht mit Lunde.« Norwin streckt die Hand aus und winkt jemanden in seinem Rücken heran. Ich brauche einen Moment, um Hilde zu erkennen: Auch sie trägt eine lange schwarze Robe. Als sie näher kommt, erkenne ich, dass lauter rote Ornamente darauf gestickt sind. Die Zeichen unterscheiden sich in ihrer Anordnung, ihrer Größe und Stärke, sodass es aussieht, als würde sich ein Gesamtbild ergeben, aber eigentlich ist es immer dasselbe Symbol: ein Dreieck, das im oberen Drittel von einer Welle zerteilt wird.

»Es ist das Symbol für den Wind«, klärt Hilde, die meinem Blick gefolgt ist, mich auf. Sie lächelt sanft. »Du wirst auch einen Umhang bekommen. Er ist schon fast fertig.«

»Ich …« Mein Mund ist staubtrocken, unter all ihren Blicken fühle ich mich so unsicher, dass ich kaum atmen kann. Ich beuge mich vor und lege meine Hand auf Pans Hals. Sofort spüre ich das leichte Pulsieren, wie ein Kraftfeld, das meine Haut leicht zittern lässt.

»Bist du dabei?« Norwin sieht mich fest an, so als würde meine Antwort etwas Entscheidendes auslösen.

»Ja«, sage ich schnell. »Ich bin dabei!«

Norwin nickt zufrieden. Er achtet sehr darauf, Pan nicht zu nahe zu kommen, ich weiß noch gut, was passiert ist, als er sich ihm nach unserer Zeremonie genähert hat. Ungefähr dasselbe wie heute mit den Wanderern und Sammy, bloß dass er wusste, was mit ihm geschieht.

»He, Ginnes«, ruft Silvan, der Junge mit dem Silberpferd, und grinst Hannes an, »willst du nicht lieber mit PaNia reiten?«

Hannes verzieht keine Miene. Er schüttelt nur gleichmütig den Kopf und schiebt sich die Kapuze herunter. »Nein. Will ich nicht.«

»Lasst den Quatsch«, ruft Hilde laut nach hinten und verdreht die Augen. Dann wendet sie sich wieder mir zu. »Sei morgen bei Sonnenaufgang hier, ja? Zusammen mit Pan.«

Als ich nach Hause komme, parkt ein Krankenwagen quer in Tante Lisbeths Einfahrt.

Sammy! Oh Gott, das ist meine Schuld, nur wegen mir und Pan … Ich renne, renne zum Haus und die Stufen hinauf, die

Eingangstür steht offen, und im Flur höre ich die Sanitäter schon miteinander reden, aber seltsamerweise kommen ihre Stimmen aus dem angrenzenden Wohnzimmer. Ist Sammy etwa hier unten zusammengeklappt? Auf einmal habe ich Angst. Genau wie vorhin. Mein Mund wird staubtrocken, und ich glaube, Ich will die Antwort nicht hören, ich will nicht sehen, was passiert ist …

Die Stimmen reden weiter, gedämpft, aber ich verstehe, was sie sagen. »… mitnehmen. Zu Ihrer eigenen Sicherheit.«

Vorsichtig stoße ich die Tür auf und schiebe meinen Kopf durch den Türspalt. Zwei Sanitäter knien mit dem Rücken zu mir auf dem Boden und versuchen, jemanden auf einer Trage festzuschnallen. Jemanden, der das ganz offenbar nicht toll findet und sich heftig dagegen wehrt.

»Nein, nein und nochmals nein! Ich gehe hier nicht weg!«

Ich trete vollends ins Zimmer und quetsche mich zwischen die Sanitäter, eine Frau und einen Mann. Die Frau macht mir unwillkürlich Platz, vielleicht hofft sie, ich würde Tante Lisbeth zur Vernunft bringen. Aber das habe ich ganz bestimmt nicht vor.

»Tante Lisbeth«, wispere ich und strecke die Hand nach ihr aus. »Was ist mit dir?«

Lisbeth sieht zu mir auf. Ihre Augen weiten sich und ihre Atmung wird ganz flach und hektisch.

»Du …«, flüstert sie, aber ihre Stimme wird von einem Hustenanfall erstickt.

»Sie sollte wirklich mit uns kommen«, sagt der Sanitäter zu der Couch. Erst jetzt bemerke ich Ben, der darauf sitzt und ziemlich besorgt dreinguckt. Ben … und Sammy, um die er einen Arm gelegt hat. Und die sich den Bauch hält. Vor lauter Erleichterung wird mir ganz schwindelig.

»Was ist denn passiert?«, frage ich in die Runde, ohne Tante Lisbeth loszulassen.

»Sie ist umgekippt«, klärt Sammy mich auf. »Ganz plötzlich.«

»Schwächeanfall«, antwortet der Sanitäter. »Wahrscheinlich der Schock.«

Wieder wird mir kalt. »Wegen … wegen mir?«

»Nein«, knurrt Sammy. »Wegen mir.«

»Ist doch egal«, mischt Ben sich ein. »Wichtig ist, dass sie medizinisch versorgt wird, und das geht nun mal im Krankenhaus am besten. Wenn sie uns hier noch mal umkippt, was sollen wir dann machen? Außerdem sehen Sie ja, was hier los ist.« Ben schielt bedeutungsvoll auf Sammys dicken Bauch.

Die Sanitäterin nickt. »Also gut. Frau Schmid, kommen Sie bitte? Gehen Sie ruhig selbst, wir helfen Ihnen in den …«

Weiter kommt sie nicht, denn Tante Lisbeth reißt sich barsch los, von ihr, von mir, und robbt ans andere Ende des Zimmers. »Nein. Nein! Niemals gehe ich hier fort, niemals!«

»Herrgott«, seufzt der Sanitäter. »Wir wollen Ihnen doch nur helfen!«

Lisbeths Augen drehen sich nach oben. Für einen Moment sieht man nur das Weiße darin. Es sieht abartig gruselig aus, doch im nächsten Augenblick ist sie schon wieder da, und ihr durchdringender Blick heftet sich auf mich.

»Du wirst mit ihnen gehen«, flüstert sie mit halb erstickter Stimme. »Du wirst mit ihnen gehen, ich weiß es!«

Verwirrt schaut mich der Sanitäter an. »Fehlt dir denn was? Oder warum sollst du mit uns gehen?«

Ich kann nur den Kopf schütteln. Ben steht auf und nimmt Lisbeth in den Arm. Er redet beruhigend auf sie ein, aber sie kreischt wieder: »Nein! Nein! Niemals!«, und so lässt er die Hände sinken, dreht sich zu den Sanitätern um und schüttelt bedauernd den Kopf.

»Sorry. Nichts zu machen.«

Die beiden Sanitäter tauschen einen Blick. Dann zuckt der Mann mit den Schultern. »Alles klar. Ihre Entscheidung.«

In der Tür bleibt die Frau noch einmal stehen und dreht sich zu Sammy um. »Wirklich alles okay mit Ihnen?«

»Was?« Sammy blinzelt zu ihr hoch. »Jaja, mir geht's gut. Das ist nur … anstrengend. Hier. Das alles.«

»Denken Sie daran, dass Sie sich Ruhe gönnen«, rät die Sanitäterin. »Gerade jetzt kann Aufregung wirklich gefährlich sein.«

Sammy nickt vage und schaut wieder zu Ben, der Lisbeth vom Fußboden hochhelfen will. Doch nicht einmal das lässt sie zu, sie schlägt heftig um sich und wimmert immer wieder: »Nein, nein! Nicht gehen, nein!«

Weil es sonst keiner tut, bringe ich die Sanitäter zur Tür. Ich sehe zu, wie sie die leere Trage in den Krankenwagen laden und davonfahren, und die ganze Zeit über habe ich ein total mulmiges Gefühl im Bauch.

Als ich zurück ins Wohnzimmer gehe, setze ich mich neben Sammy auf die Couch. Ich wage nicht, sie jetzt nach Pan zu befragen – dabei würde ich so gern hören, was sie über ihn zu sagen hat! Aber das muss warten.

»Was ist passiert?«, will ich stattdessen wissen.

Sammy seufzt tief. »Ach. Ich bin ein bisschen … na ja, ohnmächtig geworden oder so. Der Kreislauf halt. Und Ben hat sofort den Notarzt gerufen, voller Panik, weil der ja so lange braucht bis hierher. Bis die beiden Sanis hier waren, stand ich schon wieder und hätte sie gleich wieder weggeschickt, aber Lisbeth ist plötzlich blass geworden und hat was gestammelt von Abschied und Mitnehmen und einer großen Gefahr, und dann ist sie vollkommen durchgedreht, hat um sich geschlagen und geschrien, bis ihr die Kraft ausging und sie zusammengeklappt ist.« Sammy schüttelt den Kopf. »Meine Herren, ich war mir sicher, sie feiert eine Party, wenn sie mich endlich aus dem Haus hat. Und jetzt so was.«

»Sammy …« Ich beiße mir auf die Lippen. Mir ist wieder eingefallen, was Lisbeth gesagt hat. *Du wirst mit ihnen gehen.* Die Sanitäter dachten, ich sollte mit ihnen mitgehen, aber das hat Tante Lisbeth nicht gemeint.

Sie weiß von den Windpferden. Und sie weiß, dass etwas vor sich geht – etwas, was Norwin und die anderen vor mir verheimlichen.

»Ich leg mich hin.« Sammy steht auf. Sie braucht zwei Anläufe, kippt fast vornüber, so schwer ist ihr Bauch mittlerweile. Ich strecke die Hand aus, ganz automatisch, um sie zu stützen. »Hilfst du Ben mit Lisbeth, ja?«

Ich nicke. Natürlich. Ich lasse Lisbeth nicht im Stich. Sie war schließlich auch für mich da, früher, als ich noch ein kleines Mädchen war. Und niemand mich haben wollte.

Ich gehe nirgendwohin! Was nur hat sie gemeint?

Und dann weiß ich es. Es ist wie ein Puzzlestück, das sich in ein Bild fügt und das erst dann einen Sinn ergibt.

Die Vorbereitungen. Die Geheimnisse. Und Norwins seltsame Andeutungen.

Nicht ich gehe.

Sie gehen!

VERBANNT

9

Ich bin auf, bevor die Nacht vorüber ist. Vor dem Fenster ist es stockfinster, und ich fühle mich, als wäre ich eben erst eingeschlafen. Wie lange bin ich mit Ben noch bei Lisbeth gesessen? Ich weiß es nicht mehr, ich habe gar nicht auf die Uhr geschaut.

Lisbeth hat sich zusammengekrümmt und gewimmert, immer wieder, so als hätte sie Schmerzen, aber auf unsere Fragen wollte sie nicht antworten, und irgendwann ist sie dann weggedämmert, aber an ihren flackernden Lidern und ihrem unruhigen Zucken konnten wir genau erkennen, dass sie wilde Träume haben musste.

»Ben«, habe ich geflüstert und dabei Lisbeth über den Rücken gestreichelt, ganz sacht, um sie nicht zu stören. »Lisbeth hat mir vor ein paar Tagen ein Grab gezeigt. Auf dem Friedhof. Sie meinte, dort wäre ihr Mann begraben.«

Wir saßen eine ganze Weile im Dunkeln, während ich auf Antwort wartete und Ben überlegte. Dann sagte er: »Ich kann mich nicht erinnern, dass sie verheiratet war. Sie hat dieses Haus mit ihrem Bruder geerbt, vor vielen Jahren. Der Bruder starb und seitdem wohnt sie hier allein.«

Ich versuchte, mich an den Namen zu erinnern, der auf dem

Grab stand. »Er hieß … Wilfried … Wilfred … oder so ähnlich.« Dabei war der Name gar nicht das Seltsame an diesem Mann gewesen. Sondern das Geburtsjahr auf dem Grabstein – dieser Wilfried oder Wilfred war nämlich Mitte des 19. Jahrhunderts geboren. Deshalb hatte ich Lisbeth die Geschichte nicht so ganz abgekauft.

»Hab ich nie gehört«, flüsterte Ben zurück. »Ich weiß nur, dass sie nach Amerika gegangen ist. Das war angeblich wegen einem Mann.«

»Vielleicht ist er ja mit ihr hergekommen? Als sie zurückkam?«

»Und dann hier gestorben?« Ben schüttelte den Kopf. »Also, das hätten wir doch gewusst. Ich war ein Kind, als sie wiederkam. Meine Mutter war damals oft mit mir hier, ich habe so viele Ferien in Windheim verbracht. Einen Mann hab ich bei Lisbeth nie gesehen.«

»Komisch.«

»Warum?«

»Weil sie so … traurig war.« Ich erinnerte mich daran, wie sie den Grabstein umarmt und geschluchzt hatte. Und wie sie mich bat, in diesem Grab beerdigt zu werden, bei ihrem Mann.

»Dann hatte sie eben einen heimlichen Liebhaber.« Ben kicherte. »Vielleicht hatte der eine andere Frau, deshalb durfte niemand davon wissen.«

»Wie lange war sie überhaupt in Amerika?«, fragte ich, weil ich mir Lisbeth als Ehebrecherin nicht vorstellen wollte.

»Lange. Bestimmt zehn Jahre.« Ben überlegte. »So wirklich geredet hat sie über die Zeit aber nie. Ich weiß nicht mal, in welchem Bundesstaat sie gelebt hat. Es hieß immer nur: Lisbeth ist in Amerika.«

Und dann hörte das Zittern und Wimmern irgendwann auf, und Lisbeth atmete ganz ruhig und friedlich, sodass Ben und ich sie allein lassen und ebenfalls ins Bett gehen konnten. Doch wirklich schlafen konnte ich danach trotzdem nicht. Der ganze Tag war so aufregend gewesen, so voller neuer Geheimnisse, dass mein Kopf die erst einmal verarbeiten musste.

Ich trete ans Fenster, schaue hinaus in die Nacht. Müde fühle ich mich nicht, dazu ist mein Kopf viel zu beschäftigt. Aber ich muss die Gedanken an Lisbeth und Sammy jetzt wegschieben, denn heute werden Pan und ich Windhüter! Wir gehören nun richtig dazu, und ich werde nicht mehr nur geduldet auf der Pferdewiese im Wald, ich darf sie sogar bewachen. Die Aufregung kehrt zurück und plötzlich bin ich froh für die Ablenkung. Ich tapse zum Schrank, reiße ihn auf und überlege, was ich anziehen soll.

Ob Hannes auch da sein wird? Schnell schüttle ich den Kopf. Oh Mann, was interessiert mich Hannes! Er hat den anderen ja ziemlich deutlich gesagt, dass er nicht mit mir reiten will. Wahrscheinlich hat er einfach genug von mir. Das wundert mich zwar nicht, aber es ist trotzdem ein Kackgefühl. Gestern, als er hinter mir auf Pan saß, dachte ich noch … aber nein, er hat mir nur aus einer dummen Situation geholfen. Wahrscheinlich ging es nicht mal um mich, sondern vielmehr um Pan. Er hat Pan gerettet, nicht mich.

Niemand hat mir gesagt, was ich anziehen soll, also entscheide ich mich für eine blaue Hose mit aufgeprägtem Blumenmuster und dazu ein hellblaues T-Shirt mit Fledermausärmeln. Meine Haare flechte ich zu einem dicken Zopf, den ich um meinen Kopf rolle und mit Klammern befestige. Zuletzt stecke ich noch zwei getrocknete blasslila Federblumen hinein und nicke zufrieden. Ich sehe aus wie das Blumenmädchen auf einer Hochzeit! Aber so fühle ich mich, als würde ich einem besonderen Tag begegnen. Und das ist er schließlich auch.

Hilde wartet am Gatter auf mich. Sie hat Lun schon gesattelt und ihm das Reithalfter aus Windpferdeleder angelegt, das alle Windpferde tragen. Alle außer Pan. Auch Luns Halfter ist mit Federn geschmückt, und Hilde hat eine winzige Verzierung auf sein Stirnband gestickt – dieselben Ornamente, die ich gestern auch auf ihrer Robe entdeckt habe.

»Hier.« Hilde reicht mir ein eingewickeltes Paket mit einer großen roten Schleife. »Das ist für dich.«

Überrascht nehme ich das Paket entgegen. »Danke! Soll ich es gleich auspacken?«

»Na klar!«

Hilde sieht mir lächelnd zu, während ich die Schleife öffne und das Papier zerreiße. Mein Herz klopft heftig vor Stolz. Zum Vorschein kommt dichter dunkler Stoff, weich und fließend wie ein Wasserfall … Ich ziehe ihn heraus und entfalte eine Robe, wie sie auch die anderen Windhüter beim letzten Mal getragen haben. Auch auf ihr wurden die Symbole des Windes eingestickt, ringsherum, bloß sind sie nicht rot, so wie bei Hilde, sondern in allen Farben des Regenbogens gehalten.

»Weil wir noch nicht wissen, welche Farbe Pan einmal bekommt.« Hilde deutet auf ihren Umhang. »Normalerweise sticken wir gleich unsere Farben darauf, die Farben unseres Teams. Aber bei Pan ist noch keine Tendenz zu erkennen, also tragt ihr nun alle Farben mit euch.«

»Was hat es mit der Farbe auf sich?«, frage ich und schaue mir Lun genauer an. Tatsächlich, die Spitzen seiner hellen Mähne schimmern in einem blassen Rot. Es ist kaum zu sehen, das Morgenlicht ist noch zu schwach, aber wenn man genau hinsieht, erkennt man den Farbton.

»Wir wissen es nicht genau.« Hilde führt Lun auf den Weg und steigt in seinen Sattel. »Aber es scheint etwas mit ihrem Charakter zu tun zu haben. Helle Farben stehen für Feuer, für viel Energie. Dunkle Farben eher für gemäßigte Gemüter. Es gibt sogar Windpferde, die Schwarz tragen. Die halten sich meistens im Hintergrund auf.«

»Und Pan hat alle Farben, weil er noch jung ist?«

»Genau. Ein Windpferdfohlen wird mit allen Farben geboren. Bei manchen ist es nur ein Schimmer, ganz leicht … Bei vielen erkennst du sofort, welche Farbe dominant wird. Irgendwann verblassen die anderen dann und ihre wahre Farbe kommt zum Vorschein.«

»Was, wenn sie keine eigene Farbe bekommen?«

»Das passiert auf jeden Fall«, beruhigt mich Hilde. »Einige wenige Windpferde tragen auch zwei Farben, aber die sind wirklich selten.«

Mir gefällt die bunte Robe. Und mir gefällt es auch, dass Pan noch keine Farbe trägt – sein wahres Ich bleibt also noch ein Geheimnis. Ich lasse den samtenen Stoff durch meine Finger gleiten, dann werfe ich ihn mir ruckartig um die Schultern und binde ihn vor meiner Brust zusammen. Etwas geschieht mit mir. Es ist, als hätte ich mir einen Zauberumhang angezogen, ich fühle mich wie in einer anderen Welt. Jetzt gehöre ich wirklich und wahrhaftig zu ihnen und jeder kann es sehen!

Schnell streife ich Pan sein gewöhnliches Halfter über und sattle ihn, dann warte ich, bis er mich aufsteigen lässt. Er macht noch immer diese Verbeugung, mit der er mich schon bei unserer ersten Begegnung auf seinen Rücken gelockt hat, nur dass ich inzwischen freiwillig aufsteige und wir gemeinsam unterwegs sind.

Wir folgen Hilde und Lun aus dem Dorf hinaus und auf den Waldrand zu. Das Morgenlicht sammelt sich auf den dichten Blättern und sendet goldene Lichtblitze auf das Laub, das Moos, die Flechten. Hilde führt mich in einen anderen Teil des Waldes, einen pfadlosen Dschungel, den sie aber genau zu kennen scheint. Winzige Federblumen wachsen um die Wurzelränder der Baumriesen, und wir folgen der Spur ihrer Farben, von Fliedergrau zu Sonnengelb zu Orange, dann Rot und schließlich Veilchenviolett.

»Hilde«, murmle ich, als der Wald um uns lichter wird, offener, und das Gestrüpp erlaubt, dass wir nebeneinanderreiten. »Ich muss unbedingt etwas wissen.«

Sie sieht mich abwartend an, also sammle ich meinen Mut und frage: »Kann es sein, dass ihr … also, dass ihr … weggeht? Mit den Pferden?«

Hilde antwortet mit einem langen Schweigen, bei dem mir heiß und kalt wird. Dann lächelt sie schmal. »Wir verlassen diesen Ort nicht, wenn du das meinst.«

Erleichtert nicke ich. »Tante Lisbeth … sie hat etwas angedeutet. Aber sie ist manchmal seltsam, sie verliert sich … Ich weiß nicht mehr, was ich ihr glauben kann und was nicht.« Ich seufze. »Und es kam mir so vor, als ob ihr zusammenpacken würdet. Als ob ihr euch auf einen Abschied vorbereitet.«

»Würdest du denn wollen, dass wir gehen?« Hilde legt den Kopf schräg und sieht mich durchdringend an. »Oder würdest du … mit uns kommen wollen?«

»Ich will natürlich nicht, dass ihr weggeht«, platze ich heraus. »Pan und ihr und all das«, ich deute auf die Robe, die sich weich an meinen Körper schmiegt, »das ist wie ein neues Leben. Ich war schon als kleines Mädchen in Windheim, weißt du? Aber dann kamen Sammy und Ben mich holen und ich musste in die Stadt ziehen. Es war, als ob die Leute dort … anders wären als ich. Ich war immer nur allein. Hier, bei euch, fühle ich mich wieder ganz normal. Bei euch an dem großen Tisch am Marktplatz zu sitzen, zwischen all den anderen …« Ich verstumme. Das war gar nicht ihre Frage, oder? »Ist im Grunde egal. Ihr seid mir wichtig. Mehr wollte ich gar nicht sagen.«

Hilde lächelt. Und diesmal lächelt sie wirklich. »Das ist gut, Nia. Wirklich gut! Damit ist alles gesagt. Und nun können wir an die Arbeit gehen.«

Wir reiten durch einen Schleier aus dichten, tief hängenden Weidenästen und vor uns öffnet sich der Wald. Genauso sieht es aus – als würde ein Tor zur Seite geschoben. Die Bäume machen Platz für das Licht und die Luft und das Plätschern des Wasserfalls, und ich muss blinzeln, weil die Sonne uns plötzlich blendet. Dann sehe ich die Pferde. Eine bunte Herde, völlig frei und ohne jeden Zaun, die sich wie in Zeitlupe über die riesige Fläche bewegt. Ich halte den Atem an, so schön sehen sie zusammen aus … da macht Pan einen Satz, zu den Pferden hin, weil er es so gewohnt ist, weil er auch zu ihnen möchte!

»Stopp ihn«, warnt Hilde schnell. »Er darf nicht die Kontrolle übernehmen!«

»Er will doch nur seinen Freunden Hallo sagen.« Ich winke ab. »Darf er das nicht?«

Hilde schüttelt den Kopf. »Er wird wieder mit ihnen zusammen sein. Aber nicht, wenn wir auf unserem Wachposten sind, Nia. Das ist nun sein Job, verstehst du? Da muss er dir gehorchen. Stell dir einen Ritter beim Kampf vor, und sein Pferd beschließt plötzlich, es möchte dem Pferd seines Gegners Hallo sagen. Das geht nicht!«

Ich muss lachen. »Die Pferde sind doch nicht unsere Gegner!«

Hilde wendet Lun und lässt ihn zur Höhle hinübergehen. »Du verstehst, was ich meine.«

Verwirrt folge ich ihr. Pan versteht es nicht, er möchte gerne frei sein und mit den anderen Pferden laufen, aber ich lege meine Hand auf seinen Hals und versuche, ihm so viel von meiner Energie zu überlassen wie möglich.

»Ich weiß«, flüstere ich ihm zu. »Heute nicht! Aber wir kommen wieder. Du darfst auch wieder hier sein, versprochen!«

»Es ist die bessere Alternative«, sagt Hilde und lässt ihren Blick über die Herde schweifen. »Zu dir zu gehören.«

Wir erreichen die Höhle, wo bereits zwei Windhüter auf uns warten. Einer gähnt, es ist der Junge mit der Narbe.

»Gut, dass ihr kommt! Das war eine aufregende Nacht.«

»Warum?«, fragt Hilde. »Ist etwas passiert?«

»Zwei Wanderer haben sich im Wald verirrt«, erklärt der andere Hüter. »Sie sind über die Grenze geraten und natürlich haben die Pferde sie gewittert. Wir waren kurz davor, Verstärkung zu holen.«

»Was ist mit den Wanderern?«, frage ich erschrocken. »Wo sind sie jetzt?«

»Zu Hause.« Wieder gähnt der Narbenjunge. »Die vom Gasthof haben einen Suchtrupp gestartet und sie schließlich gefunden. Gerade noch rechtzeitig!«

»Dann ist es gefährlich, in den Wald zu gehen … wegen der Pferde?« Ungläubig gucke ich zwischen ihnen hin und her. Mir fällt auf, dass die Jungen anders mit mir reden, viel respektvoller, was vermutlich an der Robe liegt, die ich trage – oder daran, dass Pan und ich unsere Prüfung bestanden haben. Auf jeden Fall ist es ein ziemlich gutes Gefühl!

»Es ist nur gefährlich, wenn sie auf unsere Seite rüberkommen«, antwortet Hilde. »Was normalerweise nicht geschieht, der Wald ist zu undurchdringlich. Es gibt keine Wege, keine Schilder. Aber wenn sie sich verirren, kann es schon mal vorkommen. Und dann müssen wir aufpassen, dass kein Pferd in den Wald hinausläuft.«

So wie Pan. Als ich mich verirrt habe.

»Warum baut ihr keinen Zaun?«, frage ich. »Alle Weiden haben einen Zaun.«

»Ein Zaun würde sie nicht aufhalten.« Der Narbenjunge gähnt zum dritten Mal. »Aber jetzt ist wieder alles ruhig. Wir verschwinden dann mal.«

»Bis später!« Hilde winkt ihnen nach, dann dreht sie sich zu mir. »Komm mit! Wir drehen eine Runde.«

Pan und Lun gehen im Gleichschritt los. Eigentlich gehen sie nicht, sie laufen – in der Gangart, die alle Windpferde draufhaben. Eine Art Schwebetrab, der unendlich schnell wird und sich anfühlt, als würden ihre Hufe kaum den Boden berühren.

Wir umrunden die Wiese, die sich endlos über die Kuppe erstreckt. Die Pferde stehen überall verstreut, eines sogar mitten im Wasserfall, und mir ist immer mehr ein Rätsel, wie man diese

Pferde bewachen will, wo man sie doch kaum alle im Blick behalten kann.

»Wie schafft ihr es, auf sie aufzupassen?«, frage ich Hilde. »Sie stehen hier völlig frei!«

Hilde lächelt. »Eigentlich passen wir nicht auf die Pferde auf. Sondern auf die Menschen.«

»Wie meinst du das?«

»Nun ja, die Herde muss unentdeckt bleiben. Solange sie hier auf ihrer Wiese leben, geschieht niemandem etwas. Doch was glaubst du, was los wäre, wenn all diese Menschen plötzlich den Weg hierher finden würden? Wir könnten sie nicht mehr schützen. Deshalb geben wir acht, dass niemand die Pferde entdeckt.«

»Ihr beschützt also gar nicht die Pferde, sondern die Menschen vor den Pferden?«

Hilde späht in die Ferne. »So kannst du es natürlich auch ausdrücken.«

»Dann ist das unsere Aufgabe? Wir bewachen die Herde?«

»Ganz genau. Wir behüten sie. Daher unser Name. Windhüter.«

In einem Bogen reiten wir zurück, am Flusslauf entlang, der mich in den letzten Wochen immer hierher zur Wiese geführt hat. Das war, bevor ich mit Pan verbunden wurde, bevor ich den Weg an den Federblumen entlang durch den Wald kannte. Vorher. Irgendwie … vor allem. Ich tauche tief in meine Robe, lasse den Stoff an Pans Seite entlanggleiten, spüre seine Kühle, sein Gewicht. Als ob es den Schutzumhang, in den ich uns beide gehüllt habe, nun tatsächlich geben würde! Und witzigerweise ist er genau das – ein Umhang, der dem Schutz dient. Dem Schutz der Windpferde.

Wir kommen wieder bei den Felsen an, und ich bin froh, dass wir ein wenig in ihrem Schatten reiten können, denn hier auf der Wiese brennt die Sonne ungehindert auf uns herab.

»Die Höhle kennst du ja schon.« Hilde deutet auf die Öffnung im Felsen, die voll von hellem Sonnenlicht ist. »Hier bewahren wir manchmal Dinge auf. Außerdem dient sie den Pferden als Unterstand, sollten sie einen brauchen.«

Wir umrunden den Felsen, der sich zur anderen Seite ebenfalls öffnet. Doch dieser Eingang ist dunkel und die Höhle dahinter größer, denn ich kann nicht mal bis zur nächsten Winkelung sehen. Hannes versucht immer, dorthinein zu schleichen, einmal habe ich ihm sogar dabei geholfen!

»Und diese Höhle?«, frage ich und versuche, tiefer hineinzublicken. »Was macht ihr dort?«

»Dort gehen wir nicht rein.« Hilde und Lun stehen plötzlich neben uns, sehr nah. Sie drängen uns regelrecht ab. »Das ist wichtig, Nia. Niemand darf diese Höhle betreten!«

»Aber warum?« Ich würde immer noch gern hineinspähen, aber Pan geht zwei Schritte zurück, und die Höhle ist einfach zu tief, zu dunkel. »Was ist dort drin?«

»Ein Labyrinth«, erklärt Hilde knapp. »Du würdest dich verlaufen und niemals wieder hinausfinden. Niemand darf diese Höhle betreten!«

Mit »niemand« ist also auch Hannes gemeint. Aber warum will er so unbedingt dorthinein? Wegen dem Labyrinth? Dann fällt es mir wieder ein und ein Schauder kriecht mir über den Rücken. Ich habe einmal Geräusche aus dieser Höhle gehört. Ein Schaben und Schnaufen … so als ob … jemand dort drin gefangen wäre! Aber würde Hilde mir das nicht sagen? Hannes hat mir nie verraten, was dort drin eigentlich verborgen ist. Er hat immer nur unheilvolle Andeutungen gemacht. Also warum soll ich ihm glauben? Hilde ist viel ehrlicher zu mir und sie beantwortet wenigstens meine Fragen.

»Sag mal«, murmle ich, »ist Hannes auch ein Windhüter?«

Hilde blinzelt. »Du meinst Ginnes? Oh ja. Er ist sogar ein großartiger Windhüter.«

»Weil er gar keine Robe trägt. Und immer so tut … ich weiß nicht, als ob er … ausgeschlossen wäre oder so.«

»Ja, Ginnes ist manchmal seltsam. Aber daran ist er selbst schuld. Er schließt sich selbst aus.«

Ich muss wieder daran denken, wie er mich gestern gerettet hat. Und dann, nur kurze Zeit später, vor allen anderen gesagt hat, dass er nicht mit mir reiten will. Ich schlucke.

»Ginnes hat gerade eine schwierige Phase«, sagt Hilde leichthin. »Lass nur noch ein wenig Zeit vergehen! Dann wird es mit ihm auch wieder lustiger.«

Ich frage mich, worauf sie wartet. Und worauf ich warte. Ich weiß nicht mal, ob ich Hannes eigentlich mag! Trotzdem geht er mir dauernd im Kopf herum. Obwohl ich das gar nicht will.

Pan und ich, wir sind jetzt Windhüter. Was interessiert mich Hannes? Wir werden es besser machen als er. Wir werden ein echter Teil von ihnen sein!

10

Auch am nächsten Tag reite ich mit Hilde zur Pferdewiese in den Wald. Wir nehmen denselben Weg, damit ich ihn kennenlerne, und schön langsam verstehe ich, wie Hilde sich zurechtfindet: Sie folgt der Spur der Federblumen. Die Farben der länglichen Blüten verändern sich, je tiefer man in den Wald kommt, und malen so einen Weg durch die Baumschatten. Undurchdringliches Unterholz bedeutet schwere, düstere Farben, das Blau von Gewitterwolken, das Grün von alten Blättern, das Grau von dichten Nebelbänken. Je weiter wir wieder gen Licht reiten, der Wiese entgegen, desto heller und freundlicher leuchten die Blumen, zuerst rot, dann orange, und schließlich wird aus dem sonnigen Gelb ein sanfter Fliederton.

Auf der Pferdewiese halten wir Wache. Das ist recht unspektakulär, weil nichts weiter passiert. Die Pferde grasen, trinken oder spielen friedlich, sie verhalten sich so normal, dass man glatt vergessen könnte, dass es sich um Windpferde handelt, um Wesen, von denen hier in Windheim uralte Legenden erzählen.

Wir stehen vor dem Eingang der dunklen Höhle herum, und mir wird schon ein wenig langweilig, als auf einmal zwei junge Windpferdhengste Streit anfangen. Sie steigen, zwicken sich in den Mähnenkamm wie im Spiel, aber ihre Tritte werden immer heftiger, und sie stoßen seltsame Laute aus, eine Art Heulen. Dann beginnen sie, sich gegenseitig zu keilen, es sieht höllisch gefährlich aus.

Lun und Pan werden unruhig, sie tänzeln herum und scharren mit den Hufen, aber Hilde schüttelt den Kopf: Da mischen wir uns nicht ein.

Wind kommt auf, zuerst ein weiches Pusten, dann ein ziemlich kräftiger Stoß. Ich kann die Energie bis hierher fühlen, die von diesen beiden kämpfenden Windpferden ausgeht! Die Luft um uns knistert, als würde es jeden Moment anfangen zu gewittern, dabei steht nicht eine Wolke am Himmel. Und das Heulen wird lauter, höher, wird schräg, es tut mir in den Ohren weh, ich lasse die Zügel los und presse beide Hände darauf, aber ganz plötzlich verstummt es, der Wind legt sich, das Gras raschelt nicht mehr, und die Pferde – die Pferde stehen voreinander, mit bebenden Flanken, und zwischen ihnen ein riesiger schwarzer Hengst mit blau schimmernder Mähne.

Er tut nichts, er steht bloß da und atmet Ruhe in die aufgeladene Luft.

»Wer ist das?«, hauche ich andächtig. Ich kann kaum wegsehen, so schön ist dieses mächtige Pferd. Dabei ist das Schönste an ihm nicht sein Fell oder das Spiel seiner Muskeln, es ist seine Ausstrahlung. Seit er dort steht zwischen den Jungspunden, ist alles wieder im Gleichgewicht.

»Er hat keinen Namen«, flüstert Hilde. »Wir haben nie versucht, ihn zu zähmen. Er ist wichtig für die Herde, wir dürfen ihn nicht herausholen.«

»Wie alt ist er?« Ich glaube, meine Augen kleben fest an diesem

Pferd. Ob Pan auch einmal so stark und so schön sein wird wie er? Und solch eine Ausstrahlung besitzt?

»Uralt«, gibt Hilde zurück. »Er ist der Vater von unzähligen Windpferdfohlen!«

»Auch von Pan?«

»Pan ist schwarz. Also wahrscheinlich schon.«

»Dann gibt es noch einen? Einen wie ihn?« Jetzt löse ich meine Augen doch von dem kräftigen Windpferdhengst und gucke mich um, aber einen zweiten Hengst, der so eine würdevolle Ausstrahlung besitzt wie er, entdecke ich nirgends.

»Es gab mal einen.« Hilde deutet auf ihr Pferd. »Luns Vater. Die beiden haben sich die Verantwortung für die Herde geteilt.«

Ich schaue wieder den schwarzen Hengst mit der blau schimmernden Mähne an. »Was ist passiert?«

»Er ist gestorben.«

»Oh.«

»Es gibt noch einen roten Hengst«, fügt Hilde hinzu. »Aber der ist noch jung, er reicht noch nicht an ihn heran.«

Wir sehen zu, wie der Hengst zwischen den beiden Jungen zu grasen beginnt. Seine Nase wandert über das Gras, als hätte er nur im Sinn, sich hier satt zu fressen. Dabei schielt er immer wieder zu ihnen hinauf oder zuckt mit den Ohren in ihre Richtung. Es sind nur winzige Bewegungen, doch die beiden Junghengste nehmen sie ganz genau wahr, und jeder zieht sich ein Stück zurück, still, friedlich, ohne den geringsten Versuch, aufmüpfig zu sein.

»Was muss er tun, um solch eine Macht zu haben?«, frage ich fasziniert.

»Nichts!« Hilde lacht leise. »Das ist ja das Tolle. Sie gehorchen ihm einfach, er muss bloß bei ihnen sein.«

»Aber er hat Kämpfe ausgefochten.« Ich deute auf die Hinterhand des Hengstes. Zwei dicke, lange Narben ziehen sich von der Flanke über sein Bein nach unten, beide bestimmt so lang wie mein Arm. Das muss höllisch wehgetan haben, und ich frage mich unwillkürlich, wie sein Gegner wohl danach ausgesehen haben mag.

»Die stammen nicht von einem Kampf«, erklärt Hilde ruhig. Sie stützt ihre Hände auf Luns Widerrist auf und gähnt. »Er ist wohl an einer Felskante hängen geblieben.«

»Woher weißt du das? Hast du es gesehen?«

»Sie kämpfen nicht«, sagt Hilde bestimmt. »Jede Form der Energieverschwendung wird sofort unterbunden, das hast du ja gerade gesehen. Die Energie ist zu wichtig, um sie im Kampf zu verlieren.«

Der große Hengst ist also ihr Aufpasser. Und die restlichen Pferde verhalten sich friedlich, weil sie ihre Energie nicht verschwenden wollen. Die Pferde brauchen tatsächlich keine Hüter. Sie können ganz gut auf sich selbst aufpassen.

Als ich am Nachmittag nach Hause komme, liegt ein Stapel Schulbücher vor der Tür, zusammen mit einem Zettel von Caro. Sie schreibt, was ich alles verpasst habe in der Schule und welche Seiten in den Büchern ich lesen und bearbeiten soll, bis ich nächste Woche im Unterricht erscheine.

Missmutig werfe ich die Bücher auf mein Bett. Windheim und Pan zu verlassen, ist noch immer keine Option, also kann ich den Arbeitsauftrag getrost ignorieren. Ich lege mich dazu, den Kopf auf das Englischbuch, schließe die Augen und denke an den Windpferdhengst mit der blauen Mähne, der so wunderbar ruhig strahlen konnte. Am liebsten wäre ich dortgeblieben, bei ihnen, und hätte mich unter die Pferde gemischt. Einen Vater wie ihn hätte ich auch gern gehabt – der immer da war und auf einen aufpasste.

Als ich die Augen wieder öffne, schmerzt mein Hinterkopf von der harten Unterlage, und mein Magen knurrt zum Verrücktwerden. Bin ich eingedöst? Ich stehe auf und will in die Küche laufen, um mir etwas zu essen zu holen, aber hinter der angelehnten Tür höre ich aufgebrachte Stimmen, deswegen bleibe ich stehen und warte. Eigentlich will ich nicht lauschen, aber sie streiten wirklich ziemlich laut, also bekomme ich alles mit.

»Das erzählt sie uns doch nur, weil sie nicht dorthin will«, schnauft Sammy. »Und du lässt ihr das auch noch durchgehen!«

»Die anderen Kids machen sie fertig«, verteidigt Ben mich. »Das war kein Scheiß, du hast doch selbst gehört, was die Leute reden.«

»Und? Ich muss auch damit klarkommen! Soll ich nicht mehr in den Laden gehen, bloß weil sie hinter meinem Rücken fiese Sachen über uns sagen?«

»Diese Woche«, seufzt Ben. »Nur diese Woche. Dann fährt sie zur Schule. Sie war nicht krank. Das ist mir auch klar.«

»Sie verarscht uns, Ben. Die Lehrer an der alten Schule haben mich gewarnt. Nia lebt in einer Fantasiewelt, weil sie mit der Realität nicht zurechtkommt. Sie muss unbedingt in die neue Schule, damit sie echte Freunde findet und aufhört, sich Sachen auszudenken.«

»So wie das Pferd, das sie angeblich im Wald gefunden hat.« Jetzt ist es Ben, der schnauft. »Ich dachte auch, der Umzug hilft ihr, mit diesen Träumereien aufzuhören.«

Unwillkürlich halte ich die Luft an. Sammy scheint dasselbe zu tun, denn eine ganze Weile antwortet sie nicht. Als sie sich räuspert, klingt ihre Stimme dünn … fast kleinlaut. Ich drücke mein Ohr gegen die Tür, ohne sie zu bewegen.

»Dieses Pferd … also … das gibt es tatsächlich.«

»Du hast es gesehen?«, fragt Ben ungläubig.

»Ähm … ja. Vor zwei Tagen, da hat Nia uns besucht. Lisbeth und mich. Du hättest es sehen müssen, es war schwarz und wirklich wunderschön! Ich weiß noch, ich wollte unbedingt auf seinem Rücken sitzen …« Sammys Stimme bricht ab.

»Wann war das?« Ben redet jetzt ganz langsam und überdeutlich, als würde er zu einem Kleinkind sprechen. »Als der Krankenwagen hier war?«

»Ja, ja, genau an diesem Tag. Lisbeth und ich waren im Garten, du weißt schon … und dann kam Nia mit diesem wunderschönen Pferd …«

»Und du hast *was*?« Ben wird wieder lauter. Und schneller. »Versucht, das Pferd … zu reiten? Du kannst doch überhaupt nicht reiten!«

»Oh doch«, behauptet Sammy. »Dieses Pferd könnte ich sicher reiten!«

»Sammy!«

»Was?«

»Äh … du bist im neunten Monat schwanger!«

Wieder Schweigen. Dann sagt Sammy: »Ach, weißt du, das habe ich wohl irgendwie … vergessen.«

»Kein Wunder, dass du zusammengeklappt bist«, poltert Ben. »Was denkt sich Nia nur dabei, dich auf ein Pferd zu setzen? In deinem Zustand?«

»Hat sie ja gar nicht! Sie kam in den Garten, mit dem Pferd, und dann … ich weiß nicht … es lief zu mir und ich … ich musste reiten, unbedingt!«

»Also echt, das ist ja wohl das …«, beginnt Ben, aber genau in dem Moment läutet es unten, und ich springe erschrocken von der Zimmertür zurück. Still bete ich, dass sie mich nicht gehört haben.

Schritte im Flur. Dann auf der Treppe. Die Haustür wird aufgerissen, ich höre wieder Stimmen. Puh. Gerade noch mal gut gegangen! Oder auch nicht. Das mit Sammy ist gar nicht gut! Sie scheint die Erinnerung an Pan nicht halb so klar vor Augen zu haben wie ich. Hoffentlich kann ich ihr einreden, dass sie sich diesen Sog nur eingebildet hat. Und Ben muss ich überzeugen, dass ich auf keinen Fall versucht habe, Sammy auf Pans Rücken zu locken!

Langsam öffne ich die Tür und verlasse mein Zimmer. Unten wird immer noch geredet. Ich schleiche zur Treppe, bis mir bewusst wird, dass ich ja gar nicht schleichen muss. Ich war in meinem Zimmer, ich kann ganz normal nach unten laufen, daran ist nichts ungewöhnlich!

Eine Person steht im Flur oder, nein, eher auf der Türschwelle, genau zwischen drinnen und draußen. Sie trägt einen Hut, deshalb kann ich von hier aus nicht erkennen, wer es ist, aber diese Stimme … Die Stimme kommt mir eindeutig bekannt vor! Ich nehme immer zwei Stufen auf einmal und bin im Nu unten im Flur angekommen.

Ben dreht sich zu mir um. »Nia, komm mal her! Du hast mir doch von einer Schule hier in Windheim erzählt.« Er dreht sich wieder zu dem Mann auf der Türschwelle. »Das ist Herr Arnold. Er ist der Direktor dieser Schule.«

Überrascht blicke ich in Norwins Gesicht. Er nickt mir verschwörerisch zu, dann greift er in eine altmodisch aussehende Federmappe aus weichem Leder und holt einen Stapel Papiere heraus. »Ich habe Ihnen sämtliche Unterlagen mitgebracht. Lesen Sie sich in Ruhe alles durch, Nia kann sie dann bei mir abgeben.«

»Und die anderen Kinder aus Windheim gehen auch dorthin?« Ben nimmt die Unterlagen entgegen und wirft einen flüchtigen Blick darauf. »Ich wusste nämlich bis vor Kurzem gar nichts von dieser Schule.«

»Nicht alle«, erklärt Norwin ruhig. »Aber die meisten schon. Wir sind eine anerkannte Privatschule für den mittleren Bildungsabschluss, für die meisten Eltern ist das ausreichend.«

Sammy lehnt sich plötzlich über mir ans Geländer. »Mir ist völlig egal, wo sie zur Schule geht«, ruft sie zu uns herunter. »Hauptsache, sie geht zur Schule!«

»Privatschule … Das heißt aber doch bestimmt, dass wir dafür zahlen müssen, oder?«, will Ben wissen.

»Aber nein. Wir finanzieren uns durch einen privaten Fonds. Ihnen entstehen keinerlei Kosten.« Norwin deutet auf die Papiere. »Aber das steht alles in den Unterlagen. Ihrer Tochter wäre es wichtig, dass sie Windheim nicht verlassen muss. Wie ich gehört habe, gab es da … Schwierigkeiten.«

Sammy poltert hinter mir die Treppe hinunter, schiebt sich an mir vorbei und bleibt direkt vor Norwin stehen. »Na wunderbar. Sie wissen ja schon bestens Bescheid!«

»Windheim ist ein Dorf.« Norwin zwinkert mir zu. »Hier gibt es keine Geheimnisse.«

Fast muss ich lachen. Windheim ist so voller Geheimnisse, dass man sie riechen kann! Der Wind, der Wald, die Pferde und die

Sache mit dem Fluss … aber das behalte ich natürlich für mich. Davon müssen Sammy und Ben wirklich nichts wissen!

»Kommen Sie doch rein, dann besprechen wir gleich alles.« Ben reicht die Papiere an mich weiter und tritt zur Seite, um Norwin hereinzulassen. Norwin lächelt höflich, er nickt und klappt seine Mappe zu, doch dann gefriert sein Lächeln plötzlich, und er tritt einen Schritt zurück hinter die Schwelle, raus aus dem Haus.

Auf der untersten Stufe wirble ich herum. Im Flur vor ihrem Wohnzimmer steht Tante Lisbeth. Die Haare stehen ihr wild vom Kopf ab, ihre Klamotten sind zerknittert, so als hätten wir sie eben aus dem Schlaf gerissen. Sie starrt mit weit aufgerissenen Augen zur Tür und ihre Lippen bewegen sich zitternd.

»Es tut mir leid«, sagt Norwin, »aber ich muss jetzt gehen.«

Hinter mir höre ich, wie Ben an die Tür tritt, wie er und Norwin sich verabschieden, die Tür ins Schloss fällt und Sammy etwas von »seltsamer Typ« murmelt. All das kriege ich nur mit einem Ohr mit, denn mit dem anderen bin ich bei Tante Lisbeth, die sich beide Hände auf die Brust presst, als würde sie jeden Moment einen Erstickungsanfall erleiden. Noch immer bewegen sich ihre Lippen, immer heftiger, bis ich endlich sehe, welches Wort sie lautlos flüstert:

»Norwin!«

Jemand nimmt mir den Papierstapel aus der Hand, dann drängelt Sammy an mir vorbei, die Treppe nach oben. Noch immer starre ich Tante Lisbeth an, die wie versteinert im Flur steht und so erschrocken zur Tür guckt, als hätte Ben gerade ein Monster ausgesperrt. Ich will zu ihr gehen, aber Ben packt mich am Arm und zieht mich mit nach oben.

»Kann ich kurz mit Tante Lisbeth …«, fange ich an, doch Ben schüttelt nur den Kopf und lässt meinen Arm erst los, als wir in unserer Küche stehen und die Tür hinter uns zufällt.

»Erklär mir das mal bitte.«

Ich schaue von ihm zu Sammy, aber die lehnt nur an der Wand und nippt an ihrer Tasse Tee.

»Das mit dem Direktor?«

»Das mit dem Pferd!«

Oh. Ich beiße mir auf die Lippen. »Bitte, ich muss schnell zu Tante Lisbeth runter, bevor sie wieder in ihrer Welt …«

»Nia!« Ben beugt sich zu mir und schaut mir eindringlich ins Gesicht. »Du hast ein Pferd mit in unseren Garten gebracht, ist das richtig?«

Vorsichtig nicke ich. »Ja. Pan! Ich wollte ihn … euch vorstellen.«

»Und du wolltest, dass Sammy auf ihm reitet?« Bens Stimme ist richtig laut geworden. So kenne ich ihn gar nicht. »Hast du den Verstand verloren?«

»Nein! Nein, das stimmt nicht, ich wollte nicht, dass sie reitet. Ich habe ihn nur mitgebracht, damit ihr mir glaubt!«

Ich schiele zur Tür. Verdammt! Lisbeth hat Norwin erkannt, und ich muss wissen, warum sie so erschrocken darüber war! Ich muss einfach! Aber Ben hat sich vor der Tür postiert, er lässt mich nicht hinaus, und ich weiß, wie schnell sich Lisbeths Zustand ändern kann. In ein paar Minuten kann sie sich wahrscheinlich an nichts mehr erinnern. Ich mache einen Schritt auf die Tür zu, aber Ben lehnt sich dagegen und verschränkt die Arme vor der Brust.

»Wir mussten den Krankenwagen rufen«, wirft Ben mir vor.

»Sammy war total durch den Wind! Sie darf sich in ihrem Zustand nicht so aufregen, das kann echt gefährlich sein!«

Er tut ja gerade so, als hätte Sammy eine schlimme Krankheit. Was soll schon passieren, außer dass sie ihr Kind bekommt? Der Geburtstermin ist fast erreicht, so ein Drama kann das doch nicht sein.

Aber das sage ich natürlich nicht. Ich seufze und lasse mich auf einen Stuhl fallen.

»Wem gehört das Pferd?«, fragt Sammy hinter ihrer Teetasse.

»Es gehört Nor…« Schnell beiße ich mir auf die Lippe. Soll ich ihnen sagen, dass der Mann, der sich ihnen eben als Direktor einer Privatschule vorgestellt hat, Hüter über eine riesige Herde Windpferde ist? Nein, auf keinen Fall. Die würden mir das weder glauben noch jemals die Zettel von dieser Schule unterschreiben. Ich überlege, dann sage ich: »Es gehört normalerweise zu einer wilden Herde. Aber ich habe ihn gezähmt und deshalb darf ich jetzt bei ihm sein und ihn reiten.«

Sammy und Ben tauschen einen Blick. Das nervt mich schon wieder, weil sie sich genauso benehmen wie Caro und Kim und hinter meinem Rücken über mich reden, als wäre ich nicht ganz richtig im Kopf. Dabei habe ich doch alles dafür getan, dass sie mir glauben!

»Das Pferd war seltsam«, stellt Sammy fest. »Irgendwas an ihm war unheimlich! Ich hatte fast das Gefühl, es *will*, dass ich auf ihm reite.«

»Er ist eben ein sehr freundliches Pferd«, sage ich vorsichtig.

»Nia«, zischt Ben, »kapierst du das nicht? Sammy ist hochschwanger! Aufregung ist tabu! Reiten ist gleich fünfmal tabu! Du hältst dich von ihr fern mit diesem Tier, ist das klar? Ich fange morgen wieder an zu arbeiten, ich kann es echt nicht brauchen, dass ich mir deinetwegen Sorgen um Sammy machen muss.«

Eine Weile schweigen wir alle drei und starren uns der Reihe nach an. Wenn er jetzt sagt, dass ich mich auch von Pan fernhalten soll … Aber das sagt niemand, Ben nicht und Sammy auch nicht. Sie sehen mich nur, wenn es um ihr eigenes Wohl geht, sonst bin ich ihnen egal. Ich schlucke, weil mir plötzlich zum Heulen zumute ist.

Ben tritt ein paar Schritte vor und legt die Papiere auf den Tisch, die »Herr Arnold« ihm gegeben hat. Er blättert sie flüchtig durch, aber dann zieht er sich einen Stuhl heran und setzt sich hin, um alles noch mal genau zu lesen.

»Seltsam«, murmelt er, während er mit dem Finger die Zeilen entlangfährt. »Von dieser Schule habe ich noch nie was gehört. Dabei gibt es sie schon ewig.«

Ich trete an den Tisch und schaue zum ersten Mal richtig auf die Unterlagen. Sie verströmen einen eigenartigen Geruch, irgendwie staubig. Außerdem ist das kein normales Papier, sondern Bütten oder so was. Auf dem ersten Blatt prangt ein dickes Siegel, das ich sofort erkenne. Es ist das Dreieck mit der Wellenlinie, das Symbol für den Wind, das ich überall auf meinem neuen Umhang trage! Außerdem steht da in verschnörkelten, tintengeschriebenen Buchstaben: *Schule vom Wind und Wald. Windheim, 1862.*

»Das ist ja mal ein Name für eine Schule.« Ben runzelt die Stirn. »Und schaut mal, das fühlt sich gar nicht an wie Druckerschwärze. Sieht aus, als hätte jemand den kompletten Antrag mit der Hand geschrieben.«

»Wer macht denn so was?« Sammy reckt den Hals, bleibt aber an die Wand gelehnt stehen und umklammert ihre Teetasse, als hätte sie Angst davor, in meine Nähe zu kommen. Es versetzt mir einen Stich, wenn sie so ist.

»Niemand«, gibt Ben zurück. »Ist eben eine besondere Schriftart. Davon gibt es Tausende.« Seine Stirn bleibt trotzdem in Falten, als er weiterblättert. Er murmelt vor sich hin, aber dann stockt er plötzlich und liest laut: »… den Wald zu achten und mit dem Wind zu leben. Wir lehren Dinge, die man nirgends sonst auf der Welt lernen kann.«

»Klingt spannend«, meine ich.

»Klingt gruselig«, findet Sammy.

Aber Ben ist noch nicht fertig. »Und hier, die Fächer: Du hast Deutsch, Mathematik, Erdenkunde, Biologie, Geschichte, Musizieren und Fremdsprachen I bis V. Aber auch was wie Waldlehre, Traditionen, Zeitenkunde, Kochen und Arkanum. Was auch immer das heißen soll.«

»An deiner Stelle würde ich auf der normalen Schule bleiben«, murmelt Sammy. »Das klingt schon ziemlich abgedreht.«

»Auf keinen Fall!« Ich zähle die Blätter, die vor Ben auf dem Tisch liegen. Drei Infoblätter. Eines für meine Anmeldedaten. Es sieht nicht anders aus als das Formular, das uns von der Schulbehörde geschickt wurde, um mich an der Schule in der Stadt einzuschreiben, aber trotzdem fühlt es sich an wie der Schlüssel zu einer neuen Welt. Unruhig zapple ich von einem Fuß auf den anderen.

»Hmmhmm«, macht Ben und kratzt sich die Stirn.

»Darf ich dahin?«, frage ich leise. »Bitte, Ben. Bitte, Sammy!« Ich schaue hoch zu ihr, aber Sammy zuckt nur mit den Schultern, als ginge sie das alles nichts an.

Als ginge ich sie nichts an.

Wieder schaue ich zu Ben. Also liegt es an ihm. Ich will auf diese Schule, ich will in Windheim bleiben, dort sein, wo Pan ist. Er würde mich nie so ansehen, wie Sammy es gerade tut.

»Echt jetzt?« Ben schaut hoch. »Diese Schule, ja?«

»Ja. Ja!«

»Und du gehst dann auch hin? Ohne zu meckern?«

»Gehe ich, versprochen!«

Ben senkt noch mal den Kopf und liest: »Als privater Einrichtung ist es uns möglich, die Ferienzeiten unserer Schülerinnen und Schüler unseren Bedürfnissen anzupassen. Somit legen wir den Hauptferienblock im Frühjahr zwischen dem 20. April und dem 20. Juni. Zusätzliche Ferienzeiten sind die Herbstwoche vor Halloween sowie die Zeit zwischen Weihnachten und Neujahr. An allen anderen Tagen herrscht regulärer Unterricht.«

»Das sind gerade mal zehn Wochen.« Sammy schnauft. »Da kommst du auf der Stadtschule aber besser weg, die haben sechzehn Wochen.«

»Ist mir egal«, murmle ich. »Dafür klingt die Windheimer Schule tausendmal interessanter.«

»Meinetwegen probierst du es.« Ben angelt nach einem Stift. »Immerhin bist du dann vor Ort und kannst Sammy mehr mit dem Baby helfen.«

Ich beobachte, wie er das Anmeldeformular ausfüllt, meinen Namen einsetzt, mein Geburtsdatum und unsere Anschrift hier bei Tante Lisbeth. Als er beinahe fertig ist, stockt er plötzlich. »Äh … Sammy, kommst du mal?«

Mühsam wankt Sammy heran und stützt sich neben Ben auf der Kante ab. Der provisorische Campingtisch knackt bedenklich und Sammy verlagert ihr Gewicht schnell wieder auf ihre Beine.

»Die Zeile hier.« Ben zeigt auf den letzten Absatz. Es ist eine Erklärung, die man ankreuzen muss. Ben hat wieder die Stirn gerunzelt, also beuge ich mich von der Seite ebenfalls über das Blatt und lese mit: *Mit dem Übertritt an die »Schule vom Wind und Wald« verpflichte ich mich, alle Informationen rund um das Arkanum für mich zu behalten und Stillschweigen darüber zu wahren, selbst wenn ich die Schule in ferner Zukunft einmal verlassen sollte.*

»Was soll das denn sein?« Ben lässt den Stift über dem Ankreuzfeld schweben, ohne das Blatt zu berühren. »Zu diesem Arkanum steht nichts weiter in den Unterlagen.«

»Ein großes Geheimnis.« Sammy verdreht die Augen. »Wie gesagt, ich würde an der normalen Schule bleiben. Aber es ist Nias Entscheidung.«

Ich habe keine Ahnung, was ein Arkanum ist. Das Wort habe ich noch nie gehört. Vielleicht kann Hilde es mir erklären? Ich nehme mir vor, sie danach zu fragen.

Ben guckt mich fragend an, also nicke ich schnell. »Doch, ja, ich will an diese Schule. Auch mit Geheimnis!«

»Über das du Stillschweigen bewahren musst.« Ben verdreht die Augen. Er senkt den Stift, aber dann zieht er ihn doch wieder weg, lässt das Ankreuzfeld frei und setzt stattdessen seine Unterschrift unter die Anmeldung. Als auch Sammy unterschrieben hat, gibt er mir das Blatt. »Das kreuze ich nicht an, solange ich nicht weiß, was das ist. Wir fragen zuerst diesen Herrn Arnold danach.«

Ich nicke abwesend. Klar, machen wir. Oder Hilde oder irgendwen. Ganz egal. Ich habe ihre Unterschrift, also kann ich jetzt an diese Schule. Mir doch egal, was es mit diesem Arkanum auf sich hat!

»Er bewegt sich!« Sammy lächelt versonnen und legt die Hände auf ihren übergroßen Bauch. Ben steht auf und schiebt seine Hände unter ihre und eine ganze Weile stehen sie so und gucken verzückt. Sollen sie doch. Ich angle nach dem Stift, lege das Anmeldeformular noch einmal auf den Tisch und setze blitzschnell ein X in das Ankreuzfeld. Dann rolle ich es zufrieden zusammen und husche aus der Küche, bevor sie es sich noch einmal anders überlegen können.

»Tante Lisbeth?«

Ich bleibe auf der Türschwelle zu ihrem Wohnzimmer stehen, genau wie Norwin es vorhin getan hat. Die Sonne malt grelle Lichtflecke auf den Boden und Staubkörnchen wirbeln darin hoch. Lisbeth sitzt genau dort, mitten in einem der Lichtflecke, und legt Steine aneinander.

Langsam gehe ich zu ihr und hocke mich neben sie auf den Boden. »He, Tante Lisbeth. Was machst du da?«

Sie schaut auf. Die Sonne lässt ihr Gesicht erglühen. »Nia, Kleines! Komm, setz dich zu mir. Wir legen eine Spur!«

»Wohin?«

»Von einem Ende zum anderen!«

Ich habe wenig Hoffnung, dass es klappt. Trotzdem frage ich: »Sag mal, woher kennst du Norwin?«

Lisbeth greift nach einem weiteren Stein, legt ihn fein säuberlich an den vorherigen an. Als würde sie Domino spielen, hätte aber vergessen, dass man die Plättchen dafür aufstellen muss.

»Norwin?« Ich beobachte sie ganz genau. Zuckt ihr Lid? Verzieht sie den Mund? »Du hast ihn erkannt, richtig?«

Lisbeth hebt den Kopf. Sie legt mir zwei Steine in den Schoß und sieht mich streng an. »Wenn du nicht helfen magst, dann stör mich nicht!«

»Hast du das Wort Arkanum schon mal gehört?« Ein letzter Versuch … An irgendwas muss sie sich doch erinnern!

Die Steinspur wackelt, als Tante Lisbeth sie ein Stück nach links verschiebt. »So. Jetzt liegen sie richtig. Gibst du mir mal den großen, halbrunden Stein dort hinten, Nia?«

Seufzend sammle ich den Stein auf und reiche ihn ihr. Dann stehe ich auf, lege die anderen Steine vor ihren Knien ab und streiche ihr einmal über den Kopf. »Ist schon gut, Tante Lisbeth. Ist okay. Ich komme ein andermal wieder, ja? Später.«

Einen winzigen Augenblick glaube ich, doch so was wie eine Regung in ihrem Gesicht zu erkennen. Aber genauso schnell ist der Moment auch schon wieder vorüber und sie lächelt wieder ihre Steine an.

Da hilft nur eines. Ich muss Norwin selbst fragen. Und mit dem Anmeldeformular in der Tasche habe ich sogar einen guten Grund, zu ihm zu gehen!

11

Norwin ist nicht da, als ich später an seine Haustür klopfe. Ich versuche es eine ganze Weile, aber niemand öffnet mir, und hinter den Fenstern bewegt sich auch nichts. Enttäuscht laufe ich zum Marktplatz, wo bereits der Tisch für das Abendessen gedeckt wird, und lasse mich auf einen der Stühle fallen.

»Nimmst du mir mal das Salz ab?«

Ich drehe mich um. Eine Frau steht hinter mir, etwa so alt wie Sammy. Trotzdem wirkt sie viel reifer und erwachsener. Sie hat ebenfalls einen dicken Bauch, auf dem sie es irgendwie schafft, vier Schüsseln zu balancieren. Ich greife nach der untersten und stelle sie vor mich auf den Tisch.

Sie lächelt, wandert ein Stück weiter und verteilt die restlichen Schüsseln auf der langen Tafel.

Fasziniert schaue ich ihr nach. Sie trägt ein langes Kleid aus gelbem und orangerotem Leinen und hat sich bunte Perlen in die Haare geflochten. Ihre Füße sind nackt, und ich sehe, dass dieselben Perlen auch als Kettchen um ihren Knöchel gebunden sind. Auf einmal wünsche ich mir, dass Sammy auch hier sein kann, dass sie wie diese Schwangere vier Schüsseln auf ihrem Bauch tragen und dabei zufrieden lächeln kann und nicht immer stöhnend und ächzend und voller schlechter Laune in Tante Lisbeths abgeholztem Garten herumsitzen muss.

Sie sind anders. Die Windheimer hier sind anders als die Windheimer auf der gegenüberliegenden Seite des Flusses.

Ich drehe mich auf meinem Stuhl. Die Schwangere wird von ihrem Mann begrüßt, der sich die mehligen Hände an seiner Hose abklopft und sie dann in den Arm nimmt. Sie küssen sich, lachen sich an und rufen dann nach den Kindern, die von allen Seiten herbeiströmen und sich um mich an den Tisch setzen.

Ich lächle ihnen zu, einem nach dem anderen. Die Erwachsenen bringen Tonkrüge mit Wasser und Wein, duftendes, noch warmes Brot auf langen Holzbrettern und Butter, die von einer langen Rolle geschnitten und überall auf der langen Tafel ausgelegt wird. Dazu gibt es frisches Obst und Honig in Schraubgläsern, die zwischen all den offenen Zutaten auf dem Tisch irgendwie fehl am Platz wirken.

»Ist hier noch frei?« Der Stuhl neben mir wird zurückgezogen und ein sehr alter Mann nimmt darauf Platz.

Ich nicke, ohne richtig hinzugucken, weil ich auf Norwin warte. Aber schon bald sind sämtliche Plätze besetzt und alle wünschen sich eine gesegnete Mahlzeit und der Stuhl am oberen Ende der Tafel bleibt leer. Enttäuscht wende ich mich meinem Sitznachbarn zu.

»Kommt Norwin gar nicht? Er war nicht in seinem Haus und ich …« Ich kapiere, aber viel zu langsam. Mein Unterkiefer klappt herunter, und ich weiß plötzlich nicht mehr, was ich sagen wollte.

Neben mir sitzt der Junge. Mein … Bewacher. Bloß dass er jetzt kein Junge mehr ist, sondern ein sehr, sehr alter Mann. Ich kann ihn nur anstarren.

»PaNia«, sagt er, und dann lächelt er. Bis jetzt wusste ich gar nicht, dass er lächeln kann. »Wir haben seit dieser Nacht damals gar nicht mehr miteinander geredet.«

Ich schüttle den Kopf. Nein, nicht wirklich. Hatte ich auch kein Interesse dran. Ich weiß noch sehr genau, welche Höllenangst ich in dieser Nacht hatte, als er mich auf seinem Pferd verschleppt hat! Aber er hat mich auch zu Norwin gebracht und dort haben sie mir Pan versprochen. Kann ich ihm wirklich böse sein, nach allem, was ihm zugestoßen ist?

»Aber du weißt, wer ich bin.« Er erhebt sich mühsam, um nach einem Stück Brot zu greifen. Ganz automatisch angle ich nach der Butter und schiebe sie ihm hin.

»Ja. Du bist KaRio.«

»Karel.« Er sieht mich ernst an.

»Aber ich dachte …« Ich verstumme, weil mir klar wird, was er da gesagt hat. KaRio, das war der Name von ihm und seinem Pferd, von ihm und Rio. Jetzt, ohne Rio, ist er bloß noch … Karel. Ich schlucke betreten.

»Dann gehörst du jetzt zu uns?«, übergeht er meine Verwirrung. Er streicht Butter auf sein Brot. Seine Hände sind knotig und voller Flecken. Sie zittern.

»Ich habe Pan«, antworte ich nur.

Mein Gott, oh mein Gott! Er wirkt so gebrechlich, als wäre er uralt! Seine Wangenknochen stehen hervor, die Haut spannt sich darüber und lässt sein Gesicht aussehen wie einen Totenkopf. Ich weiß nicht, ob ich Mitleid mit ihm haben oder vor ihm davonlaufen soll.

»Sie sind gefährlich.« Er lehnt sich ein Stück zu mir. Sogar sein Geruch ist alt. Und irgendwie ledrig. Ich versuche, mich nicht zu bewegen, halte aber die Luft an. »Du hast selbst gesehen, was Rio mit mir gemacht hat.«

»Wie … ist es eigentlich passiert?«

Er rückt wieder ein Stück von mir ab und ich seufze erleichtert.

»Das Halfter ist gerissen. Ohne das Leder und die Federn sind sie nicht zu kontrollieren. Es ging alles so schnell … so schnell. Das Problem ist: Sobald sie dich einmal gefangen halten, kommst du nicht von ihnen los! Ich hätte abspringen müssen, aber ich konnte es nicht mehr.«

Jemand reicht mir einen Korb Brot, und ich nehme eine Scheibe, ohne aufzusehen. Der Duft steigt mir in die Nase, aber essen kann ich jetzt trotzdem nichts.

»Und es gibt keine Heilung?«, frage ich. »Kannst du nicht einfach wieder aufsteigen und Rio gibt dir deine Energie zurück?«

Karel lacht auf. Es klingt kratzig und prompt muss er husten. »Nein. So herum funktioniert das nicht. Wenn du das Brot, das du isst, herunterschluckst, kommt es auch nicht als Ganzes wieder heraus. Es gibt kein Zurück«, knurrt er grimmig. »Wir müssen sie einfach noch besser kontrollieren!«

Ich wage nicht, ihm von mir und Pan zu erzählen. Dass ich ihn ohne Schutz reite, ohne das Windpferdeleder und ohne die Federn, die er so hasst. Dass wir uns zusammenschließen wie Verbündete und er stehen bleibt, wenn der Energiefluss für mich zu viel wird. Ich kann ihm das einfach nicht sagen – er würde sich dadurch nur noch schlechter fühlen!

»Was ist aus Rio geworden?«, frage ich stattdessen. »Ist er … Geht es ihm gut?«

»Was glaubst du wohl?«, schnauft Karel.

Ich zucke mit den Schultern. Was geschieht mit einem Pferd,

das seinen Reiter verletzt hat … das ihm so etwas angetan hat? Eigentlich will ich die Antwort lieber nicht hören. Ich weiß, dass Windhüter und Windpferde verbunden werden, auf eine Art, die ich noch nicht ganz verstehe, und dass dieser Gedankentausch, den ich mit Pan spüre, nicht nur davon kommt, dass wir uns gernhaben. Das hat auch irgendwas mit dem Zauber zu tun. Trotzdem kann ich mir nicht vorstellen, dass die Sache für Rio ein gutes Ende genommen hat.

»Er steht wieder bei den anderen«, sagt Karel langsam. »Auf der großen Wiese im Wald.«

»Ehrlich?« Das überrascht mich. Aber ich freue mich darüber. Also war er seinem Pferd nicht böse!

»Natürlich«, schnarrt Karel, und mit einem Mal wirkt sein Lächeln listig und falsch, genau wie in der Nacht, als er mich gefangen genommen hat. »Das hat er verdient, findest du nicht?«

Norwin taucht den ganzen Abend nicht auf. Ich wandere durch die Gassen und suche nach ihm, und ich klopfe noch dreimal an seine Tür, aber er öffnet nicht. Dafür stolpere ich über Hannes, der an den Stamm der alten Weide gelehnt sitzt, ein Stück abseits der anderen, und sein Butterbrot dick mit Honig bestreicht.

»Hallo«, sage ich zu ihm und bleibe unsicher stehen. Bei Hannes weiß man nie, wie er drauf ist.

»Na«, sagt er nur und beißt ein großes Stück von seinem Brot ab.

»Kann ich dich was fragen?« Ich gehe neben ihm in die Hocke. »Warum hast du mich über die Brücke geschickt? Du wusstest doch, dass ich von dort aus nicht hierherkomme.«

Ich beobachte sein Gesicht ganz genau, aber nichts regt sich darin. Er kaut nur in aller Seelenruhe vor sich hin und blinzelt in den Himmel.

»Ich hab dir doch geholfen«, meint er, ohne mich anzugucken.

»Ja, schon …« Ich senke meine Stimme. »Aber … kannst du mir das erklären?«

Er seufzt, verdreht die Augen. Und endlich wirft er mir einen Blick zu, einen genervten. »Ja. Kann ich. Will ich aber nicht. Ich habe eigene Probleme, kümmere dich selbst um deine!«

»Tut es weh, wenn du es mir erklärst?« So langsam werde ich sauer. Er fängt an, mir echt auf den Geist zu gehen!

»Du hilfst mir doch auch nicht!«, giftet er zurück. »Oder verrätst du mir, wie du Pan ohne das Federhalfter reiten kannst?«

»Das weiß ich doch selber nicht!«

»Siehst du? Warum soll ich mir dann die Mühe machen und dir was erklären? Eine Hand wäscht die andere.«

Ich kann mir nicht helfen. Auch wenn ich sauer auf ihn bin und er mich so anblafft, würde ich mich am liebsten neben ihn setzen.

Aber das mache ich natürlich nicht.

»Dann sag mir wenigstens, was ein Arkanum ist«, versuche ich es noch mal, eine Spur ruhiger diesmal. Und leiser.

»Ein Geheimnis.«

»Aha. Und was für eines?«

»Eins, das du täglich bewachst!«

»Ich bewache Pferde!«

»Ach, echt?« Er zieht die Brauen hoch. »Du hast keine Ahnung.«

»Dann sag es mir doch«, bettle ich und werde wieder lauter. Ein paar Leute am Tisch drehen sich zu uns um und sofort senke ich meine Stimme wieder. »Wie soll ich über etwas schweigen, was ich noch nicht einmal kenne?«

»Du wirst es kennenlernen«, presst Hannes bitter hervor. »Verlass dich drauf.«

»Ist es etwas Schlimmes? Tut es weh?«

»Dir nicht.«

Dieser Typ macht mich wahnsinnig!

»Jetzt sag mir doch einfach, was das ist! Vielleicht will ich es ja gar nicht kennenlernen.«

»Willst du mit Pan zusammenbleiben?«

»Was ist das für eine Frage?«

»Eine ganz einfache. Willst du?«

Ich nicke heftig. »Ja, ja, natürlich!«

Er seufzt. »Siehst du? Das eine gibt es nicht ohne das andere.«

Ich kapiere es nicht. »Aber ich kenne kein Arkanum«, murmle ich. »Was hat das denn mit Pan zu tun?«

»Wenn du das rausfindest, ist es sowieso schon zu spät.«

»Dann verrate es mir doch endlich!« Wieder drehen sich ein paar der anderen zu uns um, weil meine Stimme zu laut geworden ist.

»Nein«, zischt Hannes kaum hörbar. »Sicher nicht! Ich muss jemand anderem helfen, jemand, der es nötiger hat als du. Und alles, was ich dir sage, muss *sie* büßen. Also geh, frag die anderen, frag Norwin. Oder finde es verdammt noch mal selbst raus!«

Fassungslos starre ich ihn an. Ganz langsam stehe ich auf und mache zwei Schritte weg von ihm. Wie konnte ich nur glauben, dass wir so was wie Freunde sind!

»Die anderen haben echt recht, was dich betrifft«, gifte ich ihn an.

Hannes beißt in sein Brot und verdreht wieder die Augen. »Lass mich einfach in Ruhe, Nia.«

Die Wut in meinem Bauch ist zu groß, als dass ich jetzt still am Tisch sitzen könnte, also laufe ich die Straße hinunter. Ich renne sogar ein Stück, um schnell Abstand zwischen mich und Hannes zu bringen.

Was bildet sich dieser blöde Kerl eigentlich ein? In einem Moment taucht er als stummer Retter auf und verhält sich wie ein Freund, und im nächsten lässt er mich einfach stehen und tut so, als wäre ich schuld an all seinen Problemen. Hilde hat recht, so recht! Hannes ist eine Spaßbremse, er ist komisch und verschlossen und kein bisschen mein Freund.

Und trotzdem tut es weh. Es schmerzt, weil ich ihn irgendwie … verstehen konnte. Dachte ich zumindest. Er sieht das anscheinend anders.

Ach, blöder Hannes. Bleib doch allein unter deinem Baum sitzen, wenn dich das glücklich macht!

Ich laufe weiter die Straße hinunter, bis ich vor dem verschlossenen Schulhaus stehe, das Irma mir gezeigt hat. *Schule vom Wind und Wald.* Hier also werde ich künftig sitzen und all diese seltsamen Sachen lernen! Auch, was ein Arkanum ist. Also keine Eile. Sobald die Ferien um sind, werde ich sowieso alles erfahren. Ich setze mich auf die Stufen vor dem Haus und hole den Anmeldebogen aus dem Kuvert.

Mit dem Übertritt an die »Schule vom Wind und Wald« verpflichte ich mich, alle Informationen rund um das Arkanum für mich zu behalten und Stillschweigen darüber zu wahren, selbst wenn ich die Schule in ferner Zukunft einmal verlassen sollte.

Okay, es klingt irgendwie unheimlich. Aber auch aufregend und geheimnisvoll! Hannes hat gesagt, wenn ich mit Pan zusammenbleiben will, werde ich ohnehin erfahren, was das Arkanum ist. Und von Pan wird mich nichts und niemand mehr trennen!

Ich schiebe den Anmeldebogen zurück in den Umschlag, verschließe ihn sorgfältig und suche nach einem Briefkasten, finde aber keinen. Also gehe ich zurück zu Norwins verlassenem Haus und schiebe das Kuvert mit der Anmeldung unter seiner Tür durch.

Nun gibt es kein Zurück mehr!

Die anderen sitzen immer noch beim Essen, als ich am Marktplatz vorbeikomme. Nur die kleineren Kinder sind schon aufgesprungen und spielen Verstecken. Der Platz unter der Weide ist leer, aber ich bin nicht traurig darüber. Von Hannes habe ich heute definitiv die Nase voll!

Das Ziehen in meiner Brust nimmt wieder zu, und diesmal weiß ich, was es bedeutet.

Sehnsucht.

Ich folge dem Schotterpfad, vorbei an den Vorgärten mit ihren bunten Tüchern, die schlaff an ihren Leinen hängen. Es ist vollkommen windstill. Die Pferde auf der Koppel stehen nah beim Wald, aber Pan hebt sofort den Kopf und stürmt heran, als er mich sieht, und mein Herz macht einen Satz, so sehr freue ich mich darüber.

»Pan«, sage ich leise und steige über den Zaun.

Er drückt den Kopf in meine Armbeuge und ich kuschle mich an seinen Hals. So stehen wir, in dieser seltsamen Pferd-Mensch-Umarmung, eine gefühlte Ewigkeit. Unser Atem fließt völlig gleichmäßig, und ich glaube, ich kann sogar sein Herz schlagen hören.

»Pan«, sage ich leise zu ihm. »Lebst du gern hier unten? Oder vermisst du deine Freunde auf der Wiese im Wald?«

Pan macht ein Geräusch, das wie ein Husten klingt. Ich schiebe meine Hand auf seine Brust, um zu prüfen, ob er krank ist, aber das Husten kommt nicht aus seiner Kehle, er macht es mit den Nüstern. Ein zitterndes Schnaufen.

Und plötzlich kommt Wind auf, nicht viel, nur ein bisschen. Ein winziger Wirbel aus Luft und Pferdeatem. Er will mir etwas sagen damit, ganz sicher! Und irgendwann werde ich auch verstehen, was. Wer weiß, vielleicht hat das Arkanum ja damit zu tun? Wie man die Windpferde verstehen kann?

»Bis ich das rausgefunden habe, rede ich einfach weiter mit dir wie mit einem Menschen«, sage ich und lege meine Arme wieder um seinen Hals. Ich drücke mein Gesicht in den Regenbogenschimmer seiner Mähne und merke, wie meine Augen feucht werden. Aber nicht vor Traurigkeit, sondern vor lauter Glück. »Du bist nämlich der beste Freund, den ich je hatte!«

12

Als ich die Brücke überquere, schimmert goldrotes Abendlicht auf den Baumwipfeln. Im Dunkeln möchte ich nicht unbedingt allein hier auf dem Friedhof sein, also beeile ich mich besser. Doch ich bin gar nicht allein. Oben, vor der letzten Grabreihe, kniet jemand, nach vorn gebeugt, versunken in ein Gebet, wie es scheint.

Ich bleibe stehen.

Irgendwie kommt mir die Person bekannt vor. Kann das sein? Ich recke den Hals, versuche zu erkennen, vor welchem Grab sie kniet, aber es ist gar kein Grab, sondern einer der Gedenksteine oder, besser, *dieser* Gedenkstein.

Soll ich zu ihr gehen? Ich würde gern, aber ich weiß nicht, ob sich das gehört. Immerhin ist sie hergekommen, um zu beten. Vielleicht macht sie das regelmäßig, ich habe sie zwar noch nie hier gesehen, aber das heißt nichts, schließlich ist der Friedhof ja nicht mein Ziel, sondern nur der Weg zu meinem zweiten Zuhause.

Eine Weile stehe ich einfach nur da und beobachte sie, wie sie vor dem Stein auf der Erde kniet, dann kommt mir sogar das falsch vor. Man beobachtet keine trauernde Person heimlich aus der Ferne. Das gehört sich definitiv nicht.

Ein Vogel schreit, irgendwo weit über den Bäumen. Eine Nebelkrähe? Es ist kein schöner Laut, eher ein unheilvolles Krächzen. Wie das Schaben von Fingernägeln auf Glas.

Die Frau hebt den Kopf. Sie hat es auch gehört, jetzt sehe ich, dass ich recht hatte. Es ist Frau Keller, die Wirtin des »Alten Böhmwind«. Ich mag sie, auch wenn sie immer von dieser leisen Traurigkeit umgeben ist. Sie zieht sie mit sich herum wie eine Schleppe, die man zwar nicht sehen, aber spüren kann.

Oh nein. Ihr Kopf dreht sich in meine Richtung, sie hat mich gesehen! Schnell hebe ich die Hand und winke zaghaft. Ich will nicht, dass sie denkt, ich hätte sie beobachtet.

Frau Keller winkt zurück und legt den Kopf schräg. Jetzt kann ich nicht mehr einfach gehen, jetzt muss ich hin und ihr wenigstens Hallo sagen. Alles andere wäre superunhöflich.

Meine Knie fühlen sich an wie aus Gummi, als ich durch das weiche Moos auf sie zustapfe. Ich fühle mich unwohl, dabei gibt es überhaupt keinen Grund dazu, ich habe sie nur zufällig getroffen, mehr nicht! Aber etwas macht mich nervös, ich kann nicht genau beschreiben, was. Ein Bauchgefühl.

»Nia, nicht?« Frau Keller nickt mir zu. »Guten Abend.«

»Hallo, Frau Keller.« Ich bleibe vor ihr stehen und stolpere fast über meine eigenen Füße. Was ist mit mir los? Sie ist nur die Wirtin, der ich schon unzählige Male begegnet bin! Aber das seltsame Gefühl in meinem Bauch bleibt. Es ist, als hätte sie sich in jemand anderen verwandelt, hier, im Dämmerlicht zwischen den Grabsteinen.

»Was führt dich so spät hierher?«, fragt sie freundlich.

»Ich habe nur … einen Freund besucht.« Dass mein Freund ein Windpferd ist, muss ich ihr ja nicht gleich auf die Nase binden.

Frau Keller sieht sich überrascht um. »Wo hier?«

Ich deute hinter mich. »Nein, er wohnt … etwas weiter dort hinten.« Dann fällt mir auf, dass ein Korb hinter dem Gedenkstein steht, verborgen, nur der Henkel schaut noch zur Hälfte hervor. Ich versuche, in den Korb zu spähen, erkenne aber nur das Karomuster eines Geschirrtuchs.

Frau Keller tritt dicht neben mich und deutet auf den Korb. »Bitte erzähl niemandem etwas davon, ja? Mein Mann würde es nicht verstehen. Und ich will nicht, dass die Leute reden. Es wird ohnehin genug geredet.«

Jetzt bin ich definitiv neugierig, aber ich kann nicht sehen, was sich unter dem Geschirrtuch befindet. »Was ist das?«, frage ich, ohne nachzudenken.

»Ein Geschenk«, flüstert Frau Keller und lächelt. »Ach, Nia! Du erinnerst mich so sehr an mich selbst, als ich jung war. Ich konnte auch stundenlang durch die Wälder streifen. Es gibt nichts Schöneres, nicht wahr?«

Ich wüsste wirklich gern, was sich in dem Korb befindet, aber mir fällt nicht ein, wie ich sie noch einmal danach fragen könnte, ohne allzu neugierig zu wirken. Also deute ich stattdessen auf das Foto, das Hannes so unheimlich ähnlich sieht, und sage leise: »Ist das Ihr Sohn auf dem Bild?«

Sie streckt ebenfalls die Hand aus, berührt das Foto. Streicht ganz zart mit dem Finger darüber. »Oh ja, das ist er. Mein Johannes.«

Ich kenne das Foto inzwischen ziemlich gut, aber der Höflichkeit halber gucke ich es mir mit ihr noch einmal an. Die Augen von diesem Johannes sind voller Leben. Sie gehören einem Kind, das vor nichts Angst hat. Er war wohl ziemlich hübsch und hatte einen stolzen Blick, aber seine Augen sind etwas Besonderes. Sie strahlen sogar aus dem Foto heraus.

»Wir sind extra zu einem Fotografen gegangen«, erzählt Frau Keller, während sie weiter über das Foto streicht. »Wir wollten ein Bild haben, das über unserem Kamin hängen kann, wenn er einmal fortgeht aus Windheim. Zum Studieren oder so. Er war das letzte Bild von ihm, das wir gemacht haben. Ich hätte mir nie träumen lassen, dass es für diesen Ort bestimmt war.«

Plötzlich habe ich einen Kloß im Hals. Sie spricht so ruhig, so gefasst, aber man kann ihre Trauer riechen wie den Brotteig, den sie irgendwann zuvor gebacken haben muss.

»Was ist mit ihm passiert?«, flüstere ich.

Frau Keller seufzt. Noch immer lächelt sie, die Erinnerung an ihren Sohn ist zu schön, die Traurigkeit nicht stark genug. »Es war an einem Tag im Frühsommer. Die Tage waren lang, die Abende mild. Johannes hatte mit ein paar Jungen aus dem Dorf ein Lager gebaut, im Wald. Sie waren ja alle in diesem Alter …«

Sie sieht mich einen Moment an, aber sofort wird ihr Blick wieder glasig, als würde sie durch die Zeit blicken. Zurück in diesen Frühsommer.

»Sie haben eigene Sachen gemacht. Die wir Erwachsenen nicht wissen durften. Hatten Geheimnisse untereinander. Über die Mädchen wurde nur noch hinter vorgehaltener Hand getuschelt, dabei waren sie zwei Jahre zuvor noch miteinander auf Bäume geklettert.« Wieder seufzt sie. »Wir haben sie gelassen. Immerhin kannten wir die anderen Kinder, Windheim ist ein Dorf, da wusste man immer, wo sie zu finden waren. Sie brauchten das doch … diese Freiheit … jeder braucht sie, um erwachsen zu werden. Ich dachte immer: Hier sind sie doch sicher! Hier kann ihnen nichts geschehen, Windheim ist so klein, so abgeschieden. Wir leben in unserer eigenen kleinen, heilen Welt.«

Sie verstummt, und als sie nach etlichen Minuten immer noch schweigt, frage ich leise: »Aber das stimmt nicht, oder? Es gibt keine heile Welt.«

Frau Keller schüttelt langsam den Kopf. »Nein, die gibt es nicht. Auch wenn sie noch so klein ist, noch so behütet. Nach Windheim kommen viele Fremde und der Wald ist riesig und voller düsterer Schatten.«

Sie blinzelt, so als müsste sie ihren Blick wieder ausrichten, wie ein Fernglas, das den Fokus verloren hat.

»Ich habe gemerkt, dass etwas geschehen sein muss. Er war so anders. Nicht wie den Sommer zuvor, als sich alles um Mädchen und Fußball drehte. Seine Sorgen in diesem Frühsommer waren ernster. Etwas muss ihm widerfahren sein, etwas Schlimmes, über das er nicht mit uns sprechen wollte. Doch eine Mutter weiß, wenn es ihrem Kind nicht gut geht … Eine Mutter spürt das genau.«

»Und die anderen?« Ich will sie nicht unterbrechen, aber an meinen Unterarmen hat sich bei ihren Worten eine Gänsehaut gebildet. »Wussten die nicht, was mit ihm los war?«

»Sie waren Freunde.« Frau Keller lächelt traurig. »Gute Freunde. Sie haben zusammengehalten, da wäre keiner auf die Idee gekommen, zu den Eltern zu gehen und Geheimnisse auszuplaudern.«

Ich beiße mir auf die Lippe, weil ich sie nicht wieder unterbrechen will.

»Es war ein Tag wie jeder andere«, fährt Frau Keller endlich fort. »Schwülwarm, voller Mücken. Wir verbrachten den Tag im

Gasthaus, wir renovierten damals den großen Saal und hatten allerhand zu tun. Ich weiß noch, dass unser Fliegengitter kaputt war und die ganzen Mücken ins Haus strömten, so als wäre es ihnen auch zu warm da draußen, und wie froh wir waren, als endlich Wind aufzog. In Windheim ist das nicht ungewöhnlich, der Wind kommt und geht, wie es ihm gefällt, aber dieser Wind – er schlug so plötzlich um. Von einer Sekunde auf die nächste war aus der sanften Brise ein regelrechter Sturm geworden, der die Bienenkästen umwarf und unsere Sonnenschirme davonfliegen ließ. Wir rannten hinaus, um alles sturmfest zu machen und unsere Dinge zu sichern, niemand dachte an die Kinder, sie waren ja schon groß, sie kannten den Wald und die Gefahren, und sie wussten, wann es Zeit war, nach Hause zu kommen …«

Wieder verstummt sie, schluckt und schließt kurz die Augen, als müsste sie sich anstrengen, die Erinnerung zuzulassen.

»Aber er kam nicht. Irgendwann legte sich der Sturm, wurde wieder zu Wind, dann zu dem Lüftchen, das die Hitze zurückbrachte und mit sich die Nacht. Johannes blieb verschwunden. Wir liefen los, suchten ihn – bei seinen Freunden, wo wir ihn vermuteten. Bestimmt hatten sie sich einfach bei einem der anderen in Sicherheit gebracht und warteten dort, bis der Sturm vorüber war und sie gefahrlos nach Hause gehen konnten.«

Meine Lippe tut schon weh, aber ich behalte sie zwischen meinen Zähnen. Ich sage nichts, denn ich kann ihren Schmerz fühlen, auch nach so langer Zeit noch. Er schwappt zu mir herüber und die Gänsehaut auf meinen Armen wandert meinen Rücken hinab.

»Er war nicht dort«, flüstert sie. »Nirgends. Wir suchten ganz Windheim nach ihm ab. Die anderen waren nicht im Wald gewesen, sie hatten den Nachmittag am Weiher verbracht und waren nach Hause gelaufen, als der Sturm kam. Johannes war den ganzen Tag nicht bei ihnen gewesen. Anno – sein bester Freund – suchte mit uns, die ganze Nacht. Wir fuhren mit dem Auto in den Wald und riefen nach ihm, und als wir ihn am Morgen noch immer nicht gefunden hatten und es keine Spur von ihm gab, holten wir die Polizei. Die folgenden Tage waren die schlimmsten in unserem Leben.«

Sie schüttelt sich.

»Sie stellten ganz Windheim auf den Kopf. Jeder wurde befragt, überall gesucht. Es gab Aufrufe in der Zeitung. Zuerst glaubte man, es wäre einfach ein Streich, Johannes würde sich im Wald verstecken, Jungen in dem Alter täten das ab und an. Eine Art Rebellion. Dann vermutete man, es hätte ihn jemand mitgenommen, ihn entführt! Man verfolgte jede Spur, aber es meldete sich nie jemand, der Lösegeld von uns haben wollte oder angab, etwas mit seinem Verschwinden zu tun zu haben.« Sie lässt den Kopf sinken, als wäre er plötzlich schwerer geworden. »Schließlich verdächtigte man uns. Sie durchsuchten unser Gasthaus, stellten unzählige Fragen, sie dachten doch tatsächlich, wir hätten unserem geliebten Kind etwas angetan! Es war eine schwere Zeit … eine Zeit, in der ich niemals aufhörte, zu suchen und zu hoffen, er möge einfach zurückkehren.«

»Aber das ist nicht passiert«, vermute ich ebenso leise. »Oder?«

Sie schüttelt den Kopf. »Bis heute gibt es keine Spur von ihm. Wir wissen nicht, was mit ihm geschehen ist. Niemand weiß es. Seine Freunde von damals sind nun alle erwachsen, die meisten haben Windheim verlassen. Sie haben unserer Geschichte den Rücken gekehrt. Seitdem sind die Leute vorsichtiger, sie lassen ihre Kinder nicht mehr in den Wald. Was unserem Johannes zugestoßen ist, kann sich jederzeit wiederholen.«

Sie hebt den Kopf und sieht mich eindringlich an. Ihr Blick driftet nicht mehr weg, diesmal ist er ganz wach und klar. Erst jetzt fällt mir auf, dass sie dieselben tiefblauen Augen hat wie der Junge auf dem Foto.

»Du treibst dich auch allein im Wald herum«, sagt sie und legt den Kopf schräg. »Und auch du hast Geheimnisse.«

Oh ja, die habe ich. Aber keine, die du mir glauben würdest! Dann fällt mir etwas ein, etwas Gruseliges, und ich schlucke schnell, damit mir die Worte nicht aus Versehen entschlüpfen.

Ob es möglich ist? Ist es diesem Johannes genauso ergangen wie mir? Hat auch er die Windpferde entdeckt? War das sein Geheimnis?

Aber warum ist er dann verschwunden?

Und … wohin?

Plötzlich muss ich an einen anderen Jungen denken. Meinen Bewacher. Er hat draußen im Wald die Kontrolle über sein Windpferd verloren und wurde von ihm beraubt, obwohl er die Windpferde kannte und es verstand, mit ihnen umzugehen! Was würde wohl geschehen, wenn jemand keine Ahnung hat, womit er es zu tun hat, und sich einfach auf ihren Rücken setzt? So wie ich das getan habe? Würde ein hungriges Windpferd ein Kind in den Wald schleppen und seine Lebenskraft stehlen?

Nein. Nein, unmöglich! Dann hätte er doch zurückkommen können! Es sei denn, das Windpferd hätte ihn …

»Nia?« Frau Keller berührt mich sacht am Arm. Ich schrecke zusammen und sie legt mir die Hand auf die Schulter. »Ist alles in Ordnung mit dir? Du bist sehr blass um die Nase.«

Schnell nicke ich. »Jaja, alles gut, wirklich. Ich … ich denke, ich muss gehen.«

Sie lässt meine Schulter los. »Ist gut. Komm gut nach Hause und grüß Lisbeth lieb von mir!«

Ich nicke und trete ein paar Schritte von dem Gedenkstein weg. Aber dann bleibe ich doch noch mal stehen und drehe mich zu ihr um. »Frau Keller? Danke, dass Sie mir das erzählt haben. Also, Ihre Geschichte.«

Die alte Wirtin sieht mich eindringlich an. »Der Wald um Windheim ist sehr, sehr alt, Nia. Er ist voll mit Geschichten wie der meinen. Werde du nicht auch eine davon.«

Sie wendet sich wieder dem Stein zu, zupft die Blumen zurecht, die sie in eine kleine Vase gesteckt hat. Zeit, zu gehen, sie mit ihrer Geschichte allein zu lassen.

Wenigstens weiß ich jetzt eins mit absoluter Sicherheit: Der Junge auf dem Bild sieht vielleicht aus wie Hannes. Aber es ist definitiv eine andere Person.

13

Den ganzen nächsten Morgen geht mir das Gespräch mit der alten Wirtin im Kopf herum. Zweimal läuft Pan in die falsche Richtung, weg von Hilde und Lun, aber ich merke es erst, als sie nach uns ruft.

»Was ist denn heute los mit dir?« Hilde sieht mich besorgt an. »Geht es dir nicht gut? Verlierst du die Kontrolle über ihn?«

Ich schüttle den Kopf. »Nein. Alles in Ordnung.«

»Du musst dich konzentrieren«, sagt Hilde mit ernster Miene. »Wenn du auf einem Windpferd reitest, darfst du niemals mit deinen Gedanken woanders sein als bei ihm!«

»Alles klar«, murmle ich und nehme mir vor, mich von jetzt an nur mit Pan zu beschäftigen. Ich fahre mit dem Finger über die Robe, aber meine Gedanken bleiben trotzdem an dem Gedenkstein kleben und an Frau Keller, die voll mit Traurigkeit ist.

»Hilde«, fange ich an, »kennst du die Geschichte von dem verschwundenen Jungen?«

»Welchem verschwundenen Jungen?« Hilde steuert Lun zielsicher durch den Wald, und obwohl es dabei aussieht, als würde Lun schweben und nicht laufen, kann ich das Knacken der Zweige unter seinen Hufen auf dem unebenen Waldboden hören.

Ich lasse Pan zu ihr aufschließen. »Das war vor zwanzig Jahren. Also lange vor deiner Geburt. Er heißt Johannes Keller, es gibt einen Gedenkstein mit seinem Namen auf dem Friedhof …«

»Ach so. Der.«

»Dann hast du also von ihm gehört?«

»Alle kennen diese Geschichte.« Hilde lächelt mir zu. »Sie sorgt dafür, dass die Windheimer ihre Kinder hübsch beobachten und sie nicht unbeaufsichtigt in den Wald laufen lassen.«

»Das ist doch keine Geschichte, die sich jemand ausgedacht hat, um Kindern Angst zu machen! Dieser Junge ist wirklich verschwunden!«

»Klar ist er das.« Hilde zuckt mit den Schultern. »Aber nicht jedem, der verschwindet, ist was Schlimmes passiert.«

»Ich dachte nur … Kann es nicht sein, dass er einem Windpferd begegnet ist? Und dass dieses Windpferd ihn … mitgenommen hat?«

Hilde lacht. »Oh ja. Das kann allerdings sein! Mach dir keine Sorgen um diesen Johannes Keller, die Geschichte ist …«

Pan zieht auf einmal an Lun vorbei. Ich spüre das Ziehen in meiner Brust, den Fluss von Energie, und schließe die Augen, um unseren Austausch zu stoppen. Sofort wird Pan wieder langsamer, aber etwas beunruhigt ihn, er saugt ungeduldig die Luft durch die Nüstern.

Wind kommt auf, ganz plötzlich. Nicht viel, nicht schlimm. Aber spürbar.

»Was …« Hilde lehnt sich nach vorn, späht zwischen die Bäume. »PaNia«, flüstert sie, »bleibt hinter uns. Hier ist jemand!«

Jetzt höre ich es auch. Das Knacken der Zweige, das Luns Hufe verursacht haben, kommt auf einmal als Echo zu uns zurück!

»Links«, wispere ich. »Es klingt wie Hufe!«

»Ssssscht«, macht Hilde und legt den Finger an die Lippen. Sie lässt Lun anhalten, streift die Kapuze von ihrem Kopf und lauscht in den Wald.

Knack. Tock. Knack. Tock.

Das sind Huftritte! Ganz sicher!

Ich öffne meinen Mund, aber in dem Augenblick wiehert ein Pferd. Unsere sind es nicht, also habe ich recht, da draußen im Wald ist tatsächlich ein Pferd unterwegs!

»Oh, verdammt«, flucht Hilde und greift in ihre Tasche. Sie holt etwas heraus, eine Handvoll Federn, und lässt sie über Luns Mähne rieseln. Lun bäumt sich auf, er windet sich und versucht, dem Federregen auszuweichen, aber Hilde schafft es, ihn sofort wieder zu beruhigen.

»Nia«, raunt sie und angelt hektisch mehr Federn aus ihrer Tasche, »sie dürfen die Windpferde nicht sehen. Niemand darf sie sehen, sonst … sonst geschieht etwas Schreckliches!«

Ich starre die winzigen grau-weißen Flaumfedern an. Nein, nein, ich will Pan nicht damit quälen! Aber ich spüre auch, dass etwas nicht stimmt, dass keiner der anderen Hüter auf uns zukommt, sondern eín anderes Pferd, ein fremder Reiter! Ich strecke die Hand aus, wir berühren uns fast – genau in dem Moment bricht ein Zweig, ganz in der Nähe, und jemand schreit auf.

Ich kenne die Stimme! Und in dem Moment weiß ich, dass ich alles tun würde, um die Pferde zu schützen, um sie vor dieser Person zu schützen, die in unseren Teil des Waldes eingedrungen und bestimmt nicht mit freundlichen Absichten gekommen ist!

Ich strecke meine Hand aus und Hilde wirft mir die Federn zu. Ein Teil rieselt zu Boden wie Puderschnee, den Rest streiche ich sorgsam in Pans Mähne. Sofort reißt die Verbindung zu ihm ab, er geht in die Knie, versucht, sich zu befreien und die Dinger abzuschütteln, aber das gelingt ihm nicht.

Hilde ist blass geworden. Sie späht zum Waldrand hinüber. Das Licht schimmert dort durch die tief hängenden Zweige, uns trennen keine fünfhundert Meter mehr vom Ende des Waldes, und sobald man draußen steht und die Wiese betritt, entdeckt man auch die Herde, man kann sie gar nicht übersehen!

»Ich muss die anderen warnen«, flüstert Hilde hektisch. »Sie müssen kommen und etwas tun!«

Etwas … Was meint sie damit? Die fremde Reiterin gefangen nehmen, so wie sie es mit mir auch vorhatten? Das andere Pferd stampft und trampelt herum, es wiehert und ruft nach uns und veranstaltet einen Heidenlärm! Dazwischen höre ich die Stimme der Reiterin: »Beruhig dich mal, es ist doch nichts! Was siehst du denn?«

»Ich weiß, wer das ist«, flüstere ich Hilde zu und springe von Pans Rücken. »Ich lenke sie ab, okay?«

»Nia.« Hildes Stimme klingt leicht panisch. Hat sie Angst? »Sie darf nicht hierherkommen! Hörst du? Niemand!«

»Ich weiß«, wispere ich zurück. »Kümmere dich um Pan, ja?«

Mein Atem geht schneller, als ich durch das Gehölz in Richtung des Lärms stapfe. Die Bäume stehen zu dicht hier, noch kann ich niemanden sehen, doch ich brauche nur dem Knacken der Äste zu folgen. Der Weg ist beschwerlich, dichtes Dornengestrüpp wuchert über den Waldboden und macht ein Durchkommen beinahe unmöglich. Wie hat sie es nur geschafft, mit ihrem Pferd bis hierherzukommen? Und warum? Hat sie uns gesucht?

Zwei Fichten versperren meinen Weg, aber als ich die Zweige zur Seite biege, sehe ich sie: ein Pferd, riesengroß, mit geflecktem Fell, halb verstrickt in den Ästen einer heruntergebrochenen Fichtenkrone, und auf seinem Rücken, mit schicker Reithose und sauber geputzten Stiefeln Kim.

Ich trete zwischen dem Fichtenvorhang hindurch und das Pferd erstarrt.

»Scheiße, Mann!«, kreischt Kim.

Ich muss an Anno denken, Anno und seine Touristen-Tinker. Kim muss sich eines seiner Pferde ausgeliehen haben und damit hierhergeritten sein, aber wie zum Teufel ist sie durch den dichten Wald gelangt?

»Kim«, sage ich und trete zwei Schritte näher.

Der Schecke prustet entsetzt, aber er hat sich mit den Vorderbeinen im Geäst verheddert und kann nicht fliehen. Panisch versucht er, sich zu befreien und rückwärts auszuweichen.

Kim hält die Zügel mit einer Hand und starrt mich völlig entgeistert an. »Wer … bist du?«

Erst jetzt merke ich, dass ich immer noch die Robe trage. Mit der dunklen Kapuze auf dem Kopf. Ich streife sie ab und Kim reißt die Augen auf.

»Ich werd irre … Was machst du denn hier?«

»Du musst verschwinden«, sage ich völlig ruhig. Ich habe keine Ahnung, wie ich das schaffe, aber nur so wird Kim mich ernst nehmen, das spüre ich. Langsam breite ich meine Arme aus und gehe auf sie und ihr Pferd zu. »Ihr müsst raus aus dem Wald, dorthin, wo ihr hergekommen seid!«

Das Pferd wird fast wahnsinnig vor Angst. Es stolpert und knickt mit einem Vorderbein ein, rappelt sich aber blitzschnell wieder auf und windet sich rückwärts aus der Umklammerung der Äste.

»Bleib doch stehen«, fährt Kim das Pferd an. »Was … was machst du hier?«, fragt sie mich erneut. Sie kann ihren Blick nicht von mir abwenden und offenbar bin ich ihr unheimlich in der dunklen Robe. Gut so!

»Geht«, wispere ich und trete noch zwei Schritte näher. »Schnell!«

In meinem Rücken kann ich Pan spüren, seine Nähe, seine Energie. Er gibt mir die Kraft, Kim zu vertreiben, in Windheim könnte ich niemals so mit ihr sprechen! Aber das fremde Pferd wittert ihn ebenfalls, ihn und Lun – ich muss es schaffen, sie zu verscheuchen, bevor sie aufeinandertreffen!

»Was ist das für eine Verkleidung?« Kim deutet auf meinen Umhang. Sie zügelt ihr Pferd locker mit einer Hand, obwohl es wie wild herumtänzelt, aber ich sehe, dass er ein Gebiss mit langen Anzügen trägt. Damit kann sie es sogar mit dem kleinen Finger noch kontrollieren.

»Das ist Tarnung«, sage ich und deute auf ihr Pferd. »Kim, ich meine es ganz ernst: Du musst verschwinden! Hier ist es nicht sicher für euch!«

Kim lässt ihren Blick in den Wald schweifen. Sie ist unsicher, sie will es nur nicht zeigen!

»Du bist doch auch hier«, gibt sie zurück. »Wenn es für dich sicher ist, passiert mir auch nichts.«

Die macht mich verrückt! Warum verschwindet sie nicht einfach?

»Das ist eines von Annos Pferden, oder? Darfst du damit überhaupt so tief in den Wald reiten?«

Kim stemmt die freie Hand in die Hüfte. Ihr Pferd hat es endlich geschafft, sich aus dem Geäst zu befreien. Es weicht vor mir zurück, aber Kim lässt es einmal im Kreis tänzeln und stoppt es mit einem winzigen Ruck an den Zügeln. »Falls es dich interessiert: Das ist mein Pferd. Ich kann mit ihm reiten, wohin ich will!«

Ein Geräusch hinter uns. Eine Art Zischen.

»Kim«, flehe ich. »Bitte! Ich will nicht, dass dir was passiert, du musst jetzt von hier verschwinden! Der Wald … Er ist hier nicht sicher!«

Normalerweise hätte sie mich bestimmt ausgelacht. Aber ihr Pferd schnauft wie verrückt und das Zischen um uns wird lauter. Kim sieht sich um. Sie späht in die Schatten der dicht stehenden Bäume, wo der Wind zu raunen beginnt. Ein Pfeifen, das immer lauter wird, immer höher, wie ein Sturm, der durch einen Schornstein pfeift …

»Komm!« Kim schreit jetzt. Sie kann ihr Pferd kaum noch halten, es gebärdet sich wie verrückt vor Panik, Schaum tropft aus seinem Maul. Sie treibt es auf mich zu und streckt mir die Hand hin. »Jetzt komm schon!«

Ich brauche ein paar Herzschläge, bis ich kapiere, was sie von mir will, aber dann schüttle ich den Kopf.

»Mir werden sie nichts tun«, rufe ich über das Rauschen hinweg. »Ihr müsst fliehen! Los! Schnell!«

Etwas kommt. Zusammen mit dem Raunen und dem Zischen. Zweige knacken, sie nähern sich, die Windhüter, Hilde hat sie erreicht und losgeschickt, sie kommen, um Kim und das Pferd von der Herde fortzutreiben! Da, zwischen den Schatten! Ihre dunklen Roben flattern im aufziehenden Wind, und ihre

Pferde sind hungrig und schnell, viel schneller als ein normales Pferd.

»Kim!«, schreie ich. »Lauf!«

Diesmal lässt sich ihr Pferd nicht mehr aufhalten. Von keinem Zügel der Welt. Es wirbelt herum, springt über das Gestrüpp hinweg und jagt los, durch tief hängende Äste und Dornenranken, zwischen dichten Farnen und Flechten hindurch, tief, tief in den Wald hinein.

Keuchend stehe ich da und sehe ihnen nach. Eigentlich wollte ich Kim Angst machen, aber jetzt habe ich ein ganz furchtbares Gefühl im Bauch. Sie wollte mich mit sich nehmen, auf ihrem Pferd – mich –, obwohl sie mich nicht leiden kann …

Ein Knacken hinter mir, Zweige rascheln, dann stößt eine weiche Nase gegen meine Hand. Ich wirble herum.

»Pan!« Erleichtert schlinge ich meine Arme um ihn. Pan schüttelt sich, noch immer kleben winzige Flaumfedern in seiner Mähne. Ich zupfe sie sorgfältig heraus, und mit jeder Feder, die fällt, fühle ich die Verbindung zwischen uns wieder wachsen. Als Pan von ihrem Bann befreit ist, nehme ich Anlauf und schwinge mich auf seinen Rücken. Einen Moment überlege ich, Kim zu folgen, aber Pan drängt in die andere Richtung, also lasse ich ihn aus dem Wald auf die verborgene Wiese laufen.

Hilde wartet vor der Höhle auf mich. Sie wirft erleichtert die Arme in die Luft, als sie mich sieht. »Ist sie fort?«

Ich bin noch immer aufgewühlt. »Ich hatte sie fast so weit«, keuche ich und merke, wie sehr meine Stimme zittert. »Sie wäre von selbst gegangen!«

Hilde atmet tief ein und wieder aus. »Gut, Nia. Das hast du gut gemacht.«

Pan spürt meine Aufregung und beginnt herumzutanzen. Es ist, als würde er meine Gefühle mit mir teilen.

»Was machen sie denn jetzt mit ihr?«

Hilde schüttelt ganz leicht den Kopf. »Keine Sorge. Sie werden ihr nichts tun. Sie treiben sie nur.«

»Aber warum?«

»Weil sie nicht gesehen werden wollen natürlich!«

»Gesehen?«

»Die Pferde, Nia«, murmelt Hilde und lässt ihren Blick über die Wiese schweifen. »Die Windpferde müssen unser Geheimnis bleiben.«

14

Sammy läuft Kreise vor unserem Haus, als ich gegen Mittag nach Hause komme.

»Na endlich! Wo warst du die ganze Zeit?«

»Bei Pan«, gestehe ich ehrlich. »Was gibt es denn?«

»Nichts gibt es«, schnauft Sammy genervt. »Ich muss einkaufen, aber Lisbeth ist den ganzen Vormittag schon so komisch, also konnte ich sie nicht allein lassen. Ich hab Angst, dass sie irgendeinen Blödsinn anstellt.«

Also bin ich jetzt wieder eingespannt. Was für ein Glück für Sammy, dass ich meine Schulferien verlängern konnte!

»Was soll ich machen?«, frage ich sie. »Einkaufen?«

»Nee.« Sammy lehnt sich über ihren Bauch zu mir. »Ich kriege hier einen Lagerkoller. Ich muss dringend mal raus. Bleib bei ihr, ja?«

»Wo ist denn Ben?«

»Der muss arbeiten.«

Ach, stimmt. Seine Ferien sind vorbei.

Dabei arbeitet Ben im Keller, wo er sich sein Büro eingerichtet hat, aber ich weiß noch von früher, dass man ihn dabei nicht stören darf.

»Ich bleibe bei ihr«, verspreche ich und hoffe inständig, dass Sammy nicht allzu lange wegbleiben wird. »Wohin gehst du?«

»Ist ganz egal«, murmelt sie und nimmt ihre Tasche. »Hauptsache, raus hier!«

Ich überlege nur einen winzigen Moment, dann rufe ich: »Sammy! Ich … ich würde dir gern was zeigen!«

Sie bleibt stehen. »Was denn?«

Ja, was? Pans neues Zuhause? Nein, viel zu gefährlich. Nach dem, was beim letzten Mal passiert ist! Also sage ich: »Meine neue Schule.«

Sammy überlegt, dann schaut sie zum Haus. »Und Lisbeth?«

»Können wir doch mitnehmen.«

Sofort bilden sich Falten auf Sammys Stirn. »Nein danke. Sorry, aber ich muss jetzt eine Weile allein sein. Ein andermal, ja?«

Ich sehe ihr nach, wie sie die Straße hinunterwatschelt. Ihr seltsamer Gang ist schon so vertraut geworden, dass ich mich gar nicht mehr darüber amüsieren kann. Eigentlich ist es normal, dass sie mich abwimmelt, also warum tut es immer wieder von Neuem weh? Ich hätte ihr doch so gern alles gezeigt, das Schulhaus, den Marktplatz mit der langen Tafel, die bunten Tücher in den Gärten, die so viel freundlicher sind als hier, in unserem Teil von Windheim.

Seufzend gehe ich ins Haus und rufe nach Lisbeth. Sie sitzt in ihrem Wohnzimmer, wie üblich, und hat sämtliche Fenster weit geöffnet und fixiert, sodass es ordentlich durchzieht.

»Spürst du das?« Sie dreht sich zu mir um und breitet die Arme aus. »Der Wind! Er kommt!«

»Ja«, sage ich und will das Fenster zumachen. »Du wirst krank, wenn du im Zug sitzt, Tante Lisbeth.«

»Nicht!« Sie stürzt auf mich zu und hält meinen Arm fest. »Lass es offen, damit ich dem Wind zuhören kann!«

Aha. Sie hört also dem Wind zu. Manchmal ist wirklich etwas quer mit dieser Frau!

»Dann setz dich wenigstens nicht direkt zwischen die offenen Fenster«, versuche ich es noch mal und ziehe an ihrem Ellbogen, aber sie rührt sich nicht.

»Ich bin froh, dass du hier bist«, sagt sie zu mir und tätschelt meine Hand. »So froh, Nia!«

Okay, wenigstens eine freut sich über mich.

»Hattest du nicht vor Kurzem noch Angst vor dem Wind?« Ich lasse kurz von ihr ab. »An meinem ersten Morgen hier, da musste ich die Fenster alle zumachen! Weißt du noch?«

Tante Lisbeth lächelt und flüstert: »Oh ja. Aber das war der böse Wind, der aus Osten. Dieser hier ist gut! Er verschließt das Tor wieder! Jetzt dauert es nicht mehr lang und es wird wieder sicher sein …«

Ich verstehe, was Sammy gemeint hat. Heute redet Tante Lisbeth wieder besonders wirres Zeug.

»Komm«, murmle ich und will sie wegführen. »Du kannst dich ja in den Sessel setzen, da bist du etwas geschützt.«

»Versprich mir, dass du hierbleibst«, dröhnt sie so plötzlich los, dass ich sie vor lauter Schreck loslasse. »Du gehst nicht mit ihnen, hörst du?«

Ich trete einen Schritt von ihr weg. »Wen meinst du?«

Auf einmal pfeift der Wind auch durch meinen Kopf. Was, wenn Tante Lisbeth gar keinen Unsinn redet? Wenn das einer ihrer klaren Momente ist, jetzt gerade, und sie mir etwas mitteilen will? Ich muss es versuchen!

»Tante Lisbeth«, beginne ich zögerlich, »woher kennst du Norwin?«

Ihre Augen weiten sich vor Schreck. Sie schnappt nach Luft und kippt fast hintüber, ich kann sie gerade noch festhalten und sie stützen und in ihren Sessel setzen.

»Tante Lisbeth?« Ich falle vor ihr auf die Knie und rüttle ganz sacht an ihr. »Sag doch was!«

»Ach, Nia«, murmelt sie und summt versonnen vor sich hin.

Ich stehe auf, löse die Fixierung und lasse das erste Fenster zufallen. Keine Reaktion. Dann schließe ich auch das zweite Fenster.

Nun kann man keinen Wind mehr hören, aber Tante Lisbeth scheint das nicht zu stören. Sie sitzt einfach nur da und summt eine leise Melodie vor sich hin.

Ich gehe zum Regal, nehme die dünne Decke heraus und breite sie sorgfältig über Tante Lisbeths Beine aus.

»Es tut mir leid«, flüstere ich ihr zu. »Ich wollte dich nicht aufregen.«

Am Nachmittag, als Sammy völlig erschöpft von ihrem Ausflug zurückgekehrt und mit dicken Beinen auf einen Liegestuhl im Schatten gefallen ist, laufe ich zum »Gegenwind« und frage nach Caro.

»Die ist nicht hier«, berichtet mir ihre Mutter. »Sie ist mit Kim unterwegs.«

Natürlich. Die beiden hängen ja immer zusammen. Dabei habe ich am Anfang noch geglaubt, aus Caro würde eine Freundin werden, weil wir als kleine Kinder oft miteinander gespielt haben. Aber ganz offensichtlich hat Caro null Interesse an mir.

»Kann ich die Sachen hierlassen?« Ich lege den Stapel Schulbücher auf den Kassentisch. »Ich brauche sie nicht mehr.«

Überrascht sieht mich Caros Mutter an. »Ja, gehst du denn nicht mehr zur Schule?«

»Natürlich!« Ich muss lächeln. »Aber auf eine andere. Eine Privatschule.«

»Privatschule?«, wiederholt sie. »Du meinst, ein Internat?«

»Äh … nein. Nur eine Schule.«

»Und wie kommst du jeden Tag dorthin? Der Schulbus fährt doch nur in die Stadt. Fahren dich deine Eltern?«

Ich schüttle den Kopf. »Müssen sie gar nicht. Die Schule ist doch hier, in Windheim.«

»In Windheim?« Caros Mutter guckt jetzt völlig verwirrt. »Aber in Windheim gibt es keine Schule. Auch keine Privatschule!«

»Doch, die gibt es!« Ich zeige in die Richtung. »Die Schule vom Wind und Wald. Man muss nur den Weg zur alten Weide entlanggehen. Das große gelbe Haus!«

Stirnrunzelnd mustert mich Caros Mutter. Ich glaube, sie will noch etwas dazu sagen, aber zwei Touristen von draußen rufen nach ihr, und so muss sie mich zurücklassen.

»Die musst du doch kennen«, murmle ich und verlasse das »Gegenwind«.

Ich laufe kreuz und quer durch Windheim, an den kleinen Geschäften vorbei, der Postbank, an der ein Kaugummiautomat hängt, und folge dem Kopfsteinpflaster bis in den Dorfkern. Heute tummeln sich ungewöhnlich viele Touristen hier, aber es ist auch warm und windstill, und der Wald ringsum sieht freundlich und einladend aus.

Als ich an der Kirche vorbeikomme, bleibe ich stehen. Hier gibt es einen Schaukasten hinter Glas, wo allerlei Zettel hängen, Messezeiten, der Gemeindebrief, eine Ankündigung für einen Flohmarkt. Auf der Rückseite befindet sich – gut sichtbar für all die Fremden, die ständig nach Windheim kommen – ein Plan von Windheim und seiner Umgebung.

Ich kenne den Plan, ich hatte selbst mal so einen. Ben hat ihn mir gegeben, in der Bäckerei, damit ich mich nicht mehr verirre. Aber ich habe ewig nicht mehr draufgeguckt.

Neugierig trete ich näher. Windheim sieht ein bisschen aus wie ein halbiertes Ei, auf der einen Seite oval, auf der anderen schnurgerade. Ganz oben an der Spitze der Wölbung liegt der Reiterhof von Anno und seinen Tinker-Touri-Pferden, dann kommen ein paar Felder und dann das »Gegenwind«. Geht man weiter, landet man nach einer Weile am Gasthof, und noch weiter, ist man in der Santa-Ana-Straße, in der Lisbeth wohnt. In der wir wohnen. Ziemlich in der Mitte des halben Eis befinden sich der Dorfkern und die Kirche, wo ich jetzt stehe. Das Rathaus ist natürlich extra dick eingezeichnet. Und dazwischen schlängeln sich die labyrinthartigen Straßen über den Plan, die alle irgendwo am Waldrand enden und in denen ich mich an meinem ersten Tag so hoffnungslos verlaufen habe.

Ich hebe den Finger, fahre die Umrisse des Dorfes damit nach. Dichter Wald, als grün schraffierte Fläche eingezeichnet. Durchzogen von Wanderpfaden in verschiedenen Farben und Schwierigkeitsstufen. Aber der Plan hängt zu dicht am rechten Rand und der Rest … fehlt.

Ich trete noch näher an den Plan heran. Und beiße mir auf die Unterlippe, bis es wehtut.

Da ist der Friedhof. Schräg unterhalb unserer Straße, zwischen den Bäumen. Als hätte man ihn von den Häusern der Lebenden abgesondert. Daran anschließend der Fluss, weiß zieht er sich über den Plan und verschwindet seitwärts im Wald. Die riesigen alten Kastanienbäume sind mit dicken grünen Punkten dargestellt und die Brücke mit zwei einfachen, schrägen Linien, aber alles, was danach kommt, die Häuser, der große Marktplatz mit der langen Tafel, die Schule, all das fehlt. Als hätte es nicht mehr draufgepasst auf den Plan.

Stimmen hinter mir. Ein paar Touristen, die sich ebenfalls die Karte ansehen wollen. Ich trete zwei Schritte zur Seite und versuche zu verstehen, was ich gerade sehe.

Warum zeichnet man einen Plan nur von einem halben Dorf? Aus welchem Grund? Warum kennt Caros Mutter die Schule nicht? Und warum sehe ich nie Kinder hier auf dem Platz vor der Kirche spielen oder ein Eis kaufen oder mit Leyla herumlaufen? Warum tun alle so, als wüssten sie nicht, dass es diese Kinder überhaupt gibt? Ein halbes Dorf … oder … zwei halbe Dörfer?

Die Antwort ist leicht.

Weil man nur dorthin gelangt, wenn man durch den Fluss steigt.

Und niemand außer mir weiß davon.

15

»Alles in Ordnung mit dir?«

Ich drehe mich um. Eine Frau mit einem Picknickkorb am Arm guckt mich besorgt an.

»Du bist so blass um die Nase. Geht es dir nicht gut? Ist dir schlecht?«

Nur schlecht von meinen Gedanken. Aber das kann ich ihr wohl kaum erzählen. Ich schüttle den Kopf. »Ich … Nein. Alles gut.«

Stirnrunzelnd geht sie zu ihren Begleitern zurück. Sie alle werfen mir seltsame Blicke zu. Wahrscheinlich ziehe ich ein Gesicht, als hätte ich eben ein Gespenst gesehen. Oder eher zweihundert Gespenster. Um den Blicken der Touristengruppe zu entfliehen, wähle ich den einzigen Ort, wo ich in Ruhe nachdenken kann: die Kirche.

Die Tür lässt sich nur schwer öffnen, die Scharniere knarzen, aber sobald ich in ihrem Inneren bin, schluckt die tiefe Stille alle Geräusche von draußen, und ich bin mit meinen Grübeleien allein. Ich wandere ein Stück durch den Mittelgang und meine Schritte klingen wie ein überlauter, hallender Herzschlag. Hinter einem Pfeiler lasse ich mich auf die Bank gleiten, lege die Hände in meinen Schoß und atme tief ein und wieder aus. Ich habe keine Ahnung, was man tut in so einer Kirche, Ben und Sammy waren nie mit mir dort. Ich bin auch nicht getauft oder so, vielleicht ist das sogar mein erster Besuch in einem Gotteshaus. Aber im Ethikunterricht haben sie gesagt, dass jeder eine Kirche betreten und zu Gott beten darf, auch ungetaufte Menschen, und obwohl ich nicht vorhabe zu beten, so scheint die Zeit hier doch langsamer zu verstreichen, und ich kann endlich meine Gedanken sortieren.

Der Weg durch den Fluss. Das fehlende Stück von Windheim auf der Wanderkarte. Das Geheimnis, von dem niemand redet. Und die Windpferde, die es gibt, die man aber verborgen hält – vor den Touristen, wie ich geglaubt habe. Aber was, wenn das gar nicht stimmt? Was, wenn nur bestimmte Menschen in Windheim von den Windpferden wissen? Und andere nicht?

Was ist mit der Schule? Leyla war verwirrt, als ich sie nach den anderen Kindern gefragt habe. Es gibt so viele Kinder hier, und sie alle spielen miteinander, also warum spielt Leyla nicht mit ihnen? Warum besuchen sie unterschiedliche Schulen, warum feiern sie keine Feste miteinander? Weiß sie gar nicht, dass es sie gibt?

Was trennt sie … außer dem Fluss?

Ich finde keine Antwort darauf, sosehr ich mich auch anstrenge. Aber eines ist sicher: Etwas stimmt nicht in Windheim. Das ist mir schon am ersten Tag hier aufgefallen. Etwas fehlt. Als ob das Dorf versteinert wäre, alt und grau, und alles Leben ausgehaucht hätte.

Ich muss rausfinden, was das bedeutet, warum der Teil hinter dem Fluss für die anderen Windheimer nicht existiert! Und ich weiß auch, wer mir dabei helfen kann. Kim! Seit der Begegnung am Morgen im Wald habe ich nichts von ihr gehört, ich weiß nicht mal, ob sie gut nach Hause gekommen ist. Aber wenn ihr was zugestoßen wäre – ihr, der Tochter des Bürgermeisters! –, dann hätten wir alle davon gehört, ganz bestimmt!

Ich stehe auf, zu schnell, und schlage mir das Knie an einer Kante an. Auf einmal habe ich es unglaublich eilig! Trotzdem bleibe ich kurz stehen, bevor ich die Kirche verlasse, und schaue nach oben zu den unzähligen bunt verglasten Fenstern.

»Danke«, hauche ich und verlasse die Kirche.

Draußen blendet mich die gleißend helle Nachmittagssonne, und ich muss meine Augen abschirmen, damit ich überhaupt etwas erkennen kann. Die Touristen sind weg, aber den Plan brauche ich jetzt auch nicht mehr. Ich habe meinen eigenen Plan.

Ohne mich noch einmal umzusehen, laufe ich los.

Das Rathaus ist verschlossen. Auf einem Schild neben der Tür hängen die Öffnungszeiten: Bis 16 Uhr, steht dort. Ich bin viel zu spät gekommen. Resigniert lasse ich mich auf den Stufen davor nieder und stütze die Ellbogen auf meine Knie.

Was jetzt? Nach Hause gehen und bis morgen warten? Kommt nicht infrage. Morgen ist Samstag, da hat das Rathaus überhaupt nicht geöffnet. Und bis Montag zu warten, halte ich nicht aus!

Ich stehe wieder auf, trete ein paar Schritte zurück. Vielleicht muss ich gar nicht im Rathaus nach Kim fragen. Sie wohnt in Windheim, so viel weiß ich doch. Aber wo? Wo wohnt der Bürgermeister?

Ich gehe einmal um das Gebäude herum. Es ist alles zu und verschlossen, aber hinter dem Rathaus beginnt eine einspurige Straße, die »Zum Zyklon« heißt. Ich folge der Straße, die an fein säuberlich gestutzten Hecken vorbeiführt, hinter denen die Dächer villenartiger Häuser zu sehen sind. Die Grundstücke sind bestimmt viermal so groß wie das von Tante Lisbeth und vor der letzten Einfahrt parkt ein Porsche.

Hier bin ich richtig! Das fühle ich. Der Porsche stinkt nach Geld, nach Ansehen. Ich finde kein Namensschild, nur eine nackte Klingel mit einem Kameraspion darüber. Wenn ich da draufdrücke, können die mich sehen, ich sie aber nicht.

Was war das? Stimmen? Ja, jemand lacht. Und es scheint von hinten zu kommen, von der Rückseite des Grundstücks. Ich gehe weiter, an dem Porsche vorbei die Hecke entlang. Die Straße endet hier, an einem Pfad, der sich in den angrenzenden Wald schlängelt. Aber es ist nicht *unser* Teil des Waldes, hier stehen die Bäume schön versetzt und so licht, dass man gut zwischen ihnen durchlaufen kann.

Die Stimmen werden lauter. Und es sind eindeutig Mädchen, die ich da höre! Um zur Rückseite des Grundstücks zu kommen, muss ich durch den Wald gehen, was an dieser Stelle kein Problem darstellt. Nur kann ich nicht durch die dichte Hecke gucken und auch nicht darüber, also suche ich mir einen Baum, der genügend Äste besitzt, und ziehe mich daran in die Höhe. Irgendwie witzig, da bauen sie vorn einen Kameraspion vor ihren Hochsicherheitstrakt, und hinten kann man einfach auf die Bäume klettern und hineingucken!

Was ich sehe, verschlägt mir den Atem. Ein paradiesischer Garten mit hübsch angelegten Blumenfeldern, eine halb hinter Topfpalmen verborgene Steinterrasse mit gemütlichen Korbsesseln darauf. Das Gras ist saftig grün und so dicht wie ein Teppich, und mitten darin glänzt ein schimmerndes blaues Loch, das mit blubberndem Wasser gefüllt ist. Zwei Gestalten sitzen am Rand, beide im Bikini, lassen ihre Füße hineinbaumeln, Cocktailgläser in der Hand, und kichern miteinander.

Bin ich wirklich noch in Windheim? Dieser Garten kommt mir auch vor wie eine andere Welt!

Ein Knacken reißt mich zurück in die Wirklichkeit. Oh nein, der Ast! Der Ast, auf dem ich hocke, ruckt und knackt plötzlich, und ich habe nichts mehr, woran ich mich festhalten kann. Erschrocken schreie ich auf, dann rumst es und der Ast und ich fallen gleichzeitig nach unten.

Au, verdammt! Ich reibe mir den Po und versuche, nicht zu stöhnen. Wenigstens kann ich diesmal auftreten, ich habe mir nicht wieder den Fuß verletzt. Nur meine Hose ist am Stamm entlanggeschrammt und klebt jetzt voller grünlich braunem Harz. Ich wünschte, Pan wäre hier, dann könnte ich mit ihm verschwinden!

»Was war das?«, höre ich Kims Stimme durch die Hecke.

»Da war jemand«, kreischt Caro. »Und hat uns beobachtet!«

Ich rapple mich hoch. Besser, ich verziehe mich jetzt. Ich komme einfach später noch mal und klingle an der Tür, jetzt weiß ich ja immerhin, wo Kim wohnt. So leise wie möglich schleiche ich an der Hecke entlang, bis ich wieder auf der Straße stehe und …

Sie warten auf mich, Kim an den Porsche gelehnt, Caro mit in die Hüften gestemmten Händen.

»Hab ich doch richtig gesehen!« Caro schüttelt ganz leicht den Kopf. »Bist du voll übergeschnappt, Nia?«

Ich bleibe stehen. Jetzt haben sie mich sowieso schon gesehen, also kann ich auch gleich fragen. Vorsichtig mustere ich Kim, um zu gucken, ob sie unversehrt ist.

Kim betrachtet mich aus zusammengekniffenen Augen. Dort, im düsteren Teil des Waldes unter meiner Robe, habe ich mich ihr ebenbürtig gefühlt. Aber hier, vor ihrem Haus, werde ich auf einmal wieder ganz klein, so als könnte sie mich jeden Moment zertrampeln wie eine Ameise. Ich schlucke und sage einfach nichts.

»Soso«, murmelt Kim und mustert meine dreckige Hose. »Du siehst ja wieder fast normal aus. Und nicht wie ein Freak!«

Mein Mund ist so trocken, als hätte ich seit Tagen nichts getrunken.

»Das im Wald …«, beginne ich und schlucke noch mal. »… das war nur … zu deinem Schutz!«

Kim lacht leise auf. »Du siehst vielleicht nicht mehr aus wie ein Freak, aber du bist immer noch einer!«

»Wovon redet ihr?«, will Caro wissen.

»Sie hat mir im Wald aufgelauert«, gibt Kim scharf zurück. »Sie hatte sich verkleidet und stand plötzlich vor mir und hat behauptet, ich müsse verschwinden, es wäre nicht sicher dort!«

»Was?« Caros Mund klappt auf. »Du warst im Wald? Mit Aquilo?«

Kim verdreht die Augen. »Ja, ja, mit Aquilo!«

Caro wird blass. »Aber … aber Anno hat dir doch verboten, mit ihm rauszugehen! Er hat dieses Virus, er darf nicht …«

»Oh Mann, Caro, jetzt stress nicht rum!« Kim schnauft. »Deshalb bin ich ja mit ihm auf die andere Seite vom Wald geritten. Ich dachte, da treffe ich schon niemanden! Aqui musste einfach mal wieder richtig laufen. Aber er stand halt zu lange, er ist mir ein bisschen durchgegangen, und plötzlich waren wir … irgendwo, keine Ahnung, da waren keine Wege mehr, er ist einfach losgerannt und hat erst angehalten, als dieser Ast auf uns runterkrachte, und dann«, sie funkelt wieder mich an, »dann tauchte *sie* plötzlich auf. Mit einem schwarzen Umhang. Wie ein Freak!«

Also hat sie Pan nicht bemerkt. Und Hilde und die Windpferde auch nicht! Von den Windhütern, die sie durch den Wald gejagt haben, erwähnt sie nichts, und etwas sagt mir, dass ich das besser auch nicht tue, zumindest nicht, solange Caro dabei ist.

Kims Blick huscht zu Boden, ganz kurz nur, und mir fällt wieder ein, wie sie mir die Hand entgegengestreckt hat und mich auf ihrem Pferd mitnehmen wollte – weg von der drohenden Gefahr. Und auf einmal ist mein Mund nicht mehr so trocken und ich kann wieder reden.

»Ich brauche eure Hilfe«, platzt es aus mir heraus.

Kim verschränkt die Arme und lacht auf. »Ja. Klar! Du brauchst allerdings Hilfe.«

»Ganz ehrlich!« Ich schaue Caro an. Die wird mir doch wenigstens zuhören! »Ich muss etwas über Windheim rausfinden, über … ich weiß nicht, über die Karten. Die Wanderkarte, die bei der Kirche hängt, die stimmt nicht. Auf der fehlt etwas. Und ich muss … also, ich wollte euch fragen … ob es im Rathaus ein Archiv gibt oder irgendwas, wo man mehr über Windheim erfahren kann.«

Caro und Kim wechseln einen Blick.

Kim verschränkt die Arme vor der Brust und pustet sich eine Strähne aus der Stirn. »Gibt es. Aber du hast Pech, für die Öffentlichkeit ist das Archiv nämlich nicht zugänglich!«

Ich schlucke wieder. »Für euch aber schon, oder?«

Kim lächelt ganz leicht. »Verrat mir mal, warum ich dir helfen soll. Weil du so total ehrlich zu mir bist, ja? Weil ihr hier in Windheim auftaucht, du und deine komische Familie, und glaubt, ihr braucht hier nur rumzusitzen und darauf zu warten, dass die alte Lisbeth Schmid stirbt, und dann könnt ihr das Haus verkaufen und uns wieder irgendwelche doofen Fremden schicken!«

Die doofen Fremden, das sind wir also! Meine Zunge fühlt sich schwer an, wie gelähmt. Aber ich muss etwas sagen, jetzt, sonst traue ich mich nie wieder hierher.

»Das ist nicht wahr«, bringe ich heraus. »Ich will nicht, dass sie stirbt, ich habe sie nämlich lieb!«

»Nia hat bei ihrer Tante gewohnt«, murmelt Caro. »Als sie klein war. Damals haben wir oft miteinander gespielt.«

Kim presst kurz die Lippen aufeinander. »Trotzdem seid ihr Fremde. Ihr gehört nicht nach Windheim. Ihr seid nicht besser als die ganzen Touris, die sich hier rumdrücken.«

Ein seltsamer Gedanke kommt mir, ganz plötzlich. Kim, von der ich immer dachte, dass sie Windheim hasst und so schnell wie möglich von hier weggehen wird, hängt genauso an diesem Dorf wie ich!

»Lass mich in das Archiv«, sage ich leise, »und ich verrate dir mein Geheimnis. Okay?«

Kim sieht mich seltsam an, durchdringend, und ich weiß genau, ohne unsere Begegnung im Wald würde sie mir keine Sekunde lang glauben! Sie hat etwas gespürt … und sie weiß, dass ich nicht einfach nur ein verrückter Freak bin.

Etliche Sekunden stehen wir so und starren uns an, sie im Bikini, ich mit meiner dreckigen Hose.

Dann sagt Kim: »Gut.«

»Ja?«

»Aber nicht heute.« Sie wirft einen schnellen Blick zum Haus hinter ihr. »Mein Dad … er ist nicht da. Ich brauche seinen Schlüssel.«

»Dann morgen?«

»Hm.«

»Echt jetzt?« Caro sieht zwischen uns hin und her. »Du hast doch gesagt …«

Kim hebt die Hand und Caro verstummt sofort. »Morgen früh um elf. Da ist er beschäftigt und ich kann mir den Schlüssel ausborgen.«

Um elf … oh nein. Die Vormittage verbringe ich doch immer mit Hilde auf der Pferdewiese im Wald! »Da kann ich nicht. Ich … arbeite am Vormittag. Später?«

Kim zuckt mit den Schultern. »Dein Pech. Um elf oder gar nicht. Später kann ich nicht.«

Damit dreht sie sich um, winkt Caro zu sich und die beiden verschwinden flüsternd hinter der Gartenpforte. Sobald das Tor zuknallt, höre ich, wie sie miteinander reden.

»Verdammt«, murmle ich. Soll ich Kim glauben? Wird sie mich wirklich um elf in das Archiv im Rathaus lassen, damit ich dort nach Antworten stöbern kann? Und was, um alles in der Welt, soll ich ihr bloß sagen? Welches Geheimnis gebe ich preis? Da muss mir dringend etwas einfallen, denn von den Windpferden darf ich ihr auf gar keinen Fall erzählen.

Und für noch jemanden brauche ich ganz schnell eine gute Ausrede: Hilde.

16

Pan wartet am Tor auf mich, als ich am nächsten Morgen kurz nach Sonnenaufgang zur Koppel komme. Er scheint ziemlich aufgeregt zu sein, läuft am Gatter entlang und stößt seltsame Laute aus, die wie ein Rufen klingen. Ich ducke mich unter dem Zaun durch und gehe zu ihm.

»He, mein Junge«, begrüße ich ihn und lege meine Hände an seinen Hals. Er ist schweißnass und sein Herz schlägt wie verrückt.

Besorgt trete ich einen Schritt zurück. »Pan, was ist los?«

Er kann es mir nicht sagen. Natürlich nicht. Aber etwas stimmt nicht, das spüre ich, etwas stimmt nicht mit ihm!

Ich gehe wieder näher an ihn ran. Seine Augen sind weit aufgerissen, und unter seinem Maul klebt etwas, was aussieht wie … getrocknetes Blut. Erschrocken drehe ich mich um, springe über den Zaun und laufe zum Haus. Mit beiden Fäusten hämmere ich gegen die Tür.

»Hilde? Hilde! Komm schnell!«

Fast im selben Moment schwingt die Tür auf. »Nia!« Hilde greift mit beiden Händen nach meinen Schultern. »Beruhige dich. Es ist alles in Ordnung!«

»Ist es nicht«, keuche ich. »Pan … er ist so komisch! Du musst kommen, Hilde, ich glaube, er hat Angst!«

Ich warte nicht, ob Hilde mir folgt, ich renne sofort wieder zu Pan und steige unter dem Zaun durch.

Auch Lun sieht aufgewühlt aus, genau wie Pan tanzt er herum, mag kaum stillstehen, und als ich näher komme, sehe ich, dass auch er eine Schramme hat, aus der dickflüssiges rotes Blut sickert.

Bestürzt drehe ich mich um. Hilde lehnt am Zaun und beobachtet mich.

»Sie waren heute Nacht draußen«, berichtet sie. »Aber es geht ihnen gut. Keine Sorge!«

»Draußen? Du meinst, ausgebrochen?«

»So in der Art.«

Ich drehe mich wieder zu Pan und untersuche seine Beine, indem ich mit beiden Händen daran entlangfahre. Zum Glück scheint er bis auf die Wunde im Gesicht keine Verletzungen zu haben – zumindest keine, die man sehen kann. Ich lehne meinen Kopf an seine Schulter, lege die Arme um ihn und versuche, sein wummerndes Herz zu beruhigen.

»Es geht ihnen gut«, wiederholt Hilde. »Wir haben sie schon untersucht. Ihnen fehlt nichts.«

Auf einmal ist mir, als würde der Boden erbeben. Ein Grummeln dringt aus der Erde, und das Gras unter meinen Füßen zittert, als würde unter mir ein Zug entlangfahren. Pan spürt es auch, denn er reißt sich von mir los und galoppiert davon, in Windeseile, so weit es der Zaun erlaubt. Vor meinen Augen flimmert alles, aber ich renne ihm nach und schreie seinen Namen, »Pan, Pan, warte doch!«, doch er hört nicht, er hat Angst, richtige

Angst, das weiß ich jetzt, ich spüre es, weil es längst auch meine Angst ist.

»Was … ist … das?«, schreie ich Hilde zu, mit Tränen in den Augen, Tränen für Pans Angst.

Sie sieht mich nur an. Beobachtet mich genau. Das Zittern verstummt, das Beben lässt nach, hört schließlich ganz auf. Nur die Angst, die bleibt. Und das schreckliche Gefühl im Bauch, Pan zu verlieren.

Aus den Häusern rings um uns kommen die Menschen gelaufen. Erdbeben, natürlich, bei einem Erdbeben soll man vor die Tür gehen. Aber sie sehen gar nicht verängstigt aus, kein bisschen. Im Gegenteil, sie tanzen herum, fassen sich an den Händen, singen – manche von ihnen weinen sogar! Ich verstehe nicht, was sie feiern, mir hat das Beben Angst gemacht, aber anscheinend kennen sie es, und es scheint nicht schlimm zu sein, nicht schlimm, sondern …

Pans Flanken heben und senken sich rasend schnell. Ich gehe zu ihm und streiche ihm über den Rücken. Lun hebt den Kopf und lauscht. Blut tropft aus seiner Wunde. Muss das nicht verbunden werden? Ich will mir Pans Wunde genauer ansehen, aber in diesem Augenblick heben auch wir die Köpfe.

Wind kommt auf und wirbelt unsere Haare nach vorn. Für einen Moment ist der Luftsog so stark, dass ich kaum atmen kann! Die Luft fühlt sich plötzlich an wie elektrisch geladen, alles scheint zu flimmern und zu flirren, und der Wind, dieser Wind …

Und dann ist es vorbei. Genauso schnell, wie es angefangen hat. Die Welt rückt sich zurecht, der Wind verstummt. Lun und Pan senken kraftlos die Köpfe. Ihre Energie ist restlos erschöpft! Ich lehne mich an Pans Körper, um meine Kraft mit ihm zu teilen, aber er scheint zu müde zu sein, um nur ans Laufen zu denken.

Ich drehe mich um, aber Hilde lehnt nicht mehr am Zaun. Sie dreht sich mit den anderen im Kreis und tanzt fröhlich.

Was ist geschehen, was nur?

»Pan«, flüstere ich besorgt und streiche über sein Gesicht, immer und immer wieder. »Alles gut. Ich verspreche es dir, es wird alles gut!«

Auf einmal steht Hilde hinter mir, außer Atem vom Tanzen, und legt mir die Hand auf die Schulter. »Ihm geschieht nichts, Nia. Er muss sich ausruhen. Die letzte Nacht war anstrengend für ihn.«

Wieder ein Ruck im Boden – oder habe ich mir das nur eingebildet? Ein neuer Gedanke kommt mir. Sammy! Wenn sie allein zu Hause ist und plötzlich die Erde bebt, ob sie dann Angst bekommt? Oder, noch schlimmer, das Baby? Erschrocken sehe ich Hilde an. »Ich muss sofort nach Hause, nach Sammy sehen!«

Hilde nickt nur. »Natürlich. Geh nur! Unsere Wache haben heute die anderen übernommen.«

Beruhigend streiche ich Pan über den Hals, aber als ich schon loslaufe, fällt mir noch etwas ein, und ich bleibe stehen.

»Hilde?«

»Hm?«

Ich deute auf unsere tief erschöpften Pferde. »Wohin sind sie denn gelaufen?«

Hilde lächelt ganz leicht. Sie wirbelt herum, tanzt einmal im Kreis und schwingt die Arme durch die Luft wie eine Balletttänzerin. Mitten im Drehen ruft sie mir zu: »Ins Arkanum!«

BEI TAG

17

Die Kirchturmuhr zeigt kurz nach elf, als ich keuchend beim Rathaus ankomme. Natürlich steht niemand davor und das Rathaus ist fest verschlossen. Ich trommle trotzdem gegen die Tür.

»Kim! Kim? Hörst du mich?«

Aber niemand antwortet mir. Verzweifelt sinke ich auf die Stufen und versuche, meinen Atem zu beruhigen. Na toll. Ich habe ein schlechtes Gewissen, weil ich Sammy allein gelassen habe. Angeblich hat sie von dem Erdbeben nichts mitbekommen. Und jetzt war alles umsonst?

Ich hätte es wissen müssen, dass sie mich reinlegen wollen. Was war ich gestern auch so dumm und bin gleich gegangen? Wäre ich geblieben und hätte noch ein wenig gelauscht hinter der Hecke, dann hätte ich mit angehört, was Kim über mich denkt und ob sie vorhat, wirklich zu kommen.

Bin ich wohl doch nur der Freak für sie.

So ein Mist!

Ich bleibe noch eine Weile sitzen und starre auf die Kirchturmuhr, bis sie Viertel nach elf anzeigt. Dann stehe ich auf und überlege, was ich tun soll.

Noch mal zu ihrem Haus laufen? Nein, besser nicht. Aber was

dann? Die Sonne brennt vom Himmel und mir ist warm, schrecklich warm. Ich könnte …

»Nia!«

Mein Herz setzt einen Schlag aus. Dann wirble ich herum. Da steht Caro, am Eingang des Rathauses, und winkt mir zu. Schnell laufe ich zu ihr.

»Wo wart ihr denn?«

»Na, am Hintereingang!«

»Oh.«

»Beeil dich!« Ich husche durch die Tür, und Caro sieht sich nach allen Seiten um, bevor sie die Tür hinter mir wieder abschließt. »Muss ja keiner merken, dass wir hier drin sind.«

»Bekommt ihr Ärger, wenn ihr das Archiv betretet?«

Sie zuckt mit den Schultern. »Na ja, wohl kaum. Wir haben unsere halben Ferien da verbracht, alte Akten sortiert und so. Wahrscheinlich sind wir die Einzigen, die sich da unten auskennen.«

Ich folge ihr eine breite Steintreppe hinab. »Das ist gut.«

Die Treppe endet an einem düsteren Gang, von dem eine Menge Türen abzweigen. Caro bedeutet mir mit dem Kopf, ihr zu folgen, und wir gehen den Gang entlang, mit hallenden Schritten, ohne Licht zu machen. Zwei riesige Fotokopierer stehen wie Schattenbilder an der Wand. Auf einmal habe ich Angst, dass sie mir doch bloß einen Streich spielen wollen, mich hier unten einschließen oder so. Und ich habe natürlich niemandem gesagt, wo ich hingehe! Panik durchflutet mich und ich bleibe unwillkürlich stehen.

»Was?« Caro stoppt ebenfalls. »Jetzt komm schon!«

»Wo ist Kim?«, frage ich unsicher.

»Die wartet dort hinten.«

»Wo?«

»Herrgott, nerv mich nicht!« Caro schiebt sich zwei Finger in den Mund und stößt einen Pfiff aus. Eine Tür geht auf, am Ende des Ganges, und jemand tritt heraus. Ich kann kaum etwas sehen, weil es so dunkel ist, aber an der Silhouette erkenne ich Kims Locken und atme erleichtert aus.

»Da bist du ja«, sagt sie. Obwohl sie nicht laut redet, hallt ihre Stimme durch den Gang, als würde sie in ein Mikrofon sprechen.

Ich gehe wieder los, auf sie zu. Auf einmal habe ich es wirklich eilig. Kim drückt mit dem Hintern die Tür zu dem Raum auf, aus dem sie gekommen ist. Zum Glück, hier brennt Licht – drei grelle Leuchtröhren an der Decke, die all die Regale und Kartons in kalte Schatten hüllen.

»Juhu«, murrt Caro. »Nach all den Stunden bin ich ja so froh, wieder hier unten zu sein!«

»Ach, komm. War doch ganz lustig.« Kim grinst, dann dreht sie sich zu mir. »Also gut, Nia. Dann lass mal hören, was du anzubieten hast.«

Ich zögere. »Wie meinst du das?«

»Du wolltest uns dein Geheimnis verraten.«

Das läuft alles irgendwie schief heute. Zögerlich schaue ich mich um. Der Raum ist vollgestellt mit deckenhohen Holzregalen, in denen alphabetisch sortierte Akten und Ordner lagern. An der gegenüberliegenden Wand entdecke ich unzählige aufeinandergestapelte Umzugskartons und Kisten und dazwischen, wie aus einer anderen Zeit, eine uralt aussehende Holztruhe.

»Das kann ich euch noch nicht erklären«, gebe ich zu. »Deshalb bin ich doch hier. Um es rauszufinden!«

Kim fixiert mich aus zusammengekniffenen Augen. Sie schwankt zwischen Rauswurf und Neugier, das sehe ich genau.

»Also schön«, grummelt sie und lehnt sich an die Wand. »Wonach suchen wir jetzt genau?«

Ich versuche, nicht erleichtert zu schnaufen. »Alles, was mit der Gegend um Windheim zu tun hat. Vermessungen, Karten oder so was.« Ich zucke mit den Schultern. »Gibt es noch mehr Wanderwege, die auf der normalen Karte nicht verzeichnet sind?«

Caro deutet auf ein Regal an der Wand. »Dahinten. Sämtliche Wanderkarten habe ich einsortiert, ist erst ein paar Tage her.«

Wir gehen zusammen hinüber, und Caro reicht mir etliche Ordner, in denen die Wanderkarten von Windheim abgeheftet sind.

Ich blättere sie durch, zuerst sehr sorgfältig, aber dann immer flüchtiger, denn sie alle zeigen dasselbe Bild: Windheim als halbiertes Ei, mit einer Schnittkante, die am Fluss hinter dem Friedhof endet. Und immer, auf jeder Karte, sieht es so aus, als wäre dort im linken unteren Eck das Papier ausgegangen und man hätte aufgehört, die Karte zu Ende zu malen.

»Es fehlt«, sage ich und schiebe den Ordner frustriert von mir. »Es fehlt auf jeder Karte!«

»Was denn?« Kim ist hinter mich getreten und hat mir beim Blättern neugierig über die Schulter geguckt.

»Der Teil hinter dem Friedhof!«

»Friedhof.« Caro hustet und verschluckt sich fast. »Oh. Dieses Thema!«

Kim schüttelt mitleidig den Kopf. »Zeitverschwendung, Caro. Ich hätte auf dich hören sollen.«

»Aber da sind Häuser hinter dem Fluss!« So schnell gebe ich

nicht auf. Wenn sie jetzt gehen, werden sie mir nie wieder zuhören! »Wir waren doch dort, wisst ihr nicht mehr?«

»Jupp«, murrt Caro, »ein paar uralte Ruinen.«

»Nein«, beharre ich. »Das mit den Ruinen stimmt, aber ich meine die Häuser, in denen die Leute wohnen, die anderen! Ihr seid nur …« Ich verstumme. Soll ich ihnen das wirklich schon verraten? Nein, beschließe ich. Die Sache mit dem Fluss behalte ich für mich, bis ich sicher bin, wirklich sicher.

»Und was jetzt?«, fragt Caro genervt. »Sollen wir nachforschen, was das für Ruinen sind, oder was?«

Fieberhaft überlege ich. Vielleicht ist das ja gar keine so dumme Idee. Als ich über die Brücke geritten bin, standen die Ruinen an genau denselben Stellen wie die Häuser! Da kann es durchaus einen Zusammenhang geben! »Wo findet man so was denn raus?«

»Na, in der historischen Abteilung.« Kim macht eine übertrieben einladende Geste. »Folgt mir unauffällig!«

Caro und ich räumen die Wanderkarten wieder ins Regal und schlüpfen durch die Reihen, bis wir vor einer weiteren Wand voller Ordner und Kartons stehen.

»Die Geschichte von Windheim ist ganz gut dokumentiert«, erklärt Kim und lässt ihre Finger über die Reihen gleiten. »Ich musste mal ein Referat über die Gründung von Dörfern halten. Da hab ich mich zwei Tage hier unten eingeschlossen und in dem alten Zeug gelesen.«

»Und?«, frage ich atemlos. »Weißt du, was es mit den Ruinen auf sich hat?«

Kim überlegt und tritt an eines der Regale heran. »Nee. Bei dem Referat ging es eher um die Landverteilung von alten Grafschaften und so.« Sie zieht einen Ordner aus dem Regal und gibt ihn mir. »Hier steht was über die Entstehung drin. Wie die ersten Siedler sich damals an dem kleinen Fluss niederließen und erste Steinhäuser bauten.«

Wir setzen uns im Dreieck auf den Boden und ich schlage den Ordner auf. Es sind Zeichnungen darin und Zeitungsartikel von einem Journalisten, der einmal einen Bericht über die Erstbesiedelung in diesem Wald geschrieben hat, Fotografien von Fundstücken. Aber keine Karten, kein Hinweis auf die Ruinen hinter dem Friedhof.

»Das ist zu früh«, sage ich und schlage den Ordner wieder zu. »Wir brauchen irgendwas aus der Zeit, bevor es Ruinen wurden.«

Kim zieht den nächsten Ordner heraus. Hier geht es um die Dorfstruktur und Windheim bekommt seinen Namen. Einwohner werden namentlich erfasst, Ehen geschlossen. Wir finden Geburts- und Totenscheine, bei denen die Schrift so verblasst ist, dass man nichts mehr darauf erkennen kann. Auch die nächsten Ordner sind voll davon. Eine Kirche wird gebaut, eine Schule gegründet.

»Die Schule vom Wind und Wald«, flüstere ich, und mein Herz schlägt schneller. »Das muss sie sein!«

Caro gluckst, aber Kim fragt: »Wovon redest du?«

Ich deute auf die Stelle. »Diese Schule … die gibt es noch!«

»Okay.« Kim schüttelt den Kopf. »Also ich habe noch nie was von dieser Schule gehört.«

Keines der Schriftstücke gibt mir einen Hinweis darauf, was ich wirklich wissen will, und irgendwann blättern wir nur noch halbherzig durch die vielen handbeschrifteten Blätter.

»Vielleicht hat sich die Dorfgrenze auch nur verschoben, damit der Friedhof nicht zwischen den Lebenden liegt.« Caro lehnt sich zurück und streicht sich die Haare aus der Stirn. »Und die Häuser auf der anderen Seite vom Fluss hat man einfach verfallen lassen.«

»Aber das ist es ja gerade.« Ich schnaufe. »Sie sind nicht verfallen!«

Caro verdicht die Augen, steht auf und geht ein paar Schritte fort von uns, auf die Wand mit der alten Truhe zu. »Das ist doch jetzt Bullshit, Nia. Wir versuchen hier ernsthaft …«

»Was ist das?«

Ich springe auf. Die Truhe steht genau am Ende der Regalreihe, in der wir eben gestöbert haben. Und sie sieht aus, als würde sie ein Geheimnis verbergen.

»Was ist dadrin?«, frage ich Kim.

Kim zuckt mit den Schultern. »Die haben wir nicht angerührt.« Sie deutet auf das Vorhängeschloss vorn an der Truhe. »Ist eh abgeschlossen.«

»Du hast doch einen Schlüssel für die Tür.« Caro deutet auf den Schlüsselbund. »Gehört keiner davon zu der Truhe?«

Kim nimmt den Schlüsselbund in die Hand und sieht ihn durch.

»Hm«, brummt sie, geht vor der Truhe in die Hocke und probiert sämtliche kleinere Schlüssel. Dann hebt sie die Hände. »Nee! Sorry.«

Mein Herz klopft schneller. Irgendetwas ist in dieser Truhe, und niemand weiß, was! Nicht einmal der Bürgermeister?

»Gibt es noch mehr Schlüssel, die hier passen könnten?«, frage ich atemlos.

»Was weiß ich, ich habe nicht unser Haus nach Schlüsseln durchsucht!« Kim sieht genervt aus, aber ich will jetzt unbedingt wissen, was in dieser Truhe ist!

»Ob es jemand merkt …«, beginne ich vorsichtig.

Caro beendet den Satz für mich: »… wenn wir mal kurz reingucken?«

»Aufbrechen?« Kim tippt sich an die Stirn. »Ihr habt sie ja nicht mehr alle.«

»Komm schon«, flüstert Caro. »Wäre doch lustig!«

»Und wie sollen wir das anstellen?«

Caro grinst. »Oh, kein Problem. Gibt es hier irgendwo eine Büroklammer?«

Wir machen uns auf die Suche und Kim findet schließlich eine in einem der neueren Ordner. Ich bin froh, dass sie es ist, die Caro die Klammer gibt, denn schließlich ist es ja irgendwie ihr Eigentum … oder zumindest das ihres Vaters.

»Da bin ich ja mal gespannt«, sagt sie und verschränkt abwartend die Arme.

Caro bricht die Klammer einmal auseinander. Dann biegt sie den einen Teil zweimal um, sodass ein eckiges S entsteht, und drückt ihn nach oben in das Schloss. Den zweiten Teil schiebt sie vorsichtig von unten nach. Keine halbe Minute später hält sie grinsend das geöffnete Schloss in den Händen.

»Okay, wow.« Kim klatscht dreimal. »Ich krieg Angst vor dir!«

Caro grinst sie an. »Sehr hilfreich, wenn du kleine Geschwister hast, die dich aussperren wollen.«

Ich knie mich neben die Truhe, wage aber nicht, sie zu öffnen. Das überlasse ich Kim, die zum Glück genauso neugierig ist wie ich. Sie klappt den Deckel nach oben, und ein Schwall staubiger Luft schlägt uns entgegen, sodass wir hustend zurückweichen.

»Da hat schon länger keiner mehr gelüftet«, keucht Caro.

Wir warten, bis sich der Staub gelegt hat. Dann beugen wir uns über die Truhe. Ich sehe Stoff, einen Stapel Papiere … und ein dickes, in Leder gebundenes Buch. Ein uraltes Buch, so sieht es zumindest aus. Auf dem Einband ist etwas eingraviert, ein Symbol, etwas wie …, nein, unmöglich! Langsam strecke ich die Hand aus und streiche darüber. Ich habe mich nicht getäuscht: Eingestanzt in den Lederumschlag ist ein Dreieck, das von einer Wellenlinie durchkreuzt wird.

Nun schlägt mein Herz zum Zerreißen schnell! Vorsichtig nehme ich das Buch aus der Truhe. Es ist leichter, als es aussieht, und das Leder ist glatt und weich und so fein, dass es mir beinahe aus den Fingern gleitet. Ich könnte wetten, ich weiß, woraus es gemacht ist.

»Was ist das?« Kim beugt sich über das Buch und berührt es ebenfalls mit den Fingern. »Oh, wow, was für eine …«

»Was macht ihr da?«

Wir fahren herum, alle drei. Vor lauter Schreck lasse ich das Buch fallen und es poltert zurück in die Truhe. Hinter uns, in der Tür zum Archiv, steht ein Mann in Jeans und Hemd und starrt uns voller Verwunderung an.

»Paps!« Kim springt auf und Caro schlägt geistesgegenwärtig die Truhe zu. Ich kann gerade noch meine Finger in Sicherheit bringen.

»Hast du meinen Schlüssel genommen?« Der Mann, der wohl der Bürgermeister von Windheim sein muss, kommt mit langen Schritten auf uns zu. »Und was treibt ihr da mit der alten Truhe?«

Caro guckt unschuldig und hält ihm das geknackte Schloss unter die Nase. »War kaputt! Wir wollten nur mal reingucken.«

»Da ist aber nichts drin, was euch interessieren müsste.« Mit einem Mal sieht der Bürgermeister erschrocken aus. Er nimmt ihr das Schloss aus der Hand, dann tritt er auf die Truhe zu, schließt den Deckel und lässt es blitzschnell wieder einrasten. Es hält, natürlich hält es. Kaputt war es ja nie.

»Was sind das für Sachen?«, will Kim wissen. »Und warum ist die Truhe abgeschlossen?«

»Sie gehört uns nicht«, sagt ihr Vater ausweichend und wirft mir einen schnellen Blick zu. »Und jetzt kommt mit, ihr habt hier unten überhaupt nichts mehr verloren!«

Ich werfe einen letzten Blick auf die Truhe … die Truhe, in der das Buch mit dem Windsymbol verborgen liegt! Aber ich habe keine Ahnung, wie ich jetzt noch daran gelangen soll.

Wir folgen Kims Dad zur Tür. Er kennt sich doch aus mit Windheim, er muss auch etwas über die Geschichte dieses Ortes wissen, oder?

Ich nehme all meinen Mut zusammen und frage: »Entschuldigung? Wir sind eigentlich hergekommen … also, Caro und Kim, sie wollten mir helfen, eine Karte von Windheim zu besorgen. Eine alte Karte, auf der man sehen kann, was das für Ruinen sind … die … die auf der anderen Seite vom Friedhof.«

Der Bürgermeister bleibt stehen und sieht mich an. »Du meinst, hinter der alten Brücke?«

Ich nicke schnell. Caro guckt mich anerkennend an, während Kim eher gelangweilt an der Tür lehnt. Sie sieht aus, als hätte sie genug von unserem Abenteuer.

Einen Moment denke ich, der Bürgermeister geht einfach weiter. Bestimmt hält auch er meine Familie und mich für Schmarotzer, warum sollte er mir also helfen? Aber er dreht sich plötzlich um und geht in eine der Regalreihen hinein, die wir noch nicht inspiziert haben. Nach kurzem Suchen zieht er einen Ordner heraus, klappt ihn auf und blättert darin. Er nimmt ein vergilbtes Stück Papier heraus, faltet es sorgsam auseinander und geht damit zu einem der Fotokopierer auf dem Gang. Dann reicht er mir die Kopie.

»Das nächste Mal, wenn du etwas über Windheim wissen möchtest, frag mich einfach. Heimlichkeiten habe ich nicht so gern.«

Die Kartenkopie in meiner Hand fühlt sich schwer an, obwohl es nur ein einfaches, dünnes Blatt Papier ist. Ich halte es fest wie einen kostbaren Schatz und versuche, es möglichst nicht zu knicken. Die Stufen zum Erdgeschoss scheinen sich ewig hinzuziehen, aber schließlich haben wir es geschafft und stehen wieder draußen im grellen Sonnenlicht.

Kim deutet mit dem Kopf auf das Papier in meiner Hand und flüstert mir zu: »Du wolltest uns doch noch was erzählen, Nia.«

Stimmt. Wollte ich. Will ich das immer noch? Aber ich habe es versprochen. Und möglicherweise ist es der einzige Weg, die Wahrheit herauszufinden.

»Kommt morgen Abend zum Friedhof. Sieben Uhr.«

»Morgen erst?« Kim schnaubt. »Warum nicht jetzt gleich?«

»Ich muss erst noch was überprüfen«, sage ich ausweichend, und zu meinem Glück legt der Bürgermeister seinen Arm um Kim, und sie hakt nicht weiter nach, sondern geht mit ihm die Straße hinunter.

»Du hast ganz schön einen an der Waffel«, sagt Caro zu mir, aber dann grinst sie und winkt mir zu. »Bis morgen dann!«

Fast fühlt es sich seltsam an, wieder allein zu sein mit meinen Gedanken und Geheimnissen. Aber der Ausflug war gut. Ziemlich gut sogar! Nicht nur, weil ich einen Hinweis erhalten habe, sondern auch, weil wir das Buch entdeckt haben. Das Buch mit dem Windsymbol. Ich konnte zwar nicht hineinsehen, aber immerhin weiß ich jetzt, dass es dieses Buch gibt.

Ich laufe weiter, bis ich wieder vor der Kirche stehe, ungefähr an derselben Stelle wie gestern. Neben dem Schaukasten mit dem Plan von Windheim. Dem halbierten Ei. Ich lehne mich dagegen und verschnaufe einen Moment, dann rolle ich vorsichtig das Blatt auseinander, das der Bürgermeister mir gegeben hat. Die Sonne blendet auf dem weißen Papier, und meine Augen brauchen eine Weile, bis sie sich auf das helle Licht eingestellt haben.

Es ist eine schlechte Fotokopie, was wahrscheinlich daran liegt, dass auf dem Original ebenfalls die Linien verblasst waren. Aber sie zeigt mir das, was ich wissen wollte. Ich atme tief ein, dann hebe ich das Blatt an und halte es an den Schaukasten, gegen die Karte, die darin hängt.

Auf der Fotokopie ist das Ei nicht halbiert, sondern komplett. Der Friedhof liegt genau in der Mitte, sogar die Kastanienbäume sind an den richtigen Stellen eingezeichnet! Nur dass die Karte nicht am Fluss endet. Die Straße führt am Friedhof vorbei und über den Fluss, über die steinerne Brücke und von dort aus in einem Bogen zum Marktplatz unter der alten Weide. Es ist alles da, so wie ich es kenne, Hildes Zuhause, das Haus von Norwin, sogar die Schule ist eingezeichnet.

Ich bin nicht verrückt geworden! Dieser Plan ist der Beweis, endgültig. Nur über eine Sache muss ich mir noch Gedanken machen. Über das, was rechts unten im Eck steht: *Windheim, 1864.*

18

Den Abend verbringe ich bei Pan, der sich hingelegt hat und tief schläft. Dicht an ihn gekuschelt sitze ich auf seiner Weide, verborgen im Schatten dichter Tannen. Es kommt mir vor, als würden wir nicht auf einer Wiese hinter einem Zaun sitzen, sondern im Wald auf einer Lichtung und mit dem Abendlicht auf den Schutz der Nacht warten.

Am liebsten würde ich hierbleiben, bei ihm. Die ganze Nacht. Alle Nächte!

Drei Mal bin ich über die Brücke gelaufen, bevor ich hergekommen bin. Drei Mal, um sicherzugehen. Inzwischen ist der Anblick der Ruinen schon so vertraut geworden, dass ich mich nicht mehr darüber wundere. Ich habe Schritte gezählt, von der Brücke zum ersten Steinüberrest, und dann bin ich auf dem halb von Ranken und Farn überwucherten Weg weitergelaufen, bis ich bei dem Ort ankam, wo ich den Marktplatz vermute. Dort war nichts, nur eine Wiese voller Blumen, aber etwas anderes habe ich gefunden: den Weidenbaum. Zwar war er nicht mit Lampions und Lichtern geschmückt, doch hingen seine Äste bis weit über den Rand der Wiese und bildeten – genau wie in meinem Dorf – eine kleine Schatteninsel unter seinem Blätterdach. All das habe ich mit dem Plan verglichen, dem alten Plan von Windheim auf der Fotokopie. Und ich bin zu einem Schluss gekommen: Die Ruinen, das waren einmal die Häuser, die auf dem Plan eingezeichnet sind. Früher war Windheim größer und bildete ein Oval, heute besteht es fast ausschließlich aus Waldzipfeln und Wanderwegen. Alles, was vom Dorf noch übrig ist, passt auf die halbe Fläche von damals – das vom Fluss halbierte Ei.

Aber was ist mit der anderen Hälfte passiert? Warum wurde Windheim irgendwann in seiner Geschichte zur Hälfte – ausgelöscht?

Und noch eine Frage bleibt vorerst unbeantwortet: Betrete ich tatsächlich den ursprünglichen Teil des Dorfes, sobald ich durch den Fluss steige?

Pan schnauft im Schlaf. Sein Atem geht völlig ruhig und auch sein Herz schlägt nicht mehr so wild wie vorhin. Er scheint zu träumen, aber es muss ein guter Traum sein, denn ich fühle keine Angst mehr in ihm.

»Ach, Pan«, sage ich leise. »Könntest du doch reden! Ich würde dir so gern all das erzählen. Wem sonst kann ich genug vertrauen? Caro und Kim? Die wissen nichts von dem Weg durch den Fluss, nichts von euch und auch nichts von alldem hier … Ich kann sie nicht einweihen, nicht solange ich nicht sicher bin! Außerdem verbirgt Kims Vater etwas. Er bewacht diese Truhe im Keller des Rathauses. Etwas ist dort drin, ein Buch. Aber er wollte es uns nicht zeigen. Warum? Weiß er etwas? Kennt er das Geheimnis sogar?«

Pan zuckt im Traum mit den Ohren und ich lehne meine Stirn in seine Mähne und zupfe ein paar Grashalme heraus. Die Dunkelheit naht und senkt sich über uns wie eine Decke.

»Ben und Sammy interessieren sich nicht für mich. Ihnen brauche ich gar nichts zu erzählen, sie würden mir eh nicht zuhören.« Die Worte fühlen sich bitter an, dabei habe ich mich längst damit abgefunden, in ihrem Leben keine Rolle zu spielen. Aber es gibt einen Menschen, dem ich nicht gleichgültig bin, oder zumindest war ich es nicht, früher, als ich klein war.

»Tante Lisbeth«, flüstere ich. »Mit ihr könnte ich über all das reden. Aber sie ist schon zu weit weg von mir.«

Der Himmel dunkelt, ich kann den Mond schon sehen. Blass schimmert er auf uns herab. Lun grast ganz in der Nähe, er scheint sich schneller erholt zu haben als Pan. Aber Lun ist ja auch schon älter.

Ich lege meinen Arm um Pan und suche mit meiner Hand nach seinem Herzschlag. Niemand würde vermuten, dass Pan kein normales Pferd ist, wenn er uns jetzt so sehen könnte. Nur ich spüre, wie anders er ist, denn seine Kraftlosigkeit macht auch mich schläfrig.

»Ich muss jemanden von hier fragen«, murmle ich. »Oder was meinst du?«

Es gibt keine andere Möglichkeit! Wenn ich etwas über das Geheimnis von Windheim herauskriegen will, muss ich die Leute fragen, die das Geheimnis hüten. Und bin ich nicht längst ein Teil von ihnen? Sie haben mich in ihre Welt eingeladen, sie haben mir Pan anvertraut und mich zu einer Windhüterin gemacht. Ich gehöre dazu.

»Es wird alles gut«, flüstere ich Pan in seinen Traum. »Hörst du? Wir sind PaNia. Solange wir zusammenhalten, wird uns nichts geschehen.«

19

In der Nacht werde ich von leisen Stimmen geweckt. Im Mondlicht sehe ich zwei Umrisse vorbeischleichen, am Zaun entlang. Ich kann nicht erkennen, wer das ist, aber ich höre, wie sie sich miteinander unterhalten. Und sie haben auch nicht mich aufgeweckt, sondern Pan, und der ist aufgestanden und hat mich so aus meinem Schlummer gerissen.

»Pan«, wispere ich. »Komm wieder her!«

Aber Pan hält die Ohren gespitzt und starrt zu den Schattenumrissen hinunter. Seine ganze Haltung ist pure Anspannung, und einen Moment bin ich zu verwirrt, zu müde, aber dann kapiere ich.

Die Angst. Sie ist wieder da.

Fürchtet er sich vor den Stimmen? Aber warum? Was ist in der letzten Nacht bloß geschehen?

Ich rapple mich hoch und husche so leise wie möglich an den Waldrand, wo ich mich in den Schatten verbergen kann. Langsam gehe ich den Stimmen hinterher und versuche zu verstehen, was sie sagen.

»… noch mal versuchen? Um sicherzugehen?«

»Es hat funktioniert«, antwortet die zweite Stimme im Flüsterton. »Das bedeutet, sie sind so weit!«

»Für das Arkanum ist es zu früh«, wirft die erste Stimme zweifelnd ein. »Wir sollten noch einige Tage warten. Sonst verschiebt sich alles.«

»Sie sind so weit. Es ist zu gefährlich, länger hierzubleiben!«

»Ist gut.« Die Stimme verstummt, fährt aber kurz darauf fort: »Ich muss noch eine Sache erledigen. Dann sind wir bereit.«

Leise atme ich aus, als sie sich entfernen. Auch Pan entspannt sich merklich. Ich habe keine Ahnung, wovon die beiden gesprochen haben, aber hat Hilde nicht gesagt, es würde niemand fortgehen? Am liebsten würde ich ihnen nachschleichen, aber sie sind in Richtung der Häuser gelaufen, und ich müsste den Schutz der Schatten verlassen, um ihnen zu folgen. Das wage ich nicht.

Pan kommt zu mir und senkt den Kopf. Ich weiß, dass ich nun wieder schlafen kann.

»Nia? Nia!«

Ich blinzle und klappe die Augen auf. Über mir leuchtet der Himmel gelborange und die Luft riecht nach Morgentau. Meine Finger liegen im feuchten Gras und von irgendwo schnauft mir jemand ins Gesicht.

»Wach schon auf, wir kommen zu spät!«

Ich richte mich auf.

»Hilde«, murmle ich. Und sehe mich hektisch nach Pan um, aber der steht hinter mir und hat den Kopf schief gelegt, als würde er sich über mein zerknautschtes Gesicht amüsieren.

»Guten Morgen!« Hilde grinst. »Du hast voll verschlafen. Wir müssen zur Wache in den Wald!«

»Oh. Alles klar.«

»Los, komm!« Sie streckt mir ihre Hand hin. »Du kannst dich bei uns waschen.«

Ich war schon einmal in Hildes Haus, daher kenne ich mich aus und weiß, wo das Bad ist. Und trotzdem … Es fühlt sich seltsam an, in einem Haus herumzulaufen, das es eigentlich gar nicht mehr gibt. Auf einmal finde ich den Gedanken sogar ziemlich gruselig. Ich drehe das Wasser auf, halte mein Gesicht in den Strahl. Trockne mich an dem Handtuch ab und gucke in den Spiegel. Nichts ist ungewöhnlich. Habe ich mich doch getäuscht? Oder werde ich langsam verrückt?

Als ich nach unten komme, hat Hilde schon meine Robe über einen Stuhl gehängt und ein Sandwich gemacht, das sie mir hinschiebt. Aber mein Magen ist so zugeschnürt, dass ich kaum einen Bissen davon herunterkriege.

»Wenn du willst, kannst du bei uns wohnen«, sagt Hilde plötzlich und sieht mich ernst an.

Ich verschlucke mich an meinem Brotstück und muss heftig husten. »Bei euch wohnen? Aber ich habe doch schon ein Zuhause!«

»Ich weiß.« Hilde lächelt ganz leicht. »Aber du bist nicht glücklich dort. Das spüre ich, Nia.«

Jetzt zieht sich meine Kehle zu, und wenn ich nicht aufpasse, fange ich jede Sekunde an zu heulen.

»Es ist nur wegen dem Baby«, sage ich gepresst. »Deshalb hat Sammy keine Zeit für mich. Und Tante Lisbeth ist alt, sie kann nichts dafür, dass sie manchmal vergisst, wer ich bin. Ich habe sie trotzdem lieb und ich kann sie nicht im Stich lassen. Sammy und sie … also … das ist schwierig.«

Hilde lässt mich nicht aus den Augen. Sie nickt sehr langsam, dann kommt sie auf mich zu und legt eine Hand auf meine Schulter. Die Berührung ist so sanft, dass mir jetzt doch Tränen über die Wangen laufen, ganz leise, kaum spürbar.

»Ich sage dir was, Nia. Ab sofort hast du zwei Zuhause. Du kannst dort sein, aber du kannst auch genauso hier sein.« Sie lächelt wieder. »Dann musst du in der Nacht nicht mehr auf der Wiese schlafen.«

Ich muss lachen. »Es war schön, auf der Wiese zu schlafen! So konnte ich ganz nah bei Pan sein.«

Wir ziehen unsere Roben über und reiten mit den ersten Sonnenstrahlen in den Wald. Die ganze Zeit über denke ich, was für ein Glück ich doch habe. Während Kim und Caro mit dem Klapperbus zur Schule fahren müssen, darf ich noch Ferien machen und meine Zeit auf dem Pferderücken verbringen!

An diesem Tag führt Hilde mich eine andere Strecke durch den Wald. Hier ist der Weg nicht ganz so undurchdringlich, unsere Pferde können richtig laufen!

Ich spüre, wie gut Pan die Bewegung tut. Er schöpft neue Energie, meine Energie, aber mein Glücksgefühl ist so groß, dass ich jede Menge Kraft mit ihm teilen kann, und so sind wir beide erschöpft, aber zufrieden, als wir bei der Pferdewiese ankommen.

»Wir hatten Besuch in der Nacht«, berichtet Silvan grimmig. »Du weißt schon, wer.«

»Nicht schon wieder«, stöhnt Hilde genervt. »Gibt er es denn nie auf?«

»Von wem redet ihr?«, frage ich.

Pan scharrt mit den Hufen. Er würde so gern mit den anderen laufen, aber er ist jetzt ein Hüterpferd und muss arbeiten.

»Ginnes«, seufzt Hilde. »Er hat sich danebenbenommen und darf momentan kein Hüter sein.«

»Und das gefällt ihm nicht?«

Silvan schüttelt den Kopf. »Gar nicht. Also seht euch vor, er treibt sich noch irgendwo in der Gegend rum!«

»Machen wir!« Hilde winkt ihnen zu und sieht ihnen hinterher, wie sie im Wald verschwinden. Dann schüttelt sie mitleidig den Kopf. »Ginnes kann eine ganz schöne Nervensäge sein. Dabei muss er nur abwarten, dann ist er auch bald wieder ein Hüter.«

Auf einmal fällt mir das Gespräch wieder ein, das ich in der Nacht belauscht habe. Die Stimmen, die von einem Abschied gesprochen haben – und von dem Arkanum.

Ich lasse meinen Blick über die Wiese schweifen. Alles sieht genauso aus wie immer, das Sonnenlicht, das sich glitzernd auf der Oberfläche des Wasserbeckens bricht, die Pferde, die zufrieden weiden oder im Schatten der schroffen Felsen dösen. Wir haben gerade nichts weiter zu tun, als hierzubleiben und achtzugeben.

»Hilde?« Ich setze mich aufrecht hin. »Du sagst, ich kann bei dir wohnen. Du nimmst mich mit und machst mich zu einer Hüterin, du bist wie eine Freundin für mich und ich … ich muss ein paar Dinge wissen. Von dir. Jetzt.«

Hilde sieht aus, als wüsste sie genau, was jetzt kommt. Kein bisschen überrascht. Sie nickt und lächelt ganz leicht.

Ich hole tief Luft. »Was ist das Arkanum?«

Die Frage hat sie definitiv erwartet, denn ihr Lächeln verschwindet nicht. »Unser größtes Geheimnis«, antwortet sie, ohne zu zögern.

»Aber was genau ist es?«

»Das kann ich dir nicht sagen, Nia.«

Verwirrt blinzle ich. »Warum nicht? Ich werde doch sowieso eingeweiht, in der Anmeldung zur Schule stand, dass ich …«

Hilde hebt die Hand. »Ja, Nia. Richtig. Das wirst du auch.« Sie legt den Kopf schräg, sodass ihr Lächeln verrutscht. »Aber nicht von mir. Norwin entscheidet, wann die Zeit da ist, es dir zu zeigen.«

Norwin? Ich schlucke. Okay, das ergibt Sinn. Norwin ist vermutlich der Hüter sämtlicher Geheimnisse. Genau wie …

»Der Bürgermeister!«, rufe ich. »Arbeiten die beiden zusammen?«

Hilde runzelt die Stirn. »Wer?«

»Der Bürgermeister von Windheim«, rede ich schnell weiter, bevor der Gedanke wieder entwischt. »Im Archiv des Rathauses steht eine Truhe, die abgeschlossen ist und an die niemand dran darf, und in dieser Truhe liegt ein Buch mit dem Symbol des Windes darauf. Kennst du es nicht? Weißt du nicht, was darin steht?«

Hilde sieht jetzt völlig überrascht aus. »Nein, Nia. Ich kenne es nicht. Ich war noch nie in diesem Haus. Wir bleiben zusammen, wir gehen nicht hinüber. Es ist zu gefährlich für uns.«

Jetzt hat sie mich überrascht. Denn meine nächste Frage wäre genau das gewesen. Aber sie hat sie schon beantwortet, bevor ich sie stellen konnte.

»Dann … dann stimmt es also?«, frage ich leise. »Es gibt zwei Teile von Windheim? Und der Fluss … Er ist die Grenze?«

»Nicht nur die Grenze.« Hilde holt mit der Hand aus und beschreibt seinen Lauf. »Er ist eine Barriere, er kreist uns ein!«

»Deshalb muss ich durch den Fluss gehen, um zu euch zu gelangen?«

Pan wird unruhig. Wegen mir. Weil meine Aufregung steigt. Endlich bekomme ich Antworten, endlich sagt mir jemand, was ich schon die ganze Zeit wissen wollte! Ich versuche, all meine Fragen zusammenzusammeln, um auch ja keine zu vergessen.

»Aber wie ist das möglich? Ich kann über die Brücke … hinausgehen, aber ich kann nicht auf diesem Weg zu euch zurückkommen?«

»Nein«, bestätigt Hilde. Ihr Lächeln ist erloschen, sie sieht plötzlich sehr ernst aus. »Der Fluss beschützt uns. So hält er uns ungebetene Gäste fern.«

»Ungebetene Gäste … Meinst du damit die vielen Touristen, die auf den Wanderpfaden im Wald herumlaufen?«

Hilde sieht mich an, als hätte ich etwas sehr Offensichtliches nicht begriffen. »Die natürlich auch. Aber es gilt für alle, auch für die Menschen jenseits des Flusses. Hast du noch nicht bemerkt, dass sie nie zu uns kommen? Dass sie tun, als gäbe es uns nicht, unseren Markt nicht besuchen …«

»… oder wissen, dass Windheim eine Schule hat«, werfe ich eilig ein. Doch, natürlich habe ich das bemerkt! Aber ich konnte es mir nie erklären. »Ich dachte, ihr seid eben zerstritten oder so. Und jeder bleibt für sich.«

»Sie haben uns vergessen«, sagt Hilde leise. »Für sie existiert das Stück Land hinter dem Fluss gar nicht mehr. Sie sehen bloß noch Ruinen und Gestrüpp.«

Mit einem Mal klingt ihre Stimme traurig, aber vielleicht bilde ich mir das ja auch nur ein. Ich strecke die Hand aus und sie ihre, und wir halten uns kurz an den Händen fest und lächeln uns an –

jetzt sind wir wirklich Verbündete, und ich merke, wie mein Herz lauter klopft, voller Stolz, weil sie mich endlich eingeweiht hat!

»Eines verstehe ich immer noch nicht«, gebe ich zu. Lun und Pan haben ein paar tobende Windpferde entdeckt und machen gleichzeitig einen Satz, und wir lassen schnell unsere Hände los, um sie zu halten. »Ich bin zu euch gelangt, weil ich in den Fluss gefallen bin. Also könnte jeder aus Windheim auf demselben Weg auch zu euch kommen, oder?«

Etwas blitzt in Hildes Augen auf, aber sie blinzelt es weg und antwortet: »Im Augenblick ja. Manchmal wünschen wir uns auch, dass noch mehr Leute kommen würden. Doch das passiert nur sehr selten.«

»Aber ihr könnt doch hinüber?«, frage ich atemlos. »Ihr könnt genauso über die Brücke laufen wie ich und nach Windheim hineinspazieren, wenn ihr das wollt.«

Hilde lässt sich Zeit mit der Antwort, doch dann nickt sie. »Wir können hinüber, aber wir gehen nicht. Unsere Aufgabe ist hier, wir schützen die Menschen vor dem, was sie nicht kennen und nicht begreifen würden.«

Verständnislos starre ich sie an. »Was meinst du damit?«

Doch Hilde lächelt schon wieder. Sie beugt sich vor und streicht Lun über die rot schimmernde Mähne. »Ganz einfach, PaNia: Wir sind die Hüter der Windpferde.«

20

Als ich am Nachmittag nach Hause komme, nieselt es ganz sacht. Der Himmel hat sich rauchblau verfärbt, und dicke Wolken hängen über den Baumwipfeln, und dazu bläst ein leiser, steter Wind, der irgendwann am Vormittag angefangen hat und seitdem nicht mehr verstummt ist.

»Wo warst du?«, fragt Sammy, die mit hochgelegten Beinen auf ihren Kissen liegt.

»Bei Pan.«

»Die ganze Nacht?«

Ich bleibe in der Tür stehen und beiße mir auf die Lippe. Soll ich noch mal versuchen, mit ihr zu reden? Über Pan, über all das? Aber Sammy schließt die Augen und schnauft schwer, also nicke ich nur und ziehe die Tür zu.

Ich fühle mich so fertig, dass ich mich auf meine Matratze lege, mir ein Kissen über den Kopf ziehe und die Augen schließe. Schlafen, einfach schlafen! Aber die Erschöpfung reicht nicht aus, um die Gedanken zum Schweigen zu bringen, und so setze ich mich nach kurzer Zeit wieder hin, krame die Kopie aus dem Rathaus und einen Stift heraus und schreibe all das auf, was Hilde mir heute erzählt hat.

Windheim als Ganzes. Als komplettes Ei! Zuerst ziehe ich die Grenze nach, den Fluss. Bis hierher existiert Windheim für die Leute, die von draußen kommen. Aber all das, was dahinter liegt, sehen sie nicht! Warum nur? Wie konnten sie ihr halbes Dorf einfach vergessen? Was ist dort geschehen?

Windpferde, flüstert es in meinem Kopf. Natürlich, Hilde hat es selbst gesagt. Dort leben die Hüter der Windpferde, und sie wollen gar nicht, dass die Menschen durch den Fluss kommen, weil sie vor dem Zauber der Windpferde beschützt werden müssen. Wieder muss ich an Pan denken, daran, was beinahe geschehen wäre, weil ich unvorsichtig war und ihn mit hierhergebracht habe. Was beinahe mit Sammy geschehen wäre!

Aber es ist nichts geschehen. Zum Glück! Weil Hannes mich gerettet hat.

Moment mal. Ich werfe den Stift aufs Bett. Hannes habe ich aber hier bei uns gesehen, beim Wirtshaus, wie er heimlich Federn in die Tür gesteckt hat. Und er war auch am »Gegenwind«, als ich mit Pan dort entlanggeritten bin, er hat mich auf der nächtlichen Straße angerempelt und seine toten Vögel verloren … Hannes kommt sehr wohl hierherüber!

Doch Hannes ist auch ein Windhüter. Ein sehr guter sogar! Das hat Hilde gesagt. Und er ist in Ungnade gefallen, weil er ein Pferd stehlen wollte. Deshalb darf er gerade nicht bei den Windhütern bleiben und wird fortgeschickt.

Mit Hannes stimmt etwas nicht, das habe ich doch gleich gespürt! Und diesmal lasse ich mich nicht von ihm abwimmeln, diesmal muss er mir antworten!

Ich falte das Blatt zusammen, den Plan vom früheren Windheim, und schiebe ihn unter mein Kopfkissen. Bestimmt finde ich Hannes, wenn ich genügend Leute nach ihm frage! Aber mein Kopf ist so schwer … Ich werde ihn eine Minute lang ablegen und all die Gedanken ausschalten, die jetzt auf dem Papier stehen und nicht mehr durch meinen Kopf geistern müssen.

Meine Augen fallen zu, und ohne dass ich es will, schlafe ich ein.

Ich wache ruckartig auf, weil jemand meine Zimmertür aufreißt und ins Zimmer poltert.

»Nia. Nia! Kannst du mal antworten, bevor ich die Treppe …« Sammy steht vor meiner Matratze und stemmt die Hände in die Hüften. »He! Schläfst du etwa?«

»Jetzt nicht mehr«, murmle ich.

»Es ist erst halb acht«, schnauft Sammy. »Hast du den ganzen Nachmittag verpennt? Du bist aber nicht schwanger, oder?«

»Haha.« Ich unterdrücke ein Gähnen. Sofort packt mich das schlechte Gewissen, weil ich geschlafen und ihr gar nicht geholfen habe. Ich lasse sie ganz schön viel allein in letzter Zeit. »Deshalb weckst du mich? Um mich das zu fragen?«

Sammy schiebt die Brauen zusammen. »Du hast Besuch. Und weil du nicht reagiert hast, musste ich von der Tür die Treppe raufrennen.«

»Besuch?« Hektisch stehe ich auf und streiche meine Klamotten gerade. In meinem Traum … da war Hannes. Hannes ist hier! Was soll ich nur zu ihm sagen? Ich wollte ihn zwar zur Rede stellen, aber jetzt, wo er hier ist …

»Diese Mädels. Die mit den blauen Haaren aus dem Souvenirshop und die Bürgermeistertochter. Die sind da.«

»Hier? Jetzt?«

»Ja, hier. Und jetzt wahrscheinlich bald nicht mehr, wenn du nicht endlich mitkommst!«

Was wollen die beiden denn hier? Mein Zopf hat sich gelöst, also flechte ich ihn auf und schnappe mir die Bürste. Zweimal fahre ich damit auf jeder Seite durch meine Haare, dann folge ich Sammy zur Tür.

Caro und Kim stehen vor dem Eingang, links und rechts an den Rahmen der offenen Tür gelehnt, und starren mir finster entgegen. Hinter ihnen hat sich ein Regenschleier gebildet, der in feinen Schlieren vom Himmel rauscht.

»Hallo, ihr beiden«, grüße ich die zwei unsicher und schaue mich nach Sammy um, die neugierig hinter mir stehen geblieben ist.

»Ihr dürft auch reinkommen«, sagt sie zu meinem Besuch. »Wollt ihr was trinken?«

»Danke nein«, antwortet Kim schnippisch. »Wir wollen nur ganz kurz mit Nia reden.« Allein, fügt ihr Blick hinzu.

Ich drehe mich um. »Alles gut, Sammy. Wir gehen raus in den Garten.«

Sammy zuckt mit den Schultern, aber dann dreht sie sich um und verschwindet durch den Gang. Dort gibt es noch eine Hintertür, die auch in den Garten führt, und da sie nicht die Treppe nach oben genommen hat, muss sie wohl auf der anderen Seite ebenfalls rausgehen. Ich schließe die Haustür hinter mir und bleibe stehen, um den Mädels zu bedeuten, dass wir uns lieber hier unter dem Vordach unterhalten.

»Na?«, fragt Caro bissig. »Wie ist deine Ausrede?«

»Ausrede?«

»Oh ja, allerdings!«

Ich glaube, mein Gehirn ist noch nicht richtig aufgewacht. Ich habe keine Ahnung, warum sie so böse auf mich zu sein scheinen! Wir haben uns doch gestern erst … Oh nein. Gestern!

»Wir waren verabredet!« Ich rolle meine Haare zusammen. »Oh verdammt, das tut mir leid. Ich hab euch total vergessen!«

»Das haben wir gemerkt«, murrt Kim. »Dir ist schon klar, was ich gestern für einen Ärger gekriegt habe, oder? Wegen der Sache mit dem Schlüssel?«

»Sorry«, murmle ich. »Ich wollte euch nicht versetzen. Ich bin eingeschlafen! Es war so warm heute Vormittag und wir waren … äh … im Wald unterwegs …«

»Ist mir relativ egal, was du an deinen Vormittagen so treibst«, blafft Kim mich an. »Aber wir haben uns gestern an unsere Verabredung gehalten. Und dafür Stress kassiert! Und du? Lässt uns im Regen sitzen, auf dem blöden Friedhof! Eine halbe Stunde haben wir auf dich gewartet!«

»Es gibt doch eine Kapelle«, sage ich. »Da kann man sich unterstellen.«

Kim funkelt mich böse an und ich presse schnell die Lippen zusammen und gucke zu Boden. »Tut mir leid. Echt! Ich hab's verschwitzt.«

»Dann können wir jetzt endlich gehen?« Caro zappelt von einem Fuß auf den anderen. »Bevor ich wegschwimme!«

Wir verlassen die Stufen unter dem Vordach und laufen die Straße hinunter. Der Regen wird stärker. Kim zieht einen Regenschirm heraus, unter den sie mit Caro flüchtet. Mir bietet sie keinen Platz darunter an, was mir nur wieder zeigt, dass ich keineswegs zu ihnen gehöre. Auf einmal fühle ich mich schrecklich einsam, obwohl wir doch zu dritt unterwegs sind.

Erst als wir beim Friedhof ankommen, fällt mir ein, dass ich mir überhaupt nichts überlegt habe. Was erzähle ich den beiden nur? Ich kann sie doch nicht zum Fluss führen und sagen: So, steigt mal schön hier durch, und dann macht die Augen auf, ihr werdet staunen, wenn ihr die Ruinen jetzt seht! Nein, unmöglich. Ich darf das Geheimnis nicht verraten! Hilde hat mir ziemlich deutlich gesagt, dass die Hüter eine wichtige Aufgabe erfüllen. Am Ende gefährde ich die Windpferde, indem ich jemandem wie Kim den Weg zu ihnen weise. Oder wie wäre es, wenn Anno die Touristenströme auf einmal nicht mehr auf den präparierten Pfad leiten würde, sondern tief in den Wald zu unserer Pferdewiese? Wenn dort lauter Fremde herumtrampeln und Fotos schießen würden … nein. Nein, das kann ich nicht, auf keinen Fall!

Das Moosfeld des Friedhofs hat sich in eine riesige grüne Schlammpfütze verwandelt. Jeder Schritt verursacht ein schmatzendes Geräusch, und Kim verzieht angewidert das Gesicht, als wir zwischen den Gräbern hindurchstapfen.

»Also?«, fragt sie und bleibt zwischen der Kapelle und dem Fluss stehen. »Was ist jetzt mit deinem Geheimnis?«

»Das Geheimnis …«, fange ich an und kaue auf meiner Lippe herum. Was, was nur sage ich ihnen? Es muss etwas Ehrliches sein, etwas, was sie glauben und womit sie zufrieden sind, damit sie mich in Ruhe lassen! Aber das ist gar nicht so leicht. Ich schließe die Augen, und das Erste, was ich sehe, ist Pan.

Pan!

Ich reiße die Augen wieder auf. »Ich habe ein Pferd gefunden«, sage ich schnell. »Im Wald.«

»Das hast du schon erzählt.« Caro winkt ab. »Gleich am ersten

Tag, als du ins ›Gegenwind‹ gekommen bist. Weißt du das nicht mehr? Du warst verletzt, wir haben dich heimgebracht!«

Doch. Doch, das weiß ich noch. Natürlich! Verletzt … und verlaufen. Immerhin konnte ich gehen! Bevor Pan mich aufgesammelt hat, ließ sich der Fuß gar nicht belasten. Wie seltsam … Darüber habe ich noch nie nachgedacht. Ob es was mit Pan zu tun hatte? Mit seinem Zauber?

»Nia!« Kim schnippst mit dem Finger vor meinem Gesicht herum. »Dein Geheimnis!«

»Oh, ja.« Ich blinzle. »Also, das Pferd. Das war keine Geschichte. Das Pferd gibt es wirklich! Es lebt im Wald und ich besuche es regelmäßig.«

Die beiden tauschen einen Blick.

»Okay«, sagt Kim. »Dann zeig es uns.«

Ich ziehe die Schultern hoch. Der Regen prasselt nur so auf meinen Kopf, aber ich spüre es kaum. »Kann ich nicht. Nicht jetzt zumindest.«

»Und warum nicht?«

»Ich müsste ihn zuerst holen!«

Wieder tauschen sie einen Blick, und Caro ruft: »Du hast gesagt, dein Geheimnis hat was mit den Ruinen zu tun! Und mit dem Dorf, das einmal hier stand.«

»Ja«, rede ich weiter. »Hat es auch. Weil ich nämlich glaube, das Pferd stammt aus der Zeit, als hier noch Häuser waren. Das ist gar nicht so lange her. Könnt ihr euch vorstellen, dass die Pferde noch hier sind? Dass sie … frei im Wald leben, auf einer schönen Lichtung oder so?«

Caro lacht auf. »Du hast also ein Windpferd gefunden? Okay, Nia. Alles klar!«

»Lass uns gehen.« Kim bibbert. »Ich bin schon klitschnass. Sie verarscht uns doch eh nur. Wir hätten ihr niemals glauben dürfen!«

»Ich beweise es«, rufe ich ihnen hinterher. »Ich beweise euch, dass es ihn gibt, versprochen!«

Als sie weg sind, stehe ich noch eine ganze Weile im Regen und schaue ihnen nach. Warum ist es so wichtig, ihnen etwas zu beweisen? Können sie mir nicht egal sein?

Doch das sind sie nicht. Andere Menschen sind mir nie egal. Ich möchte so gern zu ihnen gehören, aber immer geht etwas schief, und am Ende stehe ich doch wieder allein da. Trotzdem sind sie mir nie egal. Keiner von ihnen.

Ich laufe runter zum Fluss und wate hindurch, mit Schuhen, ohne die Hose aufzukrempeln. Nass bin ich sowieso schon. Drüben scheint der Regen etwas nachzulassen, oder vielleicht kommt es mir auch nur so vor, weil der Boden weicher und frischer ist und das Wasser schneller wegsickern kann.

Pan und Lun stehen mitten im Regen und strecken ihre Nasen in den Wind, aber ich gehe jetzt nicht zu Pan, ich laufe weiter zum Marktplatz, wo um diese Zeit niemand mehr sitzt. Hinter den Fenstern brennt Licht, aber ich bleibe nicht stehen, ich laufe weiter, bis ich bei dem gelben Haus angelangt bin, in dem Erna wohnt.

Schwer atmend bleibe ich stehen und klopfe.

Eine Frau öffnet mir. Sie sieht aus wie Erna, größer, älter, ja, aber genauso schön.

»PaNia«, ruft sie erschrocken. »Du bist ja patschenass! Komm rein, wir trocknen dich erst mal ab.«

Sie verschwindet, kommt kurz darauf mit einem Handtuch zurück. Ich nehme es, lege es um meine tropfenden Haare und frage: »Ich suche Hannes. Ist er da?«

»Ginnes?« Bedauernd schüttelt sie den Kopf. »Tut mir leid, nein. Ich weiß auch nicht, wo der sich rumtreibt!«

»Und wo ich ihn finden kann, auch nicht?«

Sie zögert einen Moment. »Frag Norwin. Wenn es jemand weiß, dann er.«

Norwin. Immer Norwin! Nein, den will ich nicht fragen. Weil ich dann bestimmt erklären muss, warum ich Hannes suche, und das möchte ich nicht.

»Danke für das Handtuch«, sage ich und reiche es der schönen Frau zurück. »Ich muss wieder gehen.«

»Warte«, ruft sie mir nach, doch ich warte nicht.

Ich laufe die Straße zurück, durch die Pfützen und über den Hügel zum Fluss. Für mich stellt er keine Grenze dar, ich kann in beiden Teilen des Dorfes sein, aber der Fluss hat trotzdem eine Barriere gebildet, nämlich zwischen mir und den Bewohnern von Windheim. Zumindest zwischen mir und Caro und Kim.

Und wenn es nicht zwei Dörfer gäbe, die sich nicht kennen und voreinander Geheimnisse haben müssten? Viel schöner wäre es, Windheim wäre wieder ein Dorf – ein ganzes Ei.

Dann könnten alle ihre Geheimnisse miteinander teilen.

21

Ich schlafe unruhig in dieser Nacht. Immer wieder wälze ich mich herum und höre Stimmen, höre das Wispern von Geheimnissen, das Knarren einer alten Holztruhe, das Platschen und Trommeln von Hufen auf nassem Grund. Und als ich aufwache, schweißgebadet, ist da nichts, bloß der heulende Regenwind vor meinem Fenster.

Lange liege ich da und lausche dem Regen und dem Wind. Vielleicht habe ich am Nachmittag zu lang geschlafen, mein Körper will einfach nicht mehr müde werden. Ich stehe auf, trete ans Fenster, aber hinter all den Wassertropfen in der Nacht kann ich nichts da draußen erkennen.

Dafür höre ich etwas! Schritte, irgendwo im Haus. Sammy!

Ich fliege aus dem Zimmer, bleibe im Gang stehen und lausche. Nein, in Bens und Sammys Zimmer ist alles still. Ich lege mein Ohr an die Tür, dann drücke ich die Klinke herunter. Beide schlafen, Ben mit dem Arm über Sammys monströsem Bauch, nur das Baby ist wach und stampft von innen gegen die Bauchdecke.

Leise trete ich näher, gehe in die Hocke und lege meine Hand auf Sammys Bauchnabel, der ganz komisch nach außen gestülpt ist. Das Baby spürt meine Berührung, denn es drückt sich von innen dagegen. Dieses winzige Stück Mensch sucht durch Sammys Haut die Verbindung zu mir. Das ist rührend, aber irgendwie auch gruselig! Ich ziehe meine Hand wieder weg, und einen Moment lang sehe ich ihm zu, wie es strampelt und vor sich hin boxt, und ich überlege, wie es wohl aussehen wird, wie es sein wird, ob wir Freunde werden können, richtig gute Freunde, oder ob es mir Sammy voll und ganz wegnehmen wird.

Ein neues Geräusch, ein lang gezogenes Knarren, dann Schritte auf dem Holzfußboden. Ich trete zurück, lasse Ben und Sammy schlafen und das Baby strampeln und schließe ihre Zimmertür wieder. Leise gehe ich die Treppe runter. Sachtes Licht schimmert unter der Türritze von Tante Lisbeths Schlafzimmer hindurch, also ist sie ebenfalls wach. Vorsichtig klopfe ich an und flüstere ihren Namen.

Nichts. Stille. Also noch mal, ein wenig lauter: »Lisbeth? Ist alles okay?«

Ich bekomme keine Antwort, aber da brennt Licht, und das ist seltsam, also drücke ich die Klinke runter und strecke meinen Kopf in den Raum.

Das Zimmer ist klein und kühl und bis unter die Decke vollgestopft mit allem möglichen Zeug: Klamotten, Taschen und Kisten, dazwischen Bücher, Schallplatten und dick eingestaubte Einmachgläser. Im Eck drängen sich Staubsauger, Wäschespinne und Bügelbrett aneinander und auf einem Stuhl daneben stapeln sich Handtücher mit verschnörkelten Mustern darauf. Ich kann mich nicht erinnern, wie es hier ausgesehen hat, als ich ein Kind war, aber ganz offenbar hat Tante Lisbeth sich lange nicht mehr die Mühe gemacht, ihre Sachen aufzuräumen oder zu sortieren.

Das Bett sieht zerwühlt aus, so als hätte sie eben noch darin geschlafen, aber Tante Lisbeth selbst ist nicht hier. Dafür liegt ein aufgeklappter Koffer auf dem Bett, eines dieser uralten eckigen Teile mit Streifenmusterstoff als Innenfutter. Und in dem Koffer türmen sich ordentlich gefaltete Kleidungsstücke.

Was macht ein gepackter Koffer auf ihrem Bett? Und warum schläft sie nicht?

Wo ist Tante Lisbeth eigentlich?

Ich verlasse das Schlafzimmer, will die Tür schon schließen und sie suchen, aber etwas hält mich zurück. Nein, man stöbert nicht. Auch nicht, wenn es das Zimmer von einem aus der Familie ist. Aber die Versuchung ist zu groß. Hier drin könnte ich endlich eines ihrer Geheimnisse aufdecken! Also gehe ich wieder hinein und schließe die Tür von innen.

Mein Herz pocht heftig. Das ist was anderes, als in einem alten Archiv nach Karten zu suchen, das ist Rumschnüffeln!

»Nur ganz kurz«, flüstere ich mir zu. »Und ich mache bestimmt nichts kaputt!«

Zuerst sehe ich mir die Sachen in dem Koffer an. Ein Mantel aus schwerer Wolle ganz unten, darauf zwei Kleider, ein Rock, drei Hemden mit sommerlichen Mustern darauf. Alles fein säuberlich zusammengelegt, in dem Koffer herrscht mehr Ordnung als in diesem Zimmer. Oben auf dem Stapel thront ein sorgsam verknotetes Seidentuch und daneben liegt ein Paar roter Riemchenabsatzschuhe. Echt jetzt? Darauf kann sie doch im Leben nicht mehr laufen! Ich streiche mit den Fingern darüber. Die Schuhe sind aus Leder, aber es wirkt faserig und brüchig. Sind wahrscheinlich ziemlich alt. Auch die anderen Sachen müffeln ein wenig nach schlecht gelüftetem Raum. Was ist das nur für Zeug?

Hat sie das aus Amerika mitgebracht? Aber warum kramt sie es dann jetzt hervor?

Ich gehe weiter. Der Rest des Zimmers ist ein ziemliches Chaos aus lieblos eingeräumten, vergessenen Dingen. Auch die Einmachgläser sehen, äh, alt aus. Nein, nicht alt. Supereklig! Die Farben wechseln von Gelbbraunorange nach Schimmelgrün, das Zeug, was darin eingemacht wurde, hat längt den Verwesungsstatus erreicht. Die Bücher sind mottenzerfressen und völlig vergilbt, die Schallplattenhüllen zerrissen. Alles an diesem Raum ist einfach nur alt. Und riecht staubig.

Warum hebt sie das alles auf und wirft es nicht einfach weg? Ob das Erinnerungen sind, an ihr früheres Leben? Leider hilft mir das auch nicht weiter. Wenn ich wenigstens etwas Persönliches finden würde, Bilder oder Briefe oder so!

Ich ziehe die Nachttischschublade auf, aber darin sind nur gefaltete Stofftaschentücher mit aufgestickten Blumen. Ob was in den Kisten steckt? Aber als ich die erste öffne, quillt nur ein Haufen superhässlicher Puppen aus Porzellan heraus. Ist Tante Lisbeth etwa ein Messi, der Dinge hortet und sammelt, ohne etwas damit anzufangen?

Auf jeden Fall sollte ich lieber nach ihr suchen, anstatt in ihrem Zimmer zu wühlen. Sie muss ja irgendwo sein, schließlich brannte hier noch Licht. Hoffentlich ist sie nicht wieder weggelaufen und hat sich verirrt! Aber vor dem Bett bleibe ich doch noch mal stehen. Dieser gepackte Koffer … Irgendwas ist seltsam daran. Sie hat eindeutig Dinge reingepackt, die sie gar nicht mehr trägt, nicht mehr tragen kann! Es müssen Erinnerungen sein, vielleicht hat sie die nur in dem Koffer aufgehoben und wollte gar nirgendwohin damit. Ich gehe in die Hocke, fahre mit den Fingern an den Hemden und Kleidern entlang. Vielleicht steckt ja was dazwischen, irgendwas …

Ja, da, da ist was! Mit Daumen und Zeigefinger angle ich es heraus, lasse es aber gleich wieder fallen. Uh, ein alter BH! So ein Teil mit Rüschen und Spitzenbesatz. Schnell stopfe ich es zurück, nein, das sind nicht die Geheimnisse, die ich entdecken wollte, ganz bestimmt nicht! Und mehr …

Was war das?

Meine Finger verharren. Dort, in einer der Manteltaschen, da steckt was drin. Was Festes, Eckiges, eine Karte oder so. Ich hebe den Kleiderstapel vorsichtig zur Seite, ohne etwas durcheinanderzubringen, und suche vorsichtig nach der Öffnung der aufgesetzten Tasche. Mit zwei Fingern fahre ich hinein und angle etwas heraus. Tatsächlich, eine Karte. Zwei Karten, um genau zu sein.

Bahnfahrkarten.

Natürlich sind sie uralt, vom 24. Mai 1980. Zwei Karten für zwei Personen, für je 112,50 D-Mark. Eine Reise von Windheim nach Bremen. Abgestempelt wurden sie jedenfalls nicht, aber das heißt ja nichts. Es bedeutet nur, dass jemand eine Reise machen wollte, wer, steht da nicht.

Also sind das doch Erinnerungen, der Mantel und die Schuhe sind so alt, wie sie aussehen. Ich will die Klamotten schon zurücklegen, alles wieder so hinrichten, wie es war, aber ich zögere, schiebe die Bahnfahrkarten in den Bund meiner Hose und taste mit beiden Händen nach der anderen Manteltasche.

Ich hatte recht. Auch hier steckt etwas drin! Diesmal komme ich nicht einfach so dran, ich muss den Mantel aufschütteln, um an das Ding aus der Tasche zu gelangen. Als ich sie ans Licht ziehe, glaube ich meinen Augen kaum.

Ein Personalausweis.

Ein Ausweis? Meiner sieht anders aus. Wie eine Karte. Was ich hier in den Händen halte, ähnelt mehr einem Lappen, ganz weich und ledrig und grau. Ich klappe ihn auf. Ja, tatsächlich, es ist Tante Lisbeths Personalausweis! Auf dem Foto sieht sie richtig hübsch aus, sie hatte also auch mal so lange Haare wie ich. Der Ausweis ist gar nicht mehr gültig, längst abgelaufen. Bestimmt hat sie ihn in dieser Manteltasche vergessen. Da steht, sie ist in Windheim geboren, am 12. Dezember 1921.

Äh, was? Ich streife mit dem Finger über die schief getippte Jahreszahl. Echt jetzt? Tante Lisbeth ist beinahe hundert Jahre alt! Komisch. Sie ist alt und verwirrt, aber ganz so alt kam sie mir dann doch nicht vor. Ich sollte jetzt wirklich nach ihr suchen, wer weiß, was …

Moment. Was ist das denn?

Links neben dem Foto steht ihr Name, Lisbeth Irmgard. Und darüber der Nachname. Aber es ist nicht der Name, den ich kenne! Da steht: Kranz, geb. Schmid. Das »Kranz, geb.« fällt ein bisschen aus der Reihe, so als wäre es nachträglich dazugetippt worden. Also war sie verheiratet. Wieso weiß Ben nichts davon? Und wer war dieser Mann? Es gibt nirgends ein Foto von ihm, und dieser Name …

Ich kenne den Namen. Zumindest habe ich ihn schon mal gelesen.

Auf einem Grabstein.

Das Zimmer scheint kleiner zu werden, enger, die Luft zum Atmen immer weniger. Ich schüttle den Kopf und reiße die Tür zum Flur auf. Die frische Luft lässt mich wieder klarer denken.

Das ist doch Quatsch! Lisbeth hat mir ein Grab gezeigt, das

Grab von einem Mann. Wilfred Kranz. Drüben, auf dem Friedhof von Windheim. Daran wäre nichts ungewöhnlich, auch dass sie nie von ihm redet … Aber etwas war seltsam, ich erinnere mich genau: die Jahreszahl auf dem Grabstein. Der Mann in diesem Grab kann gar nicht Lisbeths Ehemann gewesen sein, weil er dort schon hundert Jahre drin liegt!

Es bringt nichts. Wenn ich Antworten will, muss ich Lisbeth finden! Schnell stopfe ich den Ausweis zurück in die Manteltasche, richte alles wieder einigermaßen ordentlich hin und lösche das Licht.

Im Gang ist es dunkel, nur das Ticken einer alten Wanduhr schlägt ihren leisen, monotonen Takt. Wie der Herzschlag dieses alten Hauses. Ich sehe in der Küche nach, prüfe, ob die Haustür abgeschlossen ist. Keine Spur von Lisbeth. Sie wird doch nicht über die Terrasse abgehauen sein? Ich reiße die Wohnzimmertür auf, drücke auf den Lichtschalter – und da liegt sie, zusammengesunken in ihrem Ohrensessel, und kauert in einer ungesund schrägen Haltung halb auf der Lehne.

Ich trete zu ihr und versuche, sie ein wenig nach oben zu schieben, sodass ihr Kopf nicht so zur Seite hängt. Tante Lisbeth grummelt im Schlaf, schmatzt einmal und dreht sich zur anderen Seite.

Hundert Jahre. Und schläft auf einem Sessel! Ich rüttle sie ein wenig, versuche, sie aufzuwecken. Sie kann doch nicht hierbleiben, sie muss zurück in ihr Bett! Ob sie schlafgewandelt ist? Aber Lisbeths dürre Arme schütteln meine Hände ab, sie windet sich ein wenig, also lasse ich sie schlafen.

Ich merke, dass ich immer noch die beiden Bahnfahrkarten in meinem Hosenbund stecken habe. Einfach hier auf den Tisch legen? Nein, lieber nicht. Vielleicht sind das Erinnerungen, die wehtun. Ich muss sie in einer ruhigen Minute danach fragen.

Lisbeth kuschelt sich in ihren Sessel, dreht sich wieder auf die andere Seite und murmelt etwas vor sich hin.

»Was?«, flüstere ich und beuge mich zu ihr, dicht an ihr Ohr. »Was träumst du, Tante Lisbeth?«

Wieder ein Schmatzen. Ein Grummeln. Und dann höre ich: »… Johannes …«

22

Gerädert wache ich auf dem Fußboden von Tante Lisbeths Wohnzimmer auf. Ich habe auf dem harten Holz geschlafen und jetzt ist der Lehnsessel leer. Ich mache mich auf die Suche nach Tante Lisbeth und finde sie in ihrer Küche, wo sie sich einen Smoothie aus Cornflakes, Hagebuttenmarmelade und Mineralwasser mixen will.

»Tante Lisbeth!« Ich gehe zu ihr und nehme ihr den Mixer aus der Hand. »Lass mich mal.«

Schnell kippe ich die seltsame Mischung in den Ausguss, sammle Obst von der Anrichte, löffle etwas Joghurt dazu und vermische alles, bevor sie mitkriegt, was ich tue. Dann reiche ich ihr das Getränk und sehe zu, wie sie genüsslich die Augen verdreht.

»Warum liegt ein gepackter Koffer auf deinem Bett?«, frage ich unschuldig. »Willst du verreisen?«

Lisbeth sieht mich verwirrt an. »Verreisen? Aber nein. Es ist nicht möglich zu verreisen.«

Oh Gott. Sie redet wieder wirres Zeug. Ich brauche es gar nicht zu probieren. Aber wer weiß, manchmal kommt die Erinnerung auch ganz plötzlich zurück! Ich muss es anders versuchen. »Du hattest in der Nacht einen Traum. Weißt du noch?«

Lisbeth nippt an meinem Smoothie. Sie hat einen Milchbart wie ein Kind. »Ja. Natürlich!«

»Du hast von … Johannes geträumt«, sage ich ganz langsam und beobachte sie dabei genau.

Lisbeth nickt. »Ich weiß!«

»Warum?«

»Weil ich ihn gesehen habe!«

»Johannes Keller? Den verschwundenen Jungen?«

Sie rollt mit den Augen. »Aber ja. Er ist hier, ich habe es doch gesagt! Warum hört ihr mir nicht zu?«

»Wie kann er hier sein? Seine Mutter sagt, er kam nie zurück!«

»Oh doch. Schon zweimal.« Sie leckt sich über die Lippen und reicht mir den leeren Becher. »Gibst du mir noch mehr davon?«

Hastig mixe ich noch mehr von dem Smoothie zusammen. Das Zeug scheint sie irgendwie zu beleben. Ich reiche ihr den Becher und frage schnell: »Wie sieht er aus? Warum bist du so sicher, dass er es war?«

»Aber ich kenne doch den Johannes«, schnarrt Lisbeth und streicht mir über den Kopf. Sie blickt in den Becher, aber anstatt zu trinken, dreht sie sich um und geht damit zur Tür.

»Warte«, rufe ich ihr nach. »Ich muss dich noch was fragen! Wer war Wil…«

Doch Lisbeth hört mir schon nicht mehr zu. Sie beginnt, die Stufen ins Obergeschoss zu erklimmen.

»Wo willst du hin?« Ich folge ihr und muss mich beherrschen, sie nicht einfach am Ärmel zu packen und festzuhalten.

»Ich bringe Sammy etwas davon.« Sie hebt den Becher an, auf dem überall ihre Trinkspuren zu sehen sind. »Sie braucht doch viele Vitamine. Für ihr Baby. Sammy ist schwanger, weißt du?«

Oh nein. Ich bleibe am Fuß der Treppe stehen und überlege, ob ich raufgehen und sie aufhalten soll. Aber was bringt es? Fragen beantwortet sie in dem Zustand sowieso keine mehr. Und die Auseinandersetzung mit Sammy kann ich mir eigentlich ersparen.

Sobald ich von oben einen entrüsteten Aufschrei höre, schlüpfe ich in meine Schuhe, haste nach draußen und ziehe die Tür hinter mir ins Schloss.

Sollen sie doch streiten und sich gegenseitig auf den Keks gehen! Da habe ich echt Wichtigeres zu tun.

Ich verwandle mich jetzt wieder in PaNia, die Windhüterin und Beschützerin der Windpferde!

Johannes Keller geht mir nicht aus dem Kopf. Die ganze Zeit muss ich daran denken, was Lisbeth gesagt hat, aber ich kriege es nicht zusammen. Wie kann sie ihn nur gesehen haben? Meint sie das Foto auf dem Gedenkstein am Friedhof? Aber warum ist er dann zweimal zurückgekommen?

Zurück … woher?

Als Hilde und ich von unserer Schicht wiederkommen, laufe ich zum »Alten Böhmwind«. Ich weiß noch nicht genau, was ich hier will, aber vielleicht kann ich ja noch mal mit Frau Keller reden, mit ihr oder ihrem Mann?

Doch als ich dort ankomme, haben sie bereits Besuch. Frau Keller steht vor dem Eingang des Biergartens und spricht mit einem Mann, sie lacht sogar, und dann streckt sie ihre Arme aus und nimmt den Besucher herzlich in den Arm. Ich weiß, wer das ist. Ich erkenne die langen Haare, die er zu einem Zopf gebunden trägt. Das ist Anno, der Typ mit den Tinkern, der

Touristen in den Wald führt und ihnen die Legende der Windpferde erzählt.

Anno! Natürlich! Anno war Johannes' bester Freund, oder? Vielleicht weiß der mehr als die Wirtsleute? Dummerweise mag er mich nicht besonders. Aber einen Versuch ist es trotzdem wert.

Anno steigt auf ein knatterndes Mofa und fährt davon. Ich kann ihm nicht folgen, ich müsste bis zu seinem Stall laufen … oder … reiten? Ja, oh ja. Ich reite! Zum Friedhof ist es viel näher als zu seinem Stall, also renne ich zurück zu Pan.

Wir nehmen nicht den Weg durch das Dorf, das wäre viel zu riskant, sondern umrunden Windheim durch den Wald. So muss ich nur an den Wanderpfaden aufpassen, dass mir niemand entgegenkommt. Diesmal sorge ich vor und lege sowohl ein Halfter als auch den Zügel aus Windpferdeleder an. Pan sträubt sich dagegen, er versteht nicht, warum ich ihn heute mit diesen Mitteln quälen muss. Aber anders geht es nicht, ohne sie wage ich mich nicht noch mal nach … draußen.

»Bitte entschuldige«, raune ich ihm zu, als wir nahe an der Flussgrenze durch den Wald stapfen. »Wir sind heute schon so schnell gerannt, ich dachte, du hast genug Energie getankt. Es ist nur zu deinem Schutz! Wir nehmen es so schnell wie möglich wieder ab, das verspreche ich dir!«

Für mich sieht der Wald längst nicht mehr undurchdringlich und verworren aus, sondern urtümlich und wunderschön. An jeder Biegung gibt es ein neues Wunder zu entdecken, eine besondere Waldblume, ein lustig gewachsener Baum oder einfach nur die Stille des Waldes, die mich immer wieder neu in ihren Bann zieht.

Wir durchqueren den Fluss an einer flachen Stelle, wo ein knorriger Weidenbaum steht und seine Äste ins Wasser taucht wie harzige Hände. Moment! Hier war ich doch schon mal! Ja, genau! Das ist die Stelle, wo ich vor einer gefühlten Ewigkeit mit dem Fahrrad verunglückt bin und dann Pan gefunden habe, der plötzlich wie aus dem Nichts vor mir aufgetaucht war. Jetzt weiß ich auch, wie das geschehen konnte – es war der Fluss! Der Fluss, der eine Barriere darstellt. Pan ist über die Grenze geraten oder ich bin es und so konnten wir uns begegnen.

Diesmal habe ich allerdings nicht die Orientierung verloren. Ich weiß genau, wo Windheim liegt und in welche Richtung ich muss, um zu den Feldern und zum Reiterhof zu gelangen, aber heute ist das auch einfach, weil ich mit Pan nicht auf Wege angewiesen bin. Wir gehen dort, wo wir langgehen. So einfach ist das!

Die Felder sind noch feucht vom vielen Regen. Ein feiner Dunst steigt von den wogenden Ähren auf und bildet einen dünnen Vorhang zwischen Wald und Pferdekoppeln. Hier kann ich Pan lassen, hier sieht ihn niemand! Ich steige ab und binde ihn mit dem Windpferdeleder an einen Baumstamm.

»Ssschht«, flüstere ich ihm zu. »Warte hier auf mich, ja? Ich bin gleich zurück.«

Ich nähere mich Annos Hof von der Rückseite. Die vielen bunten Tinkerpferde grasen friedlich auf der riesigen Wiese. Ein Braunschecke hebt träge den Kopf, als ich an ihnen vorbeilaufe, aber nicht eines von ihnen scheint Pan zu wittern oder sich nur im Geringsten für ihn zu interessieren.

Langsam gehe ich weiter, an der Koppel entlang, bis ich auf dem Hof ankomme. Zum Glück scheint gerade Touristenpause zu sein, nur das Stalltor steht ein Stückchen offen und von dort aus dringt lautes Gewieher nach draußen. Dort drinnen ist das Pferd, das schon beim letzten Mal Randale gemacht hat.

Kims Pferd!

Auf einmal erinnere ich mich. Na klar! Das ist das Pferd, dem wir im Wald begegnet sind! Es durfte gar nicht raus, es hat irgendeine Krankheit … aber dann war es doch draußen und hat unsere Pferde gewittert … und es war nicht so gelassen wie die Tinker auf der Koppel. Im Gegenteil!

Vorsichtig schleiche ich näher. Das Tor ist offen, also kann ich auch reingehen. Vielleicht ist Anno ja gerade bei dem Pferd? Oder Kim?

Aber als meine Augen sich an das düstere Innenlicht gewöhnt haben, ist der Stall menschenleer. Jemand hat all die Fahrzeuge aus dem Stall geholt und den Auslauf für das Pferd vergrößert. Es hat nun so viel Platz, dass es sogar ein paar Meter galoppieren kann. Doch das Pferd galoppiert nicht, es hängt mit der Nase oben am Zaun und brüllt nach draußen, und dabei schlägt es mit den Vorderbeinen gegen das Tor, dass es nur so kracht!

»Hee«, sage ich sacht zu ihm. »Ganz ruhig! Ist es wegen Pan? Der tut dir nichts. Glaub mir! Er ist weit weg und diesmal kommen auch keine Verrückten und jagen dich aus dem Wald.«

Das Pferd verstummt und ich nutze den Moment und spähe zu ihm in die Box. Es ist das Pferd, das Kim im Wald dabeihatte. Wie wunderschön es ist! Ich bin froh, dass ihm nichts passiert ist, dass sie ihm nichts getan haben, es wäre schade gewesen. Im nächsten Moment explodiert das Pferd förmlich, es springt gegen die Wand und ich mache einen Satz zurück und lande …

»Hoppla!«

Ich wirble herum. Oh nein! Hinter mir steht Anno und versperrt mir mit in die Hüfte gestemmten Armen den Weg.

»Wen haben wir denn da?«

»Ich … sorry, ich hab Sie gesucht!«

Düster blickt er auf mich herunter. »Du hast mich gefunden. Trotzdem ist das Privatgelände schon vergessen?«

Ich schüttle den Kopf. »Nein. Entschuldigung.«

Er schiebt mich zur Tür raus und knallt den Riegel hinter mir in die Halterung. »Das Pferd geht dich nichts an. Klar?«

Irgendwie macht er mich wütend! Das letzte Mal hatte ich einfach nur Angst vor ihm, aber seit ich ihn im Gasthaus gesehen habe, wie herzlich Frau Keller mit ihm umgegangen ist und was sie über ihn erzählt hat, da hat er etwas von seinem Schrecken verloren.

»Was hat er für eine Krankheit?«, frage ich und schaue ihn herausfordernd an.

Anno verengt die Augen. »Auch das geht dich nichts an.«

Ich beiße mir auf die Lippen. Puh, das wird schwierig! Außerdem habe ich mir überhaupt nicht überlegt, wie ich das Gespräch anfangen soll. Ich bin einfach hergeritten und davon ausgegangen, es ergibt sich schon alles von selbst. Nichts ergibt sich. Außer … außer ich falle mit der Tür ins Haus. Ganz direkt.

Einatmen, Nia. Nicht denken. Nur reden!

»Ich weiß, dass Sie der beste Freund von Johannes Keller waren«, platze ich heraus. »Frau Keller hat mir davon erzählt.«

Er verzieht keine Miene. Aber er streitet es auch nicht ab, also frage ich schnell weiter: »Bitte, ich brauche Ihre Hilfe! Können Sie mir sagen, was mit Johannes passiert ist?«

Anno geht ein paar Schritte weg von mir, streicht sich ein paar lose Haarsträhnen aus der Stirn und setzt sich schließlich auf einen Strohballen.

»Das ist doch so lange her«, brummt er. »Warum darf ich das nicht vergessen?«

Ich sage nichts, ich gucke ihn nur an.

Er seufzt. Dann antwortet er: »Keine Ahnung. Niemand hat das je rausgefunden. Er ist einfach … verschwunden.«

Auf einmal weiß ich genau, wie ich fragen muss. Es geht wie von selbst, als würde jemand die Fragen in meinen Kopf tippen.

»Aber Sie sind nicht verschwunden«, sage ich leise. »Warum? Warum sind Sie immer noch hier, in Windheim?«

Anno hebt langsam den Kopf und sieht mich an. Etwas glitzert in seinen Augen, aber er weint nicht, er hat nur an etwas gedacht, was ihn traurig macht. »Warum sagst du nicht Anno zu mir, hm?«

Ich schaffe ein Lächeln und nicke.

»Ich denke, ich bin wegen ihm geblieben«, gibt Anno nach einer Weile zu. »Wegen Jo. Ich konnte nicht gehen, nicht ohne ihn.« Er schluckt, nimmt den Blick von mir. Starrt hinüber zum Wald.

Jetzt. Jetzt! Ich muss es nur wagen! »Ist er seitdem mal zurückgekommen?«

Anno lacht nicht. Er fixiert nur weiter den Waldrand. Hinter uns kracht Kims Pferd erneut gegen die Stallwände und wiehert wie verrückt, aber hier draußen, zwischen uns, herrscht Stille.

»Zurückgekommen«, murmelt Anno. »Nein. Aber …«

Ich warte, so lange, bis ich es nicht mehr aushalte. »Ja?«, frage ich atemlos. »Was aber?«

»Er hat mir eine Botschaft geschickt.« Annos Stimme ist nur

ein Flüstern. Er schluckt heftig, blinzelt und sieht mich wieder an. »Du darfst das niemandem verraten, hörst du? Vor allem nicht den Wirtsleuten. Es würde ihnen das Herz brechen! Falsche Hoffnung ist ebenso schmerzhaft wie gar keine Hoffnung.«

»Mach ich nicht«, verspreche ich schnell. »Ganz bestimmt nicht!«

Anno holt tief Luft. Dann sagt er: »Es waren Briefe. Der erste kam vor etwa zehn Jahren. Darin stand, dass es ihm gut gehe, er aber nicht zurückkommen könne. Ich solle auf seine Eltern aufpassen und mein Leben genießen. Und nicht mehr um ihn trauern.«

Ich kann sehen, wie schwer ihm diese Worte fallen. Wie weh es immer noch tut. Und ich beneide Johannes Keller glühend um so einen guten, treuen Freund.

»Woher wussten Sie … wusstest du, dass der Brief wirklich von Johannes stammt?«

Anno lacht auf. »Oh, das war völlig klar. Er redete noch genauso wie damals, als wir fünfzehn waren! Er war es, ganz bestimmt. Außerdem … hatte er einen Auftrag an mich. Einen ziemlich seltsamen, ungewöhnlichen Auftrag.«

»Was war das für ein Auftrag?«

Anno schüttelt den Kopf. »Total verrückt eigentlich. Ich sollte Federn sammeln! Federn, so viele wie möglich. Er hat versprochen, er kommt sie holen. Und das habe ich gemacht. Ich habe Federn gesammelt. Zehn verdammte Jahre lang.«

»Die Federn der Nebelkrähe«, flüstere ich. Oh, daran erinnere ich mich. Deshalb also! Die Federn waren noch an den toten Vögeln und die sind mir bei meinem letzten Besuch auf den Kopf gefallen. Brr.

»Was hast du gesagt?« Anno hat sich zu mir gedreht und starrt mich an.

»Äh … nichts.«

»Doch. Du sagtest: ›die Federn der Nebelkrähe‹.« Anno runzelt die Stirn. »Woher weißt du das?«

Ich werde bestimmt rot. »Das war geraten.«

»Nein, war es nicht.« Anno fixiert mich und ich drücke mich fester an die Wand. »Woher weißt du, welche Federn er haben wollte?«

Ich kann es ihm nicht verheimlichen, ich kann einfach nicht! Dazu war er zu ehrlich zu mir. Und was schadet es, den Gedanken einmal auszusprechen? »Johannes … ich bin … also, ich glaube, ich bin ihm begegnet.«

Anno verschluckt sich und hustet Staub und Spucke. »Du bist … *was*?«

»Ich bin nicht sicher! Es ergibt alles noch keinen Sinn, überhaupt keinen … aber ich finde es raus, ganz bestimmt.«

»Jo«, flüstert Anno. »Warum zeigt er sich nicht? Warum schreibt er kryptische Briefe und macht seltsame Andeutungen? Er weiß doch, wie sehr wir ihn vermissen!«

»Das kann ich dir leider nicht sagen«, flüstere ich.

Anno springt auf, kommt zu mir und packt mich bei den Schultern. »Wenn du ihn noch einmal siehst, dann sag ihm … sag ihm …« Er bricht ab, lässt mich los und senkt den Kopf.

»Versprochen«, flüstere ich nur, und Anno nickt, mit hängenden Schultern.

Hinter uns ist es ruhig geworden, aber jetzt wiehert das Pferd wieder und poltert mit voller Wucht gegen die Wand.

»Auch so eine Anweisung von Jo«, murmelt Anno. »Ich soll ihn nicht rauslassen, vier Wochen lang! Zu gefährlich im Wald. Aber dadrin läuft er mir noch Amok!«

Jetzt reiße ich die Augen auf. »Was? Aber warum? Die anderen Pferde sind doch auch draußen!«

Anno zuckt mit den Schultern. »Verstanden habe ich es nicht. Aber nachdem der Kerl mir einmal abgehauen ist, halte ich mich besser dran.«

Er wirft einen kurzen Blick zum Stall.

»Normalerweise ist der viel friedlicher. Ich weiß nicht, was zum Teufel er hat. Eine Krankheit ist es sicher nicht, das habe ich nur Kim erzählt, damit sie ihn drinnen lässt.« Er seufzt. »Hat er wahrscheinlich von seiner Mutter. War auch so eine Wilde. Ist mir auch einmal abgehauen, in den Wald. Als sie zurückkam, war sie trächtig mit dem verrückten Kerl! Na, ich verstehe zwar nicht, was es mit den vier Wochen auf sich hat, aber angeblich ist der Spuk danach vorbei.«

Die Worte kommen bei mir an, aber ich kriege sie nicht zu fassen. Alles, woran ich denken kann, ist der letzte Satz: *Angeblich ist der Spuk danach vorbei.* Der Spuk … Was meinte Johannes damit?

Und dann höre ich eine andere Stimme in meinem Kopf, eine aus der Nacht bei Pan: *Sie sind so weit. Wir müssen uns beeilen!*

Mir läuft es eiskalt den Rücken hinunter. Ich stoße mich von der Wand ab, gehe zwei Schritte, drehe mich um. »Tut mir leid. Ich muss gehen!«

Anno nickt abwesend. »Alles klar. Du denkst an dein Versprechen, ja?«

»Ehrenwort.«

»Und wenn …« Er lässt den Satz unvollendet, aber sein Blick ist durchdringend und flehend.

Ich nicke ernst. »Wenn ich was rausfinde, melde ich mich. Vielen Dank! Sie … ich meine, du hast mir sehr geholfen.«

Er tippt sich an die Stirn. Wie ein Cowboy ohne Hut. Und ich habe es jetzt ziemlich eilig zurückzukommen!

Die Tinker sehen mir nach, als ich an ihrer Koppel vorbeirenne. Eigentlich hatte ich ja vor, danach noch bei Kim vorbeizureiten und mein Versprechen einzulösen, ihr Pan zu zeigen. Wer weiß, wann ich wieder die Gelegenheit dazu kriege? Aber ich muss jetzt zurück, ich muss Hannes finden! Und diesmal lasse ich mich nicht von ihm abwimm…

Ich bleibe stehen.

Nein.

Das darf nicht sein. Das glaube ich nicht, das darf einfach nicht sein!

»Hallo, Nia!«, ruft mir Leyla fröhlich von Pans Rücken entgegen. Sie zappelt mit den Füßen, lehnt sich vor und schmiegt sich an Pan. »Sieh mal, wen ich gefunden habe! Ist der nicht wunderwunderwundervoll?«

»Leyla«, wispere ich und trete langsam auf sie zu. Auf sie und Pan, der mit Unschuldsmiene an dem Zügel zieht und mit den Füßen stampft, als würde er jede Sekunde platzen vor Energie. »Nicht bewegen! Ich hol dich da runter, ja? Bleib ganz ruhig!«

Leyla schüttelt heftig den Kopf »Aber ich will gar nicht runter! Kannst du ihn losbinden und mir die Zügel geben? Bitte, Nia!«

»Du darfst nicht auf ihm reiten«, rufe ich, viel zu laut. »Leyla, echt, du musst runterkommen, sofort!«

Leyla rührt sich nicht. Pan saugt ihre Energie bereits in seinen Körper. Er sieht wirklich wunderschön aus, wenn er das macht – als würde die Sehne eines Bogens gespannt. Doch ich weiß, was danach geschieht, und nur ein dünnes Seil hindert ihn daran, Leylas Leben für immer zu zerstören!

»Steig ab«, befehle ich. »Runter von ihm. Sofort, Leyla!«

Sie hört mich gar nicht. Sie summt vor sich hin, schlingt ihre kurzen Arme um seinen Hals und drückt ihr Gesicht in seine Mähne. »Hast du gesehen? Er schimmert ganz bunt! So ein Pferd habe ich mir immer gewünscht!«

Fieberhaft krame ich in meinem Kopf. Gibt es etwas, wovor sich kleine Mädchen fürchten? Wovor hat Leyla Angst, wovor fürchten sich alle kleinen Kinder in Windheim?

»Pass auf«, sage ich ganz ernst zu ihr. »Pan ist nämlich ein Windpferd!«

Das zieht. Es durchbricht nicht den Bann und zerstört auch nicht Pans Magie, aber Leyla sieht mich erschrocken an, einen winzigen Moment nur. Und in diesem Moment packe ich sie und ziehe sie von Pans Rücken. Leyla kreischt und schreit und strampelt, und als das nichts hilft, versucht sie sogar, mich zu beißen, aber ich lasse nicht los, ich lasse nicht los, bis sie auf festem Boden steht und ich sie ein paar Schritte von Pan wegschubsen kann.

»Hör mir zu.« Mit ernster Miene beuge ich mich zu ihr hinab. »Er will, dass du auf ihm reitest, damit er dich mit in den Wald nehmen kann. Aber er bringt dich niemals zurück! Hörst du? Er behält dich dort, für immer! Du darfst niemals auf einem Windpferd reiten, versprich mir das, Leyla. Niemals!«

Sie steht da, völlig verzweifelt, während ihr Rotz aus der Nase läuft und ihre Augen vor Tränen überquellen. Es bricht mir das Herz, sie so stehen lassen zu müssen, doch um ihretwillen muss ich das jetzt machen! Ich haste zu Pan, löse den Knoten seiner Zügel und schwinge mich mit einem Satz auf seinen Rücken.

»Nein«, kreischt Leyla und wirft sich zwischen Pans Beine. »Nein, nicht gehen!«

»Tut mir leid«, rufe ich zu ihr hinunter. »Tut mir so, so leid!«

Damit gebe ich Pan das Signal, und wir fliegen durch den Wald, zurück zum Fluss, nach Hause.

23

Tränen laufen mir über die Wangen. Ich heule, weil ich so vieles nicht verstehe, weil ich Pan liebe und er gleichzeitig der schlimmste Feind sein kann. Ein Monster. Wie konnte er nur, wie konnte er Leyla bedrohen? Sie auf seinen Rücken locken? Die Vorstellung, dass ihr etwas passiert wäre … dass ihr dasselbe passiert wäre wie KaRio … Nein, darüber darf ich nicht einmal nachdenken!

Aber wie kann ich ihm böse sein? Wie könnte ich? Es ist Pans Natur, Menschen anzulocken. Ich bin schuld, ich habe Leyla in Gefahr gebracht, weil ich ihn unbeaufsichtigt zurückgelassen habe, weil ich ihn überhaupt erst in diese Lage gebracht habe! Nur ich allein. Mein Schluchzen geht tief, ich heule über mich selbst, und Pan wird immer langsamer, bleibt schließlich stehen und dreht den Kopf.

»Ja. Toll! Jetzt brauchst du auch nicht so zu gucken, das hilft nicht!«

Es dauert, bis wir im Dorf sind. Eine gefühlte Ewigkeit. Zum Glück kann ich durch die Farne schlüpfen und lande so direkt auf Luns Weide, sodass niemand mitbekommt, wo wir wirklich herkommen.

Was ich getan habe.

»Es tut mir so leid«, sage ich zu Pan, als ich ihm das schreckliche Halfter abnehme. »Ich habe dich ausgenutzt. Dabei bin ich deine Hüterin, ich sollte dich beschützen!«

Pan legt seinen Kopf auf meine Schulter und schließt die Augen. Ich kraule seinen Hals und er verdreht genüsslich die Ohren. Eine Weile stehen wir so, Pan ist hochzufrieden mit sich und der Welt und ich kann wieder ruhig durchatmen und meine Gedanken sortieren.

Pan ist nichts geschehen. Und Leyla auch nicht. Es ist alles gut gegangen. Beim nächsten Mal weiß ich es besser!

Niemand sieht mich mit Pan und auch sonst sind die Straßen wie leer gefegt. Die Häuser scheinen verlassen zu sein, und einen Moment kriecht Angst in mir hoch … aber dann höre ich Stimmen, die vom Marktplatz kommen. Ich laufe, um schneller dort zu sein, und bleibe abrupt stehen, als ich zwischen den letzten Häusern ankomme.

Am Marktplatz findet eine Versammlung statt. Jeder Platz an der langen Tafel ist besetzt, Eltern balancieren die kleinen Kinder auf dem Schoß, die älteren stehen rings um den Tisch herum. Auch Norwin ist dort, er sieht auf, als ich auf den Platz trete, und verstummt für einen Moment.

Unsicher bleibe ich stehen. Soll ich mich besser verstecken? Aber Norwin hat mich schon entdeckt und nickt mir zu. Dann fährt er mit seiner ruhigen, einlullenden Stimme fort: »Wir haben nun alle unsere Vorräte aufgefüllt und alle Vorbereitungen getroffen. Oder ist jemand dabei, der noch Zeit braucht?«

Ein Mann meldet sich und gleich darauf eine Frau. Eine kurze Diskussion über irgendwelches Baumaterial entsteht und ich nutze die Zeit und schlüpfe zwischen den Umstehenden hindurch. Halte Ausschau. Wo ist er? Wenn alle hier sind, dann muss auch er da sein. Seinen blonden Schopf würde ich sofort erkennen, also wo, wo steckt er bloß?

»Damit wäre das geklärt«, höre ich Norwins Stimme wieder. »Sind dann alle einverstanden, wenn wir zwei Tage eher gehen?«

Ich bleibe stocksteif stehen. Gehen? Was meint er damit, sie gehen? Wohin, verdammt?

»Hat das Auswirkungen auf das Arkanum?«, fragt einer, und ein paar andere nicken bekräftigend.

Norwin schüttelt den Kopf. »Aber nein. Wir haben es getestet, das habt ihr doch bestimmt mitbekommen! Es wird ganz genauso funktionieren. Die Energie ist bereits stark genug!«

»Du hast doch gesagt, wir können diesmal länger fortbleiben«, sagt eine Frau laut. Sie schaukelt einen kleinen Jungen auf dem Arm, der fröhlich glucksend mit den Knöpfen ihres Kleides spielt.

Und da sehe ich ihn. Genau hinter dem Kleinen, an den Stamm der alten Weide gelehnt, ein Stück abseits der anderen, den Blick gesenkt.

»Wir versuchen es«, höre ich Norwins Stimme hinter mir. »Wenn ich richtigliege mit meinen Berechnungen, müsste es klappen.«

Jubel brandet auf, die Leute stampfen mit den Füßen und klatschen wie wild. Ich nutze den Tumult, schlüpfe zwischen den Leuten durch und tauche unter die tief hängenden Äste der Weide.

Hannes schaut auf, als ich seine Insel betrete. Mein Herz macht einen Satz, als er mich so anguckt, dabei sieht er alles andere als erfreut aus.

»Hallo«, sage ich leise.

»Na«, gibt er zurück.

Ich schlucke. Soll ich ihm von Anno erzählen? Jetzt gleich?

Hannes deutet mit dem Kopf auf Norwin. »Du solltest gut zuhören. Du wolltest doch sein großes Geheimnis erfahren.«

Ich schaffe es, Hannes weiter in die Augen zu gucken. Blau, denke ich, so blau wie …

»Ich kenne es schon«, antworte ich. »Das Geheimnis.«

Hannes hebt die Brauen. »Ach, echt? Du warst im Arkanum?«

Oh Mann, was hat der nur für Augen? Das fühlt sich an, als würde er mich unter Spannung setzen!

»Ich … Nein«, stammle ich.

»Dann weißt du gar nichts.« Hannes sieht mich noch einen Moment lang an, dann lächelt er plötzlich, ganz leicht nur, und dreht den Kopf ein Stück.

Erleichtert atme ich tief ein und aus. Was war das denn schon wieder?

»Übrigens hab ich dich gesehen.«

»Hm?«

»Mit Pan. Eben, im Wald.«

»Du weißt, dass ich …?« Erschrocken beiße ich mir auf die Lippe, aber Hannes lächelt nur.

»Keine Sorge. Wirst nicht verraten.«

»Bei dir weiß man nie.«

»Bitte?« Entrüstet runzelt er die Stirn. »Ich hab dich noch nie verraten. Ich hab dich immer nur gerettet, schon vergessen?«

»An der Brücke nicht«, sage ich leise. »Da hast du mich einfach allein gelassen.«

Hannes schluckt. Er guckt wieder zu Norwin, aber er sieht ihn nicht an, das merke ich an seiner Mimik. »Das war … Okay, das war fies. Aber ich wollte, dass du es selbst rausfindest.«

»Das mit den Ruinen und dem Fluss? Das wusste ich schon.«

»Hm, vielleicht. Aber es war dir nicht bewusst.«

»Und du meinst, das mit dem Arkanum muss ich auch selbst rausfinden?«

Hannes seufzt. Dann dreht er sich mit einem Mal zu mir um, packt mich an den Armen und drückt mich gegen den Stamm der Weide. Auf einmal steht er so dicht vor mir, dass keine zwei Finger zwischen uns gepasst hätten. Er lehnt sich vor, und einen verwirrten Moment denke ich, er will mich …

»Nia«, zischt er, dicht an meinem Ohr. »Hast du immer noch nicht kapiert, was hier vor sich geht? Verstehst du nicht, was Norwin macht, was hier geschieht?«

»Doch«, hauche ich.

Norwin … Ich muss ihm zuhören, aber ich höre nichts mehr, nur Hannes' Stimme, so nah, verdammt, mein Herz schlägt zu laut, ich muss mich zusammenreißen, jetzt, sofort!

»Das Ei … Windheim. Windheim war einmal ein Ei und jetzt ist es halb. Wir sind die andere Hälfte! Früher … war es ganz. Der Fluss trennt das Dorf, der Fluss ist die Barriere und wir hüten die Pferde, wir beschützen sie …«

Hannes schüttelt ganz leicht den Kopf. Noch immer hält er meine Arme fest, noch immer ist er mir so nah, dass ich seinen Pullover an meiner Haut spüren kann.

Irgendwo, weit, weit hinter ihm, höre ich Norwin sagen: »Wir verbannen die Zeit, bei Tag, bei Nacht! Macht euch bereit, meine Freunde. Es ist wieder so weit!«

Jubel bricht los. Wildes Klatschen, Stampfen, Pfeifen. Ich verstehe es, endlich verstehe ich es! Aber ich kann im Augenblick nicht klar denken …

»Sie verschwinden in der Zeit, Mann!« Hannes presst seine Lippen wieder gegen meine Haare, mein Ohr. »Das macht das Arkanum, Nia. Für uns bleibt die Zeit stehen, für alle anderen läuft sie weiter. Deshalb reden sie davon zu gehen. Aber wir gehen nirgendwohin, im Gegenteil. Wir verlangsamen alles!«

»Was?« Mein Gehirn schwebt im Nebel, meine Augen schmerzen und mein Ohr … mein Ohr vibriert so seltsam.

Hannes lässt mich abrupt los und geht zwei Schritte von mir weg. Ich blinzle, ich atme. Der Stamm der Weide hält mich fest, sonst wäre ich wohl umgefallen. Langsam, ganz langsam sickert das, was Hannes eben zu mir gesagt hat, in mein Gehirn.

»Deine … Zeit bleibt stehen?«

»Nicht nur meine«, zischt er, während um uns immer noch der Jubel tost. »Das ganze Dorf verschwindet in einer Zeitblase! Aber die Schleife wird unterbrochen, alle zehn Jahre. Deshalb laufen wir im Augenblick parallel.«

Ich verstehe das immer noch nicht ganz.

»Dann bist du deshalb … wie damals?« Ungläubig starre ich ihn an. Ich kann nicht fassen, dass alles nun einen Sinn ergibt, alles! »Du bist es wirklich, du bist Johannes Keller!«

Langsam schüttelt er den Kopf. »Schon lange nicht mehr. Der Johannes von damals, der ist fort. Für immer.«

»Aber Hannes ist noch da«, sage ich fest und schaue ihn an. Sofort fängt mein Herz wieder an, wie wild zu klopfen, doch diesmal bleibt er auf Abstand. »Wenn du hier bist, warum weiß deine Familie nichts davon?«

Hannes packt den Kragen seines Pullovers und zieht daran.

»Schau mich doch an! Das ist zwanzig Jahre her, was glaubst du, was sie für einen Schreck kriegen würden?«

»Aber sie vermissen dich noch immer, sie glauben, du bist tot!«

Sein Blick verdüstert sich und er presst die Lippen aufeinander. »Lass es, Nia. Das ist meine Sache, klar?« Er deutet mit dem Kopf in Norwins Richtung. »Du bist es, die sich entscheiden muss.«

»Entscheiden?«

»Für eine Seite vom Fluss. Für uns – oder gegen uns.«

Ich schlucke. Entscheiden. Aber das geht nicht, wie soll ich das … Ich habe doch eben erst erfahren, was überhaupt geschieht! Das müssen sie mir erst einmal richtig erklären! Außerdem weiß ich immer noch nicht, was das Arkanum eigentlich ist, und wenn ich auf dieser Schule …

»NIA!«

Ich zucke zusammen. Diese Stimme … Ich kenne diese Stimme! Aber nicht so laut und nicht hier!

Was macht sie hier?

Oh Gott, nein. Bitte, bitte nicht! Ich sehe zu, wie die Menge sich teilt, wie sie Platz macht für diese zierliche Person, die so laut schreien kann, dass selbst Norwin sie über die Jubelrufe gehört hat. Auch er ist verstummt, alle sind verstummt und bilden ein Spalier, durch das sie schreitet, würdevoll, in einem viel zu langen rosa Bademantel.

»Lisbeth«, flüstere ich tonlos.

24

Und da steht sie. Mitten auf dem Dorfplatz, die Haare stehen ihr wild vom Kopf ab wie bei einer Wetterhexe, die Arme hat sie in die Hüften gestützt. Ihr Blick wühlt suchend durch die Menge und ihre Augen funkeln vor unterdrückter Wut.

»Wo ist sie? Wo ist Nia?«

»Wow«, macht Hannes nur und gibt den Weg frei.

Köpfe drehen sich in meine Richtung. Immer mehr. Der Baum kann mich nicht verbergen, das ist keine Insel, nur ein Schattenplatz, und jetzt hat sie mich auch gesehen, ich spüre ihre Augen wie Blitze auf mir.

»Du kommst sofort mit mir nach Hause. Auf der Stelle!«

Völlig perplex stehe ich da. Ich kann nicht glauben, dass sie hier ist. Doch das ist jetzt egal, sie muss verschwinden, ich will, dass sie geht, sie blamiert mich doch total!

»Tante Lisbeth!« Ich stolpere ein paar Schritte auf sie zu. Sie sieht unheimlich aus mit ihrem entschlossenen Blick und ihren abstehenden Haaren. Der Bademantel schleift im Dreck, aber das merkt sie gar nicht. »Willst du dich nicht hinsetzen? Wir haben gerade …«

»Was habt ihr mit ihr gemacht?« Lisbeths Stimme ist jetzt ein hohes Kreischen. »Lasst das Kind gehen, lasst es sofort gehen! Oder es wird Konsequenzen für euch haben!«

Ich kann den Blick nicht von ihr abwenden, so erschrocken bin ich. Über die Wucht ihrer Worte und die Kraft ihres Blicks. Diese kleine, dürre alte Frau steht da, als würde sie jeden Moment die Welt herumdrehen, wenn nicht geschieht, was sie will. Sosehr ich mich für sie schäme, so sehr bewundere ich sie auch in diesem Moment.

Die anderen flüstern miteinander, von überall höre ich ihr Raunen. Stühle rücken, jemand ruft nach Norwin, aber sie ist doch meine Tante, ich kann sie nicht so stehen lassen! Mit ein paar schnellen Schritten bin ich bei ihr und will sie sanft in den Arm nehmen, aber Tante Lisbeth packt stattdessen meine Handgelenke. Sie hat eine unglaubliche Kraft, also lasse ich es geschehen und wehre mich nicht.

»Nia … bleibt … bei … mir«, sagt sie zu jemandem hinter mir, langsam und gefährlich leise. »Hast du gehört, Norwin? Ich vergebe euch nicht, was ihr getan habt! Niemals werde ich euch vergeben!«

»Lisbeth, komm«, flüstere ich ihr zu. »Ich bringe dich nach Hause, ja?«

Ich kann mich nicht umgucken, ich kann das nicht mal erklären – dass sie nichts dafürkann, dass sie so ist manchmal, seit sie alt ist. Und diese Momente hat. Ich weiß nur, dass ich sie hier wegschaffen muss, nach Hause, wo sie sich beruhigen kann.

»Ich habe es nicht vergessen«, kreischt Tante Lisbeth plötzlich los. Ihr Griff wird immer härter, sie bohrt ihre Fingernägel in meine Haut. Oh Gott, warum muss sie mich so blamieren? Was ist nur los mit dieser Frau?

»Lisbeth«, keuche ich, »beruhige dich, ja? Ich bin ja bei dir, ich komme mit, ich bin da, beruhige dich!«

Ihr Atem geht immer noch hektisch, flach, stoßend. Hinter mir höre ich jetzt unzählige Stimmen, alle durcheinander, doch ich kann mich nicht zu ihnen umdrehen, auch nicht zu Hannes, ich muss bei Lisbeth bleiben, ihr helfen, sie beschützen! Ich will nicht, dass die anderen schlecht über sie denken, aber ich will auch nicht, dass sie schlecht über mich denken, weil Lisbeth hier so eine Show abzieht.

»Bitte«, wispere ich ihr zu. »Bitte, Lisbeth, sei ruhig, ja? Wir gehen nach Hause. Nach Hause …«

Sie zerrt mich mit sich, die Schotterstraße entlang. Auf einmal lässt sie eine meiner Hände los, deutet mit einem zitternden Finger auf ein Haus. »Dort habe ich gewohnt. Haben sie dir das erzählt? Das war sein Haus, sein Haus! Wir waren glücklich hier!«

»Wer?«, rede ich weiter. Die Stimmen folgen uns. Einige davon. Ich drehe mich immer noch nicht um. »Wessen Haus war das?«

»Wilfred!« Tante Lisbeth sieht mich bestürzt an. »Sie haben dir nichts erzählt, nichts! Ein ahnungsloses Kind bist du, aber das lasse ich nicht zu, ich lasse es nicht zu, hört ihr?«

Die letzten Worte brüllt sie wieder. Sie zerrt mich weiter durch das Dorf, und ich bin froh, als wir die Steinbrücke erreicht haben und hinüberlaufen. Endlich bleiben die Stimmen hinter uns zurück und Tante Lisbeths Atem beruhigt sich etwas.

»Du darfst nicht zu ihnen gehen«, giftet Lisbeth mich an. Ihr Klammergriff tut höllisch weh, aber ich wehre mich nicht, ich bin nur froh, dass wir laufen und um uns bloß noch Gräber sind. »Hör mir zu, Nia! Du darfst nicht dort hinübergehen! Bald ist es zu spät!«

»Das verstehst du nicht«, keuche ich. »Pan und ich, wir gehören jetzt zusammen!«

»Vergiss dieses Pferd!« Lisbeths Stimme ist vollkommen klar. So habe ich sie schon lange nicht mehr reden hören. »Es bringt nur Unglück, glaub mir!«

Auf einmal kommt mir ein gruseliger Gedanke. »Wilfred und du … Wolltet ihr fort von hier?«

Lisbeth schnauft entrüstet. »Sie lassen niemanden fort von hier! Wir hatten nichts Schlimmes getan, er hatte nichts Schlimmes getan …« Sie schüttelt heftig den Kopf. »Nia, ich weiß, wovon ich rede. Ab sofort wirst du dich nicht mehr durch den Fluss schleichen, hast du gehört?«

Durch den Fluss schleichen. Also kennt Lisbeth den Weg? Den Geheimweg durch den Fluss? Mein Herz fängt wieder an, schneller zu schlagen.

»Dann … dann weißt du von den Windpferden?« Ich flüstere es nur, aber Lisbeth hat mich verstanden.

»Selbstverständlich«, zischt sie. »Ich weiß auch, was du treibst! Wo du all die Wochen gewesen bist!«

Wir biegen in unsere Straße ein und endlich wird Tante Lisbeth langsamer und löst den Klammergriff um meinen Arm. Blut schießt durch meine Venen, und einen Moment fühlt es sich an, als würden meine Beine nachgeben.

Ein Schrei hallt durch die Luft. So laut, so durchdringend, als würde jemand abgeschlachtet.

Wir schauen uns an. Und dann sehen wir zum Haus hin.

Vor dem Eingang steht ein blinkender Krankenwagen.

BEI NACHT

25

Ich bleibe ruckartig stehen. Mein Herz klopft wie verrückt und meine Finger sind schweißnass vor Angst. Der Krankenwagen schickt ein Bild in meinen Kopf, Sammy, die einen Schock bekommen hat wegen mir, wegen mir und Pan. Was habe ich diesmal getan? Bin ich schuld, dass wieder ein Krankenwagen kommen musste?

Wieder ein Schrei. Tief und wütend diesmal.

»Sammy«, flüstere ich, entreiße Tante Lisbeth meinen Arm und renne los.

Eine Trage steht im Flur hinter der Tür, ich komme nicht vorbei, und von oben kommt ein tiefes Stöhnen, dann ein Fluch von einer anderen Stimme … Ich muss da jetzt hoch, egal, wie! Ich klettere einfach über die Trage, springe auf die Treppe und stolpere die Stufen hoch, eine nach der anderen, und mit jedem Schritt wächst meine Angst, dass ich schuld bin an dem, was Sammy passiert, dass ich …

Jemand stößt gegen mich, jemand, der rückwärts aus dem Schlafzimmer kommt.

»Au, verdammt!«

Er wirbelt herum – es ist ein Sanitäter. Schweiß steht ihm auf der Stirn und sein Gesicht ist so weiß wie Luns Fell. Er starrt mich an wie eine Erscheinung.

»Wo ist Sammy?« Ich will mich an ihm vorbeidrücken, aber er versperrt mir den Weg.

»Geh zur Seite, los!«

Ich gehorche ganz automatisch. Der Sanitäter hält etwas vor sich. Eine Decke? Ja, eine Decke. Die Sammy sich zwischen die Beine geklemmt hat. Er hält das eine Ende fest und sie das andere, und erst denke ich, er würde sie daran aus dem Zimmer ziehen, sie mit sich schleifen, aber dann verstehe ich, dass er nur das Ende festhält, damit es nicht auf dem Boden schleift, weil die Decke zu lang ist, als dass Sammy sie allein tragen könnte, zumindest nicht so, seltsam unter ihren Bauch gepresst …

»Sammy?« Ich stolpere auf sie zu.

»Mach Platz, Nia«, keucht sie mich an.

Erst da bemerke ich den zweiten Sanitäter, der hinter Sammy geht und immer wieder die Arme ausstreckt, so als wüsste er nicht, ob er sie stützen soll oder lieber weit weg bleibt von ihr. Er schaut mich an, als er an mir vorbeikommt, und nickt mir freundlich zu.

»Hört sich schlimmer an, als es ist«, flüstert er. »Wird alles gut gehen!«

Wie zur Antwort stöhnt Sammy wieder und krümmt sich im Türstock zusammen.

Ich schlucke. »Was … was ist denn mit ihr?«

»Nichts Schlimmes«, beruhigt mich der Sanitäter. »Sie bekommt ihr Kind.«

»Und … und was passiert jetzt?«

»Wir nehmen sie mit ins Krankenhaus. Sie möchte das so. Leider sind die Wehen schon ziemlich fortgeschritten, aber sie weigert sich, ihr Kind hier zu entbinden, also müssen wir …« Er sieht mich fragend an. »Sag mal, willst du mitfahren?«

Ich nicke. Aber dann schüttle ich schnell den Kopf. Ja, ich will mitfahren, ich will doch wissen, was mit Sammy passiert und ob es dem Baby gut geht, aber ich kann nicht aus Windheim fort, und außerdem …

Mach Platz, Nia.

Sammys Worte kleben wie Kopfschmerzen hinter meiner Stirn. Sie will mich nicht dabeihaben. Sie will mich nirgendwo haben, im Krankenwagen nicht und in ihrem Leben auch nicht. Ich war das falsche Baby. Das Baby zur falschen Zeit. Wäre ich dieses Kind, das jetzt aus ihrem Bauch kommt, wäre vielleicht alles anders … aber ich bin eben Nia, ich bin schon da, ich kann nicht wieder verschwinden!

»Mach dir keine Sorgen«, höre ich den Sanitäter sagen, bevor er hinter Sammy zur Treppe hastet. »Eine Geburt ist ein ganz natürlicher Vorgang.«

Langsam folge ich den Sanitätern und Sammy. Mein Körper fühlt sich an, als wäre ich einmal in den kalten Fluss gesprungen. Auf der Treppe kommt mir Ben entgegen. Er springt hastig über zwei Stufen gleichzeitig und drängt sich an mir vorbei. Ich bleibe stehen und sehe ihm nach. Ob der auch über die Trage geklettert ist? Schon kommt er zurück, die Haare wirr, eine Tasche in der Hand.

»Tschüss, Nia«, ruft er im Vorbeirennen, »pass auf Lisbeth auf, ja? Du musst jetzt hier die Stellung halten!«

Unten wollen sie gerade Sammy auf die Trage packen. Aber das macht die natürlich nicht mit. »Ich bin nicht krank, ich kriege nur ein – aaaaaahhhh!«, stöhnt sie laut.

»Aber Sie müssen liegend transportiert werden«, versucht der bleiche Sanitäter, sie zu überzeugen. »Das ist Vorschrift bei einem Blasensprung, und Sie wollen doch nicht riskieren …«

»Ich laufe, und wenn du nicht schnell machst, trete ich dir sogar noch in den Hintern dabei«, knurrt Sammy.

Ich sehe, wie der zweite Sanitäter die Augen verdreht und schnell mit Ben die Trage aus dem Weg räumt, damit Sammy und der andere Sanitäter vorbeikommen. Sie stolpern nach draußen und wieder höre ich Sammy aufstöhnen. Es klingt fürchterlich, ein richtiger Schreckenslaut. Ob es auch so wehgetan hat, als sie mich bekommen hat? Dann wundert mich nichts mehr. Wie kann sie mich auch lieb haben, wenn sie das erleiden musste?

Der Krankenwagen lässt das Martinshorn aufheulen, dann höre ich die Reifen quietschen und kurz darauf wird das Motorengeräusch leiser. Sie bringen Sammy in ein Krankenhaus, weit weg von Windheim. Ich hoffe bloß, sie muss ihr Kind nicht auf einer Autobahnbrücke oder so bekommen.

Auf einmal fühle ich mich schrecklich allein. Wir haben nie darüber geredet, was ich machen soll, wenn sie ins Krankenhaus fahren. Allen schien ihre Rolle klar zu sein, nur mir hat niemand was gesagt. Kommen sie heute Nacht wieder? Mit dem Baby? Aber sie haben die Reisetasche mitgenommen. Bleiben sie länger in diesem Krankenhaus? Oder …

Nein. Nein! Sie kommen zurück, ganz bestimmt!

Das habe ich beim letzten Mal auch gedacht.

Es passiert, ganz von selbst. Die Erinnerung schwappt über mich wie eine dunkle Welle, und ich muss mich am Treppengeländer festhalten, damit ich nicht vornüberkippe.

Ich hatte einen Teddy in der Hand. Einen lilafarbenen Teddy

mit riesengroßen Augen. Meine andere Hand steckte in der von Tante Lisbeth, die mich festhielt und die ganze Zeit schwieg, bis sie weg waren. Bis Sammy und Ben Windheim verlassen hatten. Erst dann hat sie sich zu mir heruntergebeugt und gesagt: »Mach dir keine Sorgen, Kleines.«

Oh Gott. Oh Gott! Ich schluchze, und dann laufe ich, ich fliege die Treppe hinunter in den Keller, wo Ben sein Büro eingerichtet hat. Die Tür steht sperrangelweit offen, und sogar das Licht brennt noch … und es ist alles noch da, alles, sein Computer und der Monitor und die ganzen aufgeschlagenen Bücher, alles … Ben ist nicht abgehauen, er kommt zurück, das muss er, um seine Sachen zu holen!

Ich drücke mich an die Wand und schließe die Augen. Die Angst sitzt so tief, dass sie wehtut, mit jedem Atemzug. Wie ein Stachel, der sich zu tief unter die Haut gebohrt hat.

Ein Geräusch oben an der Treppe. Tante Lisbeth! Die habe ich ja total vergessen! Auf einmal bin ich wieder da, im Hier, im Jetzt.

Ich reiße die Augen auf. Die Versammlung! Und Lisbeth hat gerade eine oberpeinliche Show abgezogen und mich vor allen im Dorf blamiert!

Genug geheult. Genug Angst gehabt! Schließlich habe ich eine Aufgabe! Ich drücke auf den Lichtschalter, ziehe die Tür zu Bens Büro fest zu und laufe nach oben.

Tante Lisbeth ist nirgendwo zu sehen. Sie steht auch nicht mehr draußen auf der Straße. Die ist doch hoffentlich nicht zurückgelaufen? Zu den anderen?

»Lisbeth«, rufe ich laut und renne durch den Flur. »Lisbeth, wo bist du?«

Ich reiße die Tür zu ihrem Wohnzimmer auf. Keine Lisbeth. Auch in der Küche finde ich sie nicht und das Schlafzimmer …

Etwas rumpelt über mir. Als ob etwas Schweres über den Boden geschleift werden würde. Ich nehme immer zwei Stufen auf einmal, und da ist sie, in Sammys Zimmer, und zerrt an der Babywiege, die eben noch unter dem Fenster stand.

»Was machst du?« Ich gehe zu ihr und packe die Holzwiege von der anderen Seite. »Soll ich dir helfen?«

»Wir schieben sie weg«, sagt Lisbeth. »Vom Fenster.«

»Warum?« Ich bleibe stehen, sehe sie vorsichtig an. »Tante Lisbeth?«

Sie lächelt. Ganz leicht. Ihre Augen sind trüb und feucht, ich glaube, jede Sekunde laufen Tränen heraus. »Wegen dem Wind«, flüstert sie.

Oh nein. Oh nein, bitte nicht! Ich lasse die Wiege los, gehe drum herum und packe Lisbeth bei den Schultern, aber die zierliche Frau, die mir eben fast das Blut aus den Venen gepresst und mich hierhergeschleift hat, wirkt wieder so gebrechlich und alt wie zuvor.

»Bitte«, flehe ich. »Nicht verschwinden! Sag es mir, Lisbeth, sag es mir! Was hast du mit ihnen zu schaffen? Die Menschen hinterm Fluss, was haben sie dir getan? Dir und deinem Mann?«

Sie sieht mich an, aber ihr Lächeln verändert sich nicht. »Hat Sammy ihren Tee getrunken? Sie braucht ihn doch. Sie muss stark sein, wenn das Baby kommt!«

»Oh nein«, stöhne ich und schlage die Hände vors Gesicht. »Verdammt, verdammt, verdammt!«

Noch ein Versuch. Ein letzter. Ich lasse die Hände sinken und sehe Lisbeth tief in die Augen.

»Norwin«, sage ich. »Du kennst ihn! Woher? Was ist mit Norwin?«

Lisbeths Augenwinkel zucken. Ganz deutlich. Und ihre Pupillen werden größer, als würde es plötzlich dunkler werden … oder als hätte sie Angst. Angst … vor Norwin?

»Du musst es mir sagen«, wispere ich. »Und zwar jetzt!«

Lisbeth dreht sich um und zieht wieder an der Babywiege.

»Unser Baby«, flötet sie und streichelt über das Kissen, als würde es schon darin liegen. »Hier darf es nicht schlafen. Wir ziehen es an die andere Wand. Dort ist es sicher vor dem Wind.«

26

Das Wasser im Fluss ist eiskalt, als ich im Abendlicht hindurchwate. In meinem Kopf wirbeln meine Gedanken wild durcheinander.

Eine Stunde bin ich bei Lisbeth gesessen. Ich habe ihr Tee gemacht und ihre Hand gehalten und Geschichten von früher erzählt, als ich zu ihr kam. Und dann habe ich ihr die beiden Fahrkarten gezeigt, die ich in der Tasche des alten Mantels gefunden habe. Nichts hat geholfen. Ihre Erinnerung kam nicht zurück, oder vielleicht war sie aufgebraucht an diesem Tag, an dem sie sich bereits an so vieles erinnert hatte. Warum ist sie durch den Fluss gelaufen? Um mich bloßzustellen, bestimmt nicht. Sie wollte mich warnen. Aber wovor?

Als sie einschlief, in ihren Sessel gekuschelt, habe ich ihren schmalen Körper mit einer Wolldecke zugedeckt und alle Fenster geschlossen, damit der Wind sie nicht wecken kann, während ich fort bin. Ich weiß, dass ich sie nicht allein lassen dürfte, aber ich muss noch mal zurück. Ich muss wissen, ob sie mich noch immer bei sich haben wollen oder ob Lisbeth mit ihrem Auftauchen alles kaputtgemacht hat … und ich nun wieder ganz allein bin.

Als ich auf dem großen Marktplatz ankomme, versinkt die Sonne glutrot hinter den letzten Häusern. Ein paar Schalen und Teller stehen noch auf dem langen Tisch, die Stühle wurden hastig zurückgeschoben, doch kein Mensch sitzt mehr dort, und auch die Straßen sind leer und verlassen. Ein flüsternder, unruhiger Wind folgt mir, als ich zu Ernas Haus laufe und an die Tür klopfe, aber niemand öffnet mir, und ebenso ergeht es mir auch an den anderen Häusern, die aussehen, als würden sie schlafen.

Wo sind sie nur alle? Was war das für eine Versammlung, was habe ich verpasst?

Auf einmal spüre ich wieder Hannes' Hände an meinen Handgelenken. *Wir verschwinden in der Zeit*, hat er gesagt. In der Zeit … Aber was bedeutet das? Sind sie noch hier, an diesem Ort, und ich kann sie nur nicht mehr sehen, weil sie … was? In einer anderen Zeit gelandet sind?

Du musst dich entscheiden. Für eine Seite vom Fluss. Schon bald.

Oh Gott. Bedeutet das etwa, es ist zu spät? Mit einem Schluchzen sinke ich auf meine Knie. Nein, bitte, das darf jetzt nicht wahr sein!

»Wo seid ihr?«, schreie ich. »Kommt wieder zurück! Ihr könnt doch nicht einfach verschwinden, ohne mich …«

Pan. Pan! Haben sie auch die Pferde mitgenommen? Können die Windpferde ebenfalls in der Zeit verschwinden, beschützen sie die Herde auf diese Weise?

Aber wie?

»Ich bin auch eine Windhüterin«, rufe ich laut. »Ihr könnt mich nicht einfach hierlassen, ich bin eine von euch, ich bin PaNia!«

Der Gedanke an Pan treibt mich hoch. Ich springe auf, wirble herum und laufe los, durch die leeren Schotterstraßen und an

Hildes verlassenem Haus vorbei zur Koppel am Waldrand. Der Zaun verschwimmt mit den dunklen Bäumen zu einer Farbe, aber Luns helles Fell hebt sich deutlich gegen den Horizont ab. Vor lauter Erleichterung schluchze ich gleich noch mal auf. Ich klettere durch die Latten, laufe auf die Wiese und spüre, wie sich Pans weiche Nase an meine Wange drängt. Er ist hier, er ist noch da! Pan ist hier. Alles ist gut.

»Pan«, flüstere ich. »Wo sind sie hin? Was geschieht hier?«

Wie zur Antwort hebt Pan den Kopf und reckt seine Nase in den Wind. Seine Mähne wirbelt hoch, und ich höre, wie er den Luftstrom einsaugt, als würde er ihn trinken. Der Wind wird stärker, die Bäume bewegen sich und rauschen wie ein grünes Meer. Für einen Moment muss ich mich an Pan festhalten, damit der Wind mich nicht umweht … und dann verstummt er, so plötzlich, wie er gekommen ist.

»Versprich mir, dass du nicht auch verschwindest«, wispere ich in sein Fell. »Nicht ohne mich, okay?«

Pan schnauft in meine Haare, und ich merke, wie sich meine wirbelnden Gedanken langsam beruhigen und ich wieder klar werde, wieder klar denken kann.

Pan ist, wo ich bin. Alles andere ist undenkbar! So wie ich Windheim nicht verlassen kann ohne ihn, kann auch er nicht einfach in einer anderen Zeit verschwinden. Wir sind verknüpft, für immer.

Ich würde es spüren, wenn er fort ist.

Erst da merke ich, dass Pan noch immer die Ohren gespitzt hält und in eine Richtung lauscht. Was hört er? Kehrt der Wind zurück? Nein, kein Wind. Ein anderes Geräusch, eine … Melodie? Ach, so ein Blödsinn. Woher soll denn bitte hier eine Melodie kommen?

Da, da ist sie wieder! Doch, eindeutig eine Melodie. Aber nicht von menschlichen Stimmen, es klingt eher nach … einem Flötenspiel.

Jetzt hält mich nichts mehr! Ich öffne das Gatter und lasse Pan hinaus. Er knickt mit den Vorderbeinen ein und mit einem Satz ziehe ich mich auf seinen Rücken. Gut, dass ich eine Leggins unter mein Kleid gezogen habe, gut, dass ich vorbereitet bin, auf ihm zu reiten! Ich grabe meine Finger fest in seine Mähne und konzentriere mich nur auf die Melodie, diese schwingenden, sanften Töne, die durch den Wald schweben wie ein Lockruf. Normalerweise hätte ich mich gefürchtet, so allein in der Dunkelheit des Waldes. Aber hier, mit Pan, in diesem seltsamen Geflecht aus Geheimnissen und Wissen, habe ich keine Angst.

Pan schreitet weit aus, er schwebt über den silbergrauen Nachtwaldboden und macht kaum ein Geräusch. Wir lassen uns nur von den Tönen leiten, in die sich nun doch eine Singstimme mischt – oder sind es zwei? Ich kann sie kaum unterscheiden, sie harmonieren perfekt. Auch die Flöte bekommt Gesellschaft, von einem Instrument, das ich nur aus dem Fernsehen kenne, aber sein Klang … sein Klang ist so einzigartig, dass ich ihn sofort erkenne: das Zupfen einer Harfe.

Die Melodie wird zu einem Lied, zu einem Ruf hinein in die Nacht. Und nun wird mir auch klar, wonach sie rufen: nach dem Wind.

Wir finden uns im Reigen wieder
Singen für dich unsre Lieder
Tanz mit uns und trag uns fort
Wind, oh, Wind, an deinen Ort

Pan wird schneller. Seine Hufe wirbeln kleine Steinchen auf, die im Mondlicht wie Sterne leuchten. Wir verlassen den Wald und gelangen auf eine Lichtung, ein ewig langes Weizenfeld, dessen Ähren im aufkommenden Wind in alle Richtungen tanzen.

Und dann sehe ich sie. Ich kann sie sehen, obwohl nur der Mond und die Sterne leuchten, ich sehe und ich höre sie mitten in dem Feld, das bei Tageslicht goldgrün schimmert. Ihr Lied erhebt sich in die Nachtluft, und einen Moment sieht es aus, als würden sie die Ähren nur durch die Kraft ihrer Stimmen bewegen. Die Flöte malt den Umriss der Melodie, und die Stimmen folgen ihr, und die Harfe gibt ihr die nötige Kraft, um lebendig zu werden.

Ihr Lied lebt. Das spüre ich jetzt. Sie rufen tatsächlich den Wind!

Jemand kommt auf uns zu. Nein, doch nicht. Sie tanzen! Sie tanzen durch das Weizenfeld, die Arme ausgebreitet, sie singen und lachen dabei und wirken so fröhlich, dass ich am liebsten absteigen und mich mit ihnen drehen möchte! Pan weicht einen Schritt zurück. Sie alle sind hier, die Kinder, die Erwachsenen, und sie alle tanzen zusammen zu dieser verwunschenen Flötenmusik!

»PaNia!«

Ich weiß nicht, wer es gerufen hat, aber plötzlich sind Pan und ich umringt von schwingenden Armen und summenden Stimmen, und die Energie, die durch meinen Körper strömt, wird so groß, so stark, dass ich Pan kaum noch halten kann!

»Tanz mit uns!«

Diesmal ist es Norwin, der zu mir spricht. Ich sehe ihn, wie er in einer langen schwarzen Robe am Ende der Reihe steht und die

Arme ausbreitet, als würde er mich auffangen wollen. Ich kann Pan gerade noch dazu bringen, mich absteigen zu lassen, dann rauscht er auch schon davon, wirbelt durch das Feld wie die Tanzenden, und ich fange an, mich mit ihnen zu bewegen. Hände greifen nach meinen, wir drehen uns mit der Melodie durch die Ähren, und ich denke: Solange die Harfe spielt, werde ich nicht aufhören, niemals wieder …

Mein Zeitgefühl spielt verrückt. Ich bin außer Atem, aber ich bin auch aufgeputscht vom Tanzen, vom Drehen, vom Lachen und den vielen Händen, die mich festgehalten haben. Noch nie habe ich mich so zu einer Gruppe hingezogen gefühlt wie zu ihnen in diesem Moment unter dem Sternenhimmel.

Wir finden uns zu einem Kreis zusammen, alle, irgendwann, mitten in dem Weizenfeld. Norwin dreht sich lächelnd von einem zum anderen, und ich merke, wie mir warm wird, warm ums Herz, weil es so schön war … und viel zu schnell geendet hat.

»Es ist an der Zeit«, sagt Norwin und bleibt stehen. Erst da merke ich, dass er mich ansieht, und mein Herz macht einen Satz vor Aufregung. »PaNia, es ist an der Zeit, dich in unser Geheimnis einzuweihen.«

Ich schlucke. Soll ich ihm verraten, dass ich es schon weiß? Aber ich möchte auch nicht, dass Hannes Ärger bekommt, weil er es mir verraten hat. Wo ist Hannes überhaupt? Unter den Tanzenden habe ich ihn nicht entdeckt. Habe ich ihn übersehen? Nein, bestimmt nicht!

Ich lasse meinen Blick über die Gesichter schweifen, aber es ist zu dunkel, ich erkenne nicht jeden von ihnen sofort. Doch, dort! Da ist Hannes! Er steht ein wenig abseits am Rand des Feldes und hält die Arme vor seiner Brust verschränkt. Ich schlucke, als sich unsere Blicke treffen, doch dann wird mir bewusst, dass auch Norwin mich ansieht, und wende mich schnell wieder ihm zu.

»Das Geheimnis … mit der Zeit?«, frage ich vorsichtig.

Ein paar der Umstehenden flüstern miteinander, aber Norwin lächelt. »Du bist ein kluges Mädchen, PaNia. Wir hüten ein mächtiges Geheimnis, das wir Arkanum nennen. Bist du bereit, uns in unsere Welt zu folgen?«

Er sieht mich durchdringend an, und ich nicke, ich nicke, weil ich gar nicht anders kann.

Mein Mund ist staubtrocken, als er fortfährt: »Wir nehmen dich auf wie eine Freundin, ein Familienmitglied. Du wirst Pflichten erfüllen müssen wie wir alle, doch dafür entkommst du der Zeit, wie du sie kennst. In zehn Jahren wirst du gerade mal eines altern. Du wirst Dinge sehen, von denen du nie zu träumen gewagt hast. Dafür musst du dein altes Leben hinter dir lassen, du musst uns folgen, wenn wir die gewöhnliche Welt verlassen. Bist du bereit dazu?«

Ich kann nicht denken, ich bin zu verwirrt, zu vernebelt vom Tanz und von der Melodie. Ich habe nur eine Frage. Die einzige, die für mich wichtig ist: »Pan … Wird er auch mitkommen? Werden Pan und ich zusammenbleiben?«

Wie auf ein geheimes Kommando taucht Pan am Rand des Feldes auf. Er sieht mich und kommt auf mich zu wie ein Schatten – mein Schatten. Ich schlinge die Arme um seinen Hals, und er drückt sich an mich, als hätte er nach mir gesucht und wäre froh, dass wir endlich wieder beieinander sind.

»PaNia, niemand wird euch trennen«, sagt Norwin. Und dann beugt er sich vor und flüstert: »Ihr seid doch das stärkste Geflecht unter meinen Hütern!«

27

Ich erwache vom Zirpen der Vögel, Vögel, die ich noch nie gehört habe. Vorsichtig blinzle ich in das helle Licht. Oh, mein Kopf! Was ist nur geschehen? Bin ich …? Moment mal. Wo bin ich eigentlich?

Verwirrt schlage ich die Augen ganz auf. Das Zimmer, in dem ich erwacht bin, kenne ich nicht. Es ist klein, fast schon winzig. Ein Tisch, ein Stuhl, daneben eine Kommode mit drei Schubfächern, aus einem dicken dunklen Holz. Obendrauf steht eine Vase, in die jemand flieder- und sandfarbene Federblumen gesteckt hat.

Langsam rapple ich mich hoch. Das Bett, in dem ich schlafe, trägt dieselben Farben, fliederfarbene Decke und Kopfkissen, daneben sandfarbene Vorhänge mit lila Kordeln vor dem Fenster, die das Licht abmildern, aber nicht fernhalten können.

Wo bin ich?

Das Bett ist gemütlich. Weich und warm. Ich glaube, ich habe ganz gut darin geschlafen. Zumindest habe ich mich geborgen gefühlt und keine bösen Träume gehabt, Träume von …

Oh Gott. Mit einem Schlag kommt die Erinnerung zurück. Sammy! Sammy ist im Krankenhaus, Sammy bekommt ihr Baby!

Und mich haben sie zurückgelassen, damit ich mich um Tante Lisbeth kümmern kann, aber ich bin einfach abgehauen, weil ich wissen wollte, ob stimmt, was Hannes mir erzählt hat …

Noch mehr Erinnerungen. Und auf einmal schlägt mein Herz heftig und schnell.

Nein.

Nein!

Ich bin doch nicht … ich kann doch nicht … Verwirrt sehe ich an mir herab, schaue auf meine Hände, meine Füße, fasse in mein Gesicht. Bin ich älter geworden seit letzter Nacht? Aber das ist total verrückt, so was gibt es doch gar nicht!

Doch. So was gibt es. Genauso wie es Dörfer gibt, die nicht mehr existieren, die im normalen Leben nicht mehr sind als ein Haufen Ruinen und die man zum Leben erwecken kann, indem man durch einen Fluss steigt.

Oh Gott, ich bin mit ihnen gegangen! Heißt das, ich kann jetzt nicht mehr zurück? Der Weg über die Brücke ist mir versperrt, ich sitze hier fest, für immer? Aber was wird dann aus Tante Lisbeth?

Und Sammy?

Mein Atem wird zu einem Keuchen, also springe ich auf, zu hastig, und stolpere rücklings zurück aufs Bett. Ich trage noch dieselben Klamotten, mit denen ich gestern in das Feld gelaufen bin, die knielangen Leggins und das sonnengelbe Kleid. Nichts sonst. Sind sie also alles, was mir aus meiner Welt geblieben ist? Aus meinem Leben?

Nein. Nein, nein, ich muss zurück, ich muss zu Lisbeth. Und zu Sammy! Ich habe nicht einmal das Baby gesehen, ich weiß nicht einmal, wie es heißt …

Beruhige dich, Nia. Ich atme tief ein, dann stehe ich wieder auf, durchquere das Zimmer mit festen Schritten und reiße die Tür auf. Sobald ich durch den Flur gelaufen bin, weiß ich, wo ich mich befinde: Das ist das Haus, in dem Hilde wohnt. Hilde mit ihrer Familie! Das Haus, hinter dem auch Pan auf seiner Koppel steht. Ich springe zum Fenster und da ist er … Pan ist hier. Wenigstens hat [illegible] sein Versprechen gehalten.

Ich drehe mich um, trete nach draußen. Die Luft und die Hitze fühlen sich nicht anders an als zuvor, bloß sind sie irgendwie … dichter geworden. Ich schüttle den Kopf, schaue mich um. Versuche, irgendetwas zu erkennen, einen Unterschied zu finden, der mir beweist …

Schritte hinter mir. Ich wirble herum, aber es ist nur Hildes Mutter. Sie lächelt mir zu und streckt mir einen Becher entgegen, der nach heißer Milch mit Honig duftet.

»Danke«, sage ich leise und schließe meine zitternden Finger um den Becher.

»Die anderen sitzen beim Frühstück«, verrät sie mir und deutet in die Richtung des Marktplatzes. »Wir wollten dich nicht wecken, du hast so tief geschlafen.«

»Sind wir …« Ich schlucke. Wie soll ich sie das nur fragen?

Doch sie versteht mich auch so. Wieder lächelt sie und schüttelt fast unmerklich den Kopf. »Aber nein. So schnell geht es nicht. Du hast noch Zeit, dich zu verabschieden. Einen Tag und eine Nacht, dann wird sich das Tor schließen.«

Vor lauter Erleichterung hätte ich fast losgeheult. Ich kann mich gerade noch zusammenreißen, schließlich ist sie beinahe eine Fremde, auch wenn sie mehr Mütterlichkeit ausstrahlt, als Sammy es in meinem ganzen Leben getan hat.

»Danke, dass ich hier schlafen durfte«, sage ich schnell, um mich von meinen Gedanken abzulenken, und trinke den Becher mit der Honigmilch in einem Zug leer.

»Aber natürlich.« Die Frau deutet auf das Haus. »Das Zimmer gehört dir, wenn du möchtest. Du kannst natürlich auch woanders schlafen, wir dachten nur, du freust dich vielleicht, wenn du von deinem Fenster aus zu Pan hinuntersehen kannst.«

Eine Welle flutet meinen Körper, warm und berauschend. Ich senke den Kopf. »Das ist wirklich nett. Vielen Dank!«

Die Frau tritt zu mir, legt mir eine Hand auf die Schulter und ich fühle ihre Energie. Wie alt sie wohl ist? An Kraft hat sie nichts eingebüßt, so viel kann ich sagen. Auf einmal ist meine Angst wie weggeflogen, und ich merke, wie die Neugier in mir erwacht … Neugier auf diese Welt. Und auf dieses neue, unglaubliche Geheimnis!

An der langen Tafel sitzen sie alle, Hilde, die anderen Hüter, Hannes, Irma und die kleineren Kinder, sogar Karel kann ich entdecken, ein Stück abseits auf einem extra gepolsterten Kissen.

»Setz dich zu mir, setz dich zu mir!«, bettelt Irma, und ich lasse mich neben ihr auf einen Stuhl fallen, wenn auch nicht wegen ihr, sondern weil Hannes gleich gegenübersitzt. Er ist der Einzige, der mich nicht grüßt, seine blauen Augen bleiben auf den Tisch gesenkt.

»Hast du Fragen?« Ein rothaariges Mädchen mit Sommersprossen sieht mich neugierig an. »Über unser Leben oder so?«

Ich überlege. »Was fehlt euch? Was braucht ihr am dringendsten, wenn, also, wenn ihr … hier seid?«

»Salz«, sagt Hilde, und Irma antwortet im selben Moment: »Zucker!«

Die anderen lachen. Mich erschreckt das eher. »Ihr müsst euch die Lebensmittelration für zehn Jahre beschaffen? Für euch alle?«

Wieder lachen alle.

»Aber nein«, klärt Hilde mich auf. »Wir gewinnen alle wichtigen Nahrungsmittel selbst. Sieh dich doch mal um! Es gibt hier alles, was man zum Leben braucht. Wir bauen unser eigenes Getreide an und Gemüse wächst auf unseren Feldern. Obst pflücken wir von den Bäumen, und wenn ihre Zeit reif ist, sammeln wir Kräuter und Beeren im Wald. Wir haben ein paar Kühe und Hühner und Schafe, die so alt sind wie die Ersten von uns! Aber das Wichtigste ist das Wasser aus der Quelle. Von ihm leben wir.« Sie grinst mich an. »Du brauchst keine Angst zu haben, wir hungern nicht!«

»Aber ihr habt nicht alles, was wir haben«, vermute ich. »Nutella zum Beispiel.«

Irma springt mir fast auf den Schoß vor Aufregung. »Was ist das? Kannst du es mitbringen? Wenn es lecker ist, bring viel davon mit, ja? Ganz viel!«

»Aber, Irma, das geht doch nicht.« Hilde schüttelt tadelnd den Kopf. »Es gibt Dinge, die wir nicht haben. Die wir nur bekommen, wenn das Tor offen steht. Bananen, zum Beispiel. Die sind etwas Besonderes, weil wir sie hier nicht anbauen können. Deshalb essen wir so viele Bananen, wie es nur geht, damit wir uns die ganze Zeit daran erinnern.«

»Und Honig«, erinnere ich mich. »Es standen Gläser auf dem Tisch mit Honig!«

Hannes zuckt zusammen, ganz leicht nur. Aber er sagt nichts, starrt weiter vor sich hin und löffelt sein Hafermüsli.

»Nein. Honig haben wir immer.« Hilde reicht mir eine Schüssel mit Haferflocken und Waldbeeren. »Du kannst natürlich etwas mitbringen, was dir wichtig ist. Aber grundsätzlich leben wir von dem, was der Wald und die Natur uns schenken. Wir stellen auch unsere Kleidung selbst her.«

Mein Blick schweift wieder zu Hannes hinüber. Heute trägt er mal nicht seinen schwarzen Kapuzenpullover, weil es viel zu warm dafür wäre. Dafür ein T-Shirt mit dem Emblem einer Fußballmannschaft. Ganz bestimmt stammt das noch aus der Zeit von früher, aus seinem alten Leben!

»Ja, die meisten von uns.« Hilde seufzt. »Manche machen auch lieber ihre eigenen Regeln.«

»Wenn euer Zeug mal cooler wird, ziehe ich es vielleicht sogar an«, brummt Hannes, ohne aufzuschauen.

Hilde verdreht die Augen. »Ach, du wieder. Warum bist du dann noch hier, hm? Wenn hier alles so uncool ist?«

»Nicht alles«, sagt Hannes leise. »Aber eure Klamotten schon.«

»Ach.« Das rothaarige Mädchen feixt. »Dann erzähl du Nia doch, wie es bei uns ist! Schließlich seid ihr beide noch so jung. Was ist anders bei uns? Was ist besser?«

Hannes schiebt sich eine Beere in den Mund. Er guckt mich immer noch nicht an, und ich bin sicher, er wird überhaupt nicht antworten.

Aber dann sagt er: »Die Sonnenuntergänge. Weil sie ewig dauern.« Mit einem Mal hebt er den Blick und guckt mich an, nur mich. »Der ganze Himmel glüht feuergoldrot und man kann stundenlang in sein Licht hineinreiten.«

Ich schlucke. »Das … das klingt total schön.«

Hannes blinzelt. »In einer klaren Nacht siehst du jeden Stern einzeln aufgehen. Du kannst sogar im Dunkeln sehen, weil die

Augen so viel Zeit haben, sich an das wenige Licht zu gewöhnen.« Er lehnt sich vor, so weit, dass sich unsere Hände beinahe berühren. »Und dann kommt das Beste überhaupt. Wenn nach einer ewigen Nacht die Sonne wieder aufgeht, langsam, wie in Zeitlupe, und alles in silbernen Nebel hüllt. Du kannst zusehen, wie sich die Blüten öffnen und Tautropfen über die Grashalme rollen.«

Sprachlos starre ich ihn an. Auch die anderen sind still geworden, niemand lacht jetzt. Ich weiß, dass ich etwas sagen muss, aber meine Stimme ist fort, ich habe nur diese Bilder im Kopf und weiß, wie sehr ich das will, das alles …

»Okay, wow«, antworte ich mit belegter Stimme. »Das klingt … wie eine Traumwelt.«

»Ist es auch.« Hannes sieht mir tief in die Augen. »Aber Träume haben ihren Preis.«

»Applaus für Hannes!« Ein Mädchen am Ende des Tisches grinst. »Du weißt ja echt, wie man eine perfekte Stimmung kaputt macht!«

Einige glucksen, manche fangen an, sich wieder über andere Dinge zu unterhalten. Ich versuche, aus Hannes' Gesicht etwas zu lesen, aber er steht auf, dreht sich um und verschwindet zu der Koppel mit den Windpferden, ohne sich noch einmal umzudrehen.

»Mach dir nichts draus«, brummt Hilde. »So ist der eben.«

»Schon gut«, murmle ich.

»Wenn er nicht so ein Griesgram wäre …«, seufzt das rothaarige Mädchen, und sofort wirft Erna mit einer Beere nach ihr. Die Rothaarige lacht. »He, schon gut! Er gehört ja dir!«

»Er gehört nicht mir!« Erna kichert. »Aber ich mag ihn. Er ist … so traurig manchmal. Das ist süß.«

»Aber warum?«, frage ich sie. »Warum ist er traurig?«

»Ich glaube, er vermisst seine Familie. Und das Leben dort draußen.« Erna runzelt die Stirn. »Es ist seine Entscheidung, weißt du? Er könnte jetzt gehen. Aber er tut es nicht. Er bleibt. Also lassen wir ihn traurig sein. Er wird bald wieder anders.«

Wir sitzen noch eine ganze Weile beisammen, reden und lachen miteinander. Zuerst fehlt mir Hannes, doch dann lasse ich mich von der fröhlichen Stimmung anstecken und höre mir ihre Geschichten an, von den Schafen, wie sie einmal ein ganzes Festessen geklaut haben, oder Irma, die immer heimlich versucht, bei den Windpferden zu schlafen. Die Zeit fließt dahin, ohne dass ich es merke … und dann ist es plötzlich schon Mittag, und das Essen wird aufgetischt, und ich erinnere mich plötzlich daran, dass noch ein anderes, ein fast schon vergessenes Leben auf mich wartet.

»Tante Lisbeth«, flüstere ich und stehe langsam auf. »Tut mir leid. Ich muss gehen.«

Hilde sieht mich ernst an. Die anderen ebenso. Und Irma fragt: »Du kommst doch mit uns, oder, Nia?«

»Aber natürlich, ich komme wieder und ich komme mit euch!« Ich sage es, als hätte ich mich bereits entschieden … und eigentlich habe ich das auch. Ich will das alles hier, ich möchte zu ihnen gehören und bei ihnen bleiben! »Aber ich muss zuerst noch etwas klären, wisst ihr? Und ich muss … mich verabschieden.«

Hilde springt auf und kehrt kurz darauf mit einem Stoffbeutel zurück. »Hier«, sagt sie. »Nimm sie mit.«

Ich werfe einen Blick hinein. Es ist die Robe, meine Robe mit den bunten Windsymbolen darauf. »Was …?«

»Zieh sie an. Sie gibt dir Kraft, dich zu entscheiden. Und sie gehört dir. Falls du nicht wiederkommst, dann behalte sie. Als Andenken.«

Tränen treten mir in die Augen, ich will gar nicht heulen, aber es passiert einfach so. Ich falle Hilde um den Hals und drücke sie an mich.

»Danke euch«, schniefe ich. »Ihr seid so lieb, vielen Dank!«

»Jetzt geh schon!« Hilde schiebt mich von sich und lächelt. »Geh und verabschiede dich!«

Den ganzen Weg über den Friedhof und zurück überlege ich, was ich mit Tante Lisbeth machen soll. Ob ich sie noch mal mit herbringen sollte? Mit ihr durch den Fluss gehen? Sie kennt ja den Weg, sie weiß, wie man hinübergelangt! Sie muss sich nur wieder daran erinnern. Ja, vielleicht sollte ich das tun. Viel Zeit bleibt mir nicht mehr, aber das ist immerhin ein Plan. Hoffentlich schläft sie noch, und hoffentlich ist sie nicht auf dumme Ideen gekommen gestern, als ich sie allein gelassen habe. Ich wollte das ja gar nicht, ich wollte nicht so lange wegbleiben. Es ist einfach passiert.

Ich biege in unsere Straße ein. Und bleibe wie angewurzelt stehen.

Vor der Tür steht Bens Auto.

28

Ich lasse den Beutel fallen und laufe los, immer zwei Stufen auf einmal springe ich die Treppe hinauf und poltere gegen die Tür. Abgeschlossen. Wo habe ich nur den blöden Schlüssel hin? Ich hämmere wieder dagegen, jemand kommt, die Tür geht auf und ich …

»Psst! Mach doch nicht solchen Lärm, Mensch!«

Ich bleibe stehen. Ben tritt einen Schritt zurück, um mich reinzulassen, aber ich kann mich plötzlich nicht mehr bewegen.

»Jetzt mach schon. Es zieht doch!«

Mein Beutel fällt mir wieder ein. Der Beutel mit der Robe. Ich hebe die Hand. »Warte kurz, ich hab … Mir ist was runtergefallen.«

Damit drehe ich mich um und laufe zur Straße, um den Beutel zu holen.

Als ich zurück zur Tür komme, ist sie bereits wieder ins Schloss gefallen.

Ein Klopfen, tief in meinem Bauch. Vorsichtig hebe ich meine Hand und lege sie an die Tür. Ich mache kaum ein Geräusch, kratze nur leicht gegen das Holz, aber niemand öffnet mir. Irgendwo von drinnen ertönt jetzt lautes Geschrei. Es klingt kratzig und schrill und tut mir in den Ohren weh. Kein Wunder, dass sie mich nicht hören können!

Ich stelle den Beutel ab und krame so lange, bis ich meinen Schlüssel gefunden habe. Dann sperre ich auf und sofort wird das Gebrüll unerträglich laut.

»Es weint schon den ganzen Tag.« Tante Lisbeth kauert am Fuß der Treppe und sieht mich mit großen Augen an. »Es will nicht hier sein. Es hat Angst.«

Ich schaue sie prüfend an, aber sie hat die Augen weit aufgerissen. Sie ist nicht hier, sie ist wieder irgendwo. Es macht null Sinn, jetzt mit ihr zu reden.

»Das ist doch Quatsch«, sage ich nur und schiebe mich an ihr vorbei.

Die Stufen knarren, ich versuche, leise zu sein, aber das Baby brüllt so laut, dass ich mir gar keine Mühe geben muss. Vorsichtig trete ich an die Tür zum Schlafzimmer und schiebe sie einen Spalt auf.

Am Fenster steht Sammy, ein winziges, in Tücher gewickeltes Bündel auf dem Arm, das sie verzweifelt summend herumschaukelt. Ihr Bauch ist immer noch immens groß, aber er wirkt nicht mehr so aufgepumpt, sondern hängt schlaff herunter. Ben lehnt an der Wand und sieht ein bisschen hilflos aus. Seine Augen glänzen, während er Sammy und das Baby anguckt.

»Hallo«, sage ich leise.

Sammy fährt herum. »Nia!«

Ich gehe einen Schritt auf sie zu. Keine Ahnung, was ich darf und was nicht, das weiß ich ja ohne Baby auch nicht. Aber mit Baby sind die Regeln bestimmt noch mal verschärft.

Sammy streckt die Arme aus und hält mir das zitternde Bündel hin. Sein Gesicht ist ganz rot, und es hält die Augen geschlossen, und dabei brüllt es so laut, dass ich das Vibrieren auf meiner Haut spüren kann. Sammy nimmt das Baby wieder hoch und legt es über ihre Schulter, doch es beruhigt sich kein bisschen. Unsicher bleibe ich stehen.

Ben geht hin und nimmt es ihr ab. Das Schreien wird noch ein wenig schriller, fast schon panisch! Ich würde mir gern die Ohren zuhalten, aber ich traue mich nicht, also warte ich stumm ab, ob es still wird.

»Gib mir mal das … du weißt schon!« Sammy klingt total fertig. Und ich habe gedacht, wenn das Baby erst da ist, wird alles einfacher.

Ben reicht ihr einen langen Schlauch, der aussieht wie eine schlaffe Riesenbanane. Sammy lässt sich auf die Matratze plumpsen, schlingt die Riesenbanane um ihren Bauch und legt das brüllende Baby darauf ab. Dann zieht sie ihr Shirt auseinander, bis eine Brust freiliegt und sie das Baby daran andocken kann.

Es klappt. Das Baby trinkt und für einen Moment herrscht wohlige Stille. Ich schaue zu Ben, er grinst und reckt einen Daumen in die Höhe.

»Na«, sagt er zu mir. »Hast du es dir so vorgestellt?«

Ich zucke mit den Schultern und Ben seufzt. »Wir auch nicht. Vollchaos. Seit gestern geht das so.«

»Aber das wird doch bestimmt bald besser«, vermute ich. »Oder?«

»Wenn nicht, schiebe ich ihn zurück in meinen Bauch«, knurrt Sammy. Sie wirft den Kopf in den Nacken und schließt für einen Moment die Augen. »Dabei hab ich doch gewusst, wie anstrengend ein Baby ist.«

»Habe ich auch so viel gebrüllt?«, frage ich erschrocken.

Ben geht vor Sammy in die Hocke und legt ihr die Hände auf die Knie. »Oh ja. Du hast wochenlang durchgebrüllt.«

Wochenlang? Na, das kann ja lustig werden.

»Wie heißt er denn?« Ich setze mich ganz vorsichtig neben Sammy auf die Matratze.

Die Schlürf- und Schmatzgeräusche des Babys wirken beruhigend, aber Sammy sieht trotzdem total fertig aus, so fertig, dass ich mir wünsche, ich könnte ihr ebenfalls etwas von meiner Energie abgeben, so wie ich es mit Pan immer mache. Vielleicht würde das sogar funktionieren, wenn ich mich mit Sammy genauso … verbinden könnte.

»Yves«, sagt Ben.

»Echt jetzt?«

»He«, murrt Sammy und schlägt die Augen wieder auf. »Was hast du gegen den Namen?«

»Nichts, aber … hm.«

»Du meinst, der Name gefällt ihm nicht?« Ben legt dem Baby die Hand an den Hinterkopf. »Sorry, Kleiner. Der Zug ist abgefahren!«

Ich muss lachen, aber das Geräusch lenkt Yves ab, und er lässt Sammys Brust los. Sofort verzieht er das Gesicht und fängt wieder an, lautstark zu weinen.

»Oh, bitte, bitte nicht!« Sammy dreht ihn hektisch herum, entblößt die andere Brust und drückt ihn dagegen. Hastig beginnt er zu saugen.

»Kein Lachen mehr«, kommandiert Ben mit Flüsterstimme. »Klar? Keine Witze, kein Reden. Am besten stellt ihr auch das Atmen ein, solange er still ist.«

»Oah, Ben«, stöhnt Sammy. »Lass die blöden Sprüche. Mir ist nach Schlafen zumute.«

»Dann leg dich hin.« Ben zieht ihr die Kissen zurecht. »Ich trag ihn rum. Danach kann Nia übernehmen.«

Ich rutsche ein Stück von ihnen weg. Solange das Baby trinkt, sollte ich meine Zeit nutzen! Zeit … die auf einmal eine andere Bedeutung bekommen hat. Ich mache einen Moment die Augen zu.

Noch ein Tag und eine Nacht. Dann verschließt sich das Tor.

Aber wie könnte ich das? Was soll ich ihnen denn erzählen? Leute, ich habe da jemanden kennengelernt – eine Gruppe Menschen, die was völlig Verrücktes vorhaben. Sie halten die Zeit an, zehn Jahre lang! Stellt euch das mal vor! Ihr könntet also in Ruhe euren Yves aufziehen und müsstet euch nicht mehr um mich kümmern. Und wenn wir uns dann wiedersehen, bin ich genauso alt, wie ihr mich immer haben wolltet. Ihr wärt keine zu jungen Eltern mehr und ich kein zu altes Kind, und die Leute würden uns auch nicht mehr komisch angucken und fragen, ob wir Geschwister sind …

»Sammy?« Ich flüstere ihren Namen nur. Damit ich das Baby nicht störe, aber auch, weil ich sonst heulen muss, und das will ich nicht, nicht jetzt, auf keinen Fall. Ich öffne die Augen wieder und gucke sie vorsichtig von der Seite an.

»Hmmm?«

»Ich muss mit dir reden. Mit euch.«

»Kann das nicht warten?« Sammy bläst die Luft aus. »Ich bin total fertig, echt.«

Ich schüttle den Kopf. »Es kann aber nicht warten. Ich muss wirklich jetzt mit euch reden!«

»Worum geht es denn?«, fragt Ben beschwichtigend.

»Um …« Ich schlucke. Wie? Wie soll ich das nur sagen? »Um die Schule … die Schule vom Wind und Wald. Ich müsste dort … also, ich müsste dort wohnen. Wie in einem Internat.«

Sammy schüttelt den Kopf. »Was! Nein! Du wirst hier gebraucht, denk doch nur an Tante Lisbeth! Jetzt, wo Yves so anstrengend ist, kann ich mich nicht um die beiden kümmern!«

Das Baby hört auf zu trinken. Vielleicht spürt es meine Anspannung, auf jeden Fall verzieht es schon wieder das Gesicht.

»Sehe ich auch so.« Ben steht auf und streckt die Arme nach Yves aus. »Das ist ja auch nicht notwendig, wenn es gleich hier um die Ecke ist.«

»Aber es gehört dazu! Alle wohnen da, ich habe schon ein Zimmer und ich würde dort …«

»Können wir das später klären?« Sammy legt den Kopf schräg und gähnt ausgiebig. »Ich bin jetzt echt durch.«

»Wann denn?« Ich stehe ebenfalls auf. »Man kann nicht alles aufschieben. Für manche Dinge ist es irgendwann zu spät!«

»Frag mich in zehn Jahren noch mal«, murmelt Sammy, bevor sie nach hinten in die Kissen fällt und die Augen zumacht.

Ich schaue Ben an, aber der hat nur Augen für Yves. Das Baby hängt über seiner Schulter, ein Milchfaden läuft aus seinem winzigen Mund. Seine Augen sind jetzt offen, und für einen Moment habe ich das Gefühl, er schaut mich an, mich, ganz direkt. Ha, sagen seine Augen, wer macht jetzt hier die Regeln, hm?

Ich starre ihn nur an und er starrt mich an. Dann blinzelt Yves. Und im nächsten Moment reißt er seinen Mund auf, verzieht das Gesicht und fängt an zu brüllen, er kann das sogar noch lauter als zuvor.

»Neeeeeiiin«, stöhnt Sammy. »Nein, nein, nein! Jetzt ist Pause, hast du gehört?«

Ben hält das Baby fest umklammert und verlässt eilig den Raum. Ich schaue ihm nach, und dann gucke ich wieder zu Sammy, weil ich wirklich, wirklich mit ihr reden will. Aber Sammy hat die Augen geschlossen, und ich spüre genau, dass ich jetzt nicht wichtig bin für sie. Nichts, was ich sage, ist jetzt wichtig.

Leise gehe ich aus dem Zimmer und ziehe die Tür zu.

Am Fuß der Treppe kauert eine zierliche Gestalt auf dem Boden. Ich gehe zu ihr und setze mich neben sie.

»Findest du auch, dass ich zehn Jahre verschwinden soll?«

Lisbeth antwortet nicht. Sie spielt mit den Kordeln dieses hässlichen rosa Bademantels, den sie neuerdings ständig trägt, und starrt blicklos vor sich hin.

»Du könntest mitkommen«, versuche ich es noch mal. »Und auch zehn Jahre nicht älter werden.«

Aber Lisbeth bleibt stumm. All die Energie, die sie gestern versprüht hat, als sie zu uns ins Dorf gekommen ist, scheint aus ihrem Körper verschwunden zu sein. Ich weiß immer noch nicht, wie sie das gemacht hat.

Tante Lisbeth schließt die Augen. »Der Wind«, flüstert sie. »Der Wind kommt! Danach hört das Baby auf zu schreien. Ihr werdet schon sehen.«

»Aber dann ist es zu spät!«, rufe ich verzweifelt. »Für mich ist es dann zu spät.«

Lisbeth antwortet nicht. Sie wippt vor, zurück, vor, zurück. Das Geschrei von oben wird nicht leiser, dafür höre ich, wie die Tür zu Sammys Schlafzimmer aufgestoßen wird. Oje.

»Sie würden es gar nicht merken, wenn ich plötzlich nicht mehr da bin«, flüstere ich und gucke Tante Lisbeth an. »Und du? Du bist schon längst verschwunden! Nur dein Körper ist noch hier. Weißt du, was? Ich frage euch nicht. Ich entscheide allein. Denn ich bin allein!«

Und damit stehe ich auf und lasse sie zurück, dort unter der Treppe in ihrem rosa Bademantel. Soll sie doch hochgehen und sich mit Sammy anlegen, sollen sie rumstreiten, sollen sie doch!

Ich habe mich entschieden.

29

Die nächsten Stunden vergehen wie im Traum. Ich laufe noch einmal die Treppe hoch, am Schlafzimmer mit dem brüllenden Baby vorbei und in das Zimmer, das ich bewohnt habe. Mein Rucksack liegt noch dort neben der Matratze, wo ich ihn hingeworfen habe, als ich nach dem missglückten Schulversuch wieder hergekommen bin. Ich werfe alles raus, was darin ist, und fange an, wild Klamotten hineinzustopfen, aber im Nu ist der Rucksack voll, und ich habe noch so viel, was ich mitnehmen möchte, also kippe ich alles noch mal aus und fange an zu sortieren.

Wie viel braucht man für ein Jahr? Für ein Jahr, das eigentlich zehn Jahre dauert?

Niemals habe ich genug Klamotten für die ganze Zeit. Ich werde mir selbst was nähen müssen, so wie die anderen das auch tun! Oder ich frage Hannes, der hat ja anscheinend ein geheimes Lager an Dingen, an die er herankommt.

Okay, noch mal.

Diesmal mache ich Stapel: Kleider, Hosen, Shirts, Pullover, Socken, Unterwäsche. Dann wandert von jedem Stapel ein Teil in den Rucksack. Eines. Zusammen mit dem, was ich am Leib trage, macht das schon zwei, was bedeutet, ich kann immer eines waschen und eines anziehen. Das ergibt Sinn und in dem Rucksack bleibt auf einmal noch Platz für andere Dinge!

Ich sehe mich im Zimmer um. Was gibt es noch, was ich mitnehmen möchte? Was ist mir so wichtig, dass es mitmuss? Der Beutel … der Stoffbeutel mit der Robe. Was sonst? Viel besitze ich nicht, für Spielsachen und Kuscheltiere bin ich definitiv zu alt. Ein Buch? Ich gehe an der Kommode entlang, auf der meine Bücher stehen. Aber die habe ich alle schon gelesen. Ich schnappe mir nur meine Lieblingsgeschichte und stopfe sie in den Rucksack. Die kann ich tauschen gegen andere Bücher. Dann laufe ich ins Bad und wickle Zahnbürste und Zahnpasta in ein Handtuch. Ein zweites Paar Schuhe binde ich außen am Rucksack fest, meine Jacke passt auch noch unter die Gummischlinge. Und jetzt?

Einen Moment ist alles still. Ich setze mich auf die Matratze am Boden und atme tief durch. Mein Herz schlägt heftig, ich fühle mich auf einmal wie befreit! Muss ich mich nicht um viel wichtigere Dinge kümmern? Um … die Menschen, die ich zurücklasse? Besitz kann man ersetzen, überall. Aber die Menschen, die mir wichtig sind … die kann ich nicht mitnehmen.

Genau wie Hannes.

Ich schlucke und lausche. Das Baby ist still, für einen Moment ist es still. Ob ich es noch mal versuchen soll? Ich werde sie nichts mehr fragen, aber ich will mich verabschieden, ich will nicht einfach spurlos verschwinden! Entschlossen stehe ich auf, gehe auf den Flur und öffne die Schlafzimmertür einen Spalt.

Yves liegt bei Sammy auf dem Bauch und scheint tief und fest zu schlafen. Ben sitzt daneben, eine Hand schützend auf seinen Rücken gelegt. Ich betrete das Zimmer, ganz leise, doch sofort schüttelt Ben heftig den Kopf.

»Nicht jetzt«, zischt er.

Ich bleibe stehen. »Nur kurz«, flüstere ich. »Bitte!«

Ben legt warnend einen Finger an die Lippen, als ich ins Zimmer schleiche. Ich gehe neben Sammy in die Hocke. Was soll ich nur sagen? Macht es gut? Bis bald? Wie verabschiedet man sich für zehn Jahre? Yves nuckelt im Schlaf, seine winzigen Lippen zucken. Ich strecke die Hand aus und berühre ihn an der Wange. Pass auf dich auf, kleiner Bruder! Das nächste Mal, wenn wir uns sehen, bist du schon fast so groß wie ich.

Schnell beuge ich mich vor und küsse Sammy auf die Stirn. Das habe ich, glaube ich, noch nie gemacht, doch es fühlt sich richtig an. Ben schenke ich ein Lächeln. Ich merke, wie sich Tränen in meinen Augen sammeln, aber ich will nicht weinen, dafür gibt es keinen Grund. Deshalb schlüpfe ich schnell wieder aus dem Zimmer und schließe leise die Tür hinter mir.

Sie sind besser dran ohne mich.

Ich schlendere durch Windheim, so ziellos wie an meinem ersten Tag. Der Wind bläst heftig und wirbelt Blätter und Staub durch die Luft. Kein kuscheliges Wetter, aber es ist mein letzter Tag, und er neigt sich dem Ende zu.

Im Rucksack war immer noch ein wenig Platz, also habe ich zwei Gläser Nutella aus dem Vorratsschrank geholt und dazugepackt. Für Irma und für mich – wenn ich doch einmal Heimweh kriegen sollte.

Mein Weg führt mich am Gasthof vorbei, in dem Hannes' Eltern wohnen. Soll ich reingehen? Aber was sage ich ihnen dann? Eurem Sohn geht es gut und übrigens, ich ziehe bald zu ihm?

Durch die blasse Scheibe kann ich seine Mutter sehen, die volle

Gläser vor ein paar Gästen abstellt. Ich würde ihr so gern etwas von ihrem Schmerz nehmen, doch wie soll ich das anstellen, ohne ihn damit noch größer zu machen?

Frau Keller hebt den Kopf. Als hätte sie meine Gedanken gehört. Sie sieht mich durch die Scheibe, hebt die Hand und winkt mir zu. Ich winke zurück, beiße mir auf die Lippen. Nein, ich sage nichts. Ich lasse sie in dem Glauben, dass Johannes eines Tages zurückkehrt. Vielleicht ist es besser so, ganz bestimmt besser, als sie in Geheimnisse zu tauchen, die ich ihr nicht erklären kann.

Am »Gegenwind« ist ebenfalls nichts los. Der Wind bläst jetzt richtig heftig, niemand mag bei diesem Wetter noch draußen sein. Die Bäume am Waldrand biegen und winden sich, als wollten sie dem Wind entkommen. Sein Heulen wird von Stunde zu Stunde lauter.

Ich betrete den Souvenirladen, gehe zur Kasse und bleibe vor Caro stehen.

»Was willst du?« Caro pustet sich gelangweilt eine blaue Haarsträhne aus dem Gesicht.

»Mich entschuldigen.«

Caro hebt die Brauen.

»Ich kann euch mein Geheimnis nicht verraten. Aber ich … ich hab euch nicht angelogen. Glaubst du mir das?«

Caro lächelt nur. »Weißt du, Nia, es ist mir egal. Du und deine bekloppten Geschichten sind mir egal! Vielleicht solltest du besser nicht mehr herkommen. Wir haben nicht sonderlich viel gemeinsam.«

Ich schließe für einen Moment die Augen. Nicht weinen … nicht weinen! Als ich sie wieder öffne, habe ich mich wieder gefangen und schaffe es, Caro anzulächeln. »Ist okay. Tut mir trotzdem leid. Mach's gut, Caro!«

Der Wind heult immer unheilvoller. Inzwischen ist ein regelrechter Sturm daraus geworden, der an Blumenkästen rüttelt und Sonnenschirme flattern lässt. Ob ich schon durch den Fluss gehen soll? Es ist das letzte Mal, dass ich durch Windheim laufen kann. Diesmal werde ich nicht zurückkehren.

Ich zögere. Soll ich doch etwas hinterlassen? Einen Hinweis? Aber wem? Tante Lisbeth fällt flach. Sie kennt den Weg, aber sie ist nicht in der Lage, mit diesem Wissen noch etwas anzufangen. Ben und Sammy sind vollauf mit Yves beschäftigt und Hannes' Eltern möchte ich nicht einweihen. Bleibt nur eine Person … Ich mag sie nicht, aber sie ist perfekt für diese Mission.

Ich schlendere weiter, an der Kirche vorbei, an der Karte hinter Glas, die mit dem halben Windheim-Ei, bis ich vor dem Rathaus stehe. Es hat sogar noch geöffnet, nur noch wenige Minuten, aber die Vordertür ist offen und ich kann einfach reingehen.

Über einer Tür steht »Bürgerbüro«, dort liegen alle möglichen Broschüren und Ratgeber, vor allem für alte Menschen. Ich suche mir eine mit der Legende der Windpferde darauf, klaue mir einen Stift und schreibe zwischen die Zeilen:

Ich hab euch nicht belogen. Ehrlich nicht! Wenn ihr wissen wollt, wo ich bin, müsst ihr durch den Fluss laufen. Nicht die Brücke nehmen! Der Fluss ist das Tor. Dort lebe ich mit meinem Pferd. PaNia.

Soll ich das wirklich machen? Es wäre eine Spur. Die einzige Spur, die es noch von mir geben wird. Ich atme tief durch, dann falte ich die Broschüre so, dass meine Schrift gleich oben auf der ersten Seite zu sehen ist. Der Wind jault draußen vor den Fenstern, aber hier drin ist es ganz still, bis die Frau vom Bürgerbüro einen Anruf bekommt und laut zu schwatzen beginnt.

Jetzt oder nie! Ich stehe auf, lege den Stift zurück und nehme die Treppe hinunter in den Keller. Dunkel ist es hier, nur die stummen Kopierer an der Wand verströmen ein schwaches grünliches Tastenlicht. Ich finde den Weg auch so. Einfach nur den Gang entlang bis an sein Ende. Vor der Tür zum Archiv bleibe ich stehen, und auf einmal fällt mir das Buch wieder ein – das Buch mit dem Symbol des Windes darauf! Aber wie soll ich da drankommen? Ich lege meine Hand auf die Klinke und drücke sie herunter. Es ist abgeschlossen und ich kann keine Schlösser knacken so wie Caro.

Egal. Mein neues Leben beginnt in wenigen Stunden! Was soll schon in diesem Buch stehen, was ich nicht selbst herausfinden kann? Ich bin jetzt eine von ihnen, sie werden mich in alle ihre Geheimnisse einweihen.

Wieder gucke ich auf die Broschüre in meiner Hand. Tue ich es wirklich? Will ich diese Spur legen? Mein Gefühl sagt Ja. Ich gehe in die Hocke und schiebe die Broschüre durch den Türschlitz ins Archiv, bis ich sie nicht mehr sehen kann.

Dann verlasse ich das Rathaus. Niemand sieht mich, niemand ist draußen bei dem beißenden Sturm! Auf einmal verstehe ich, wozu er gut ist: Er hält die Menschen fern, raus aus dem Wald! So bleiben sie ungestört.

So können sie in aller Ruhe verschwinden.

Nur mich kann der Wind nicht aufhalten! Ich schlinge die Träger des Rucksacks fest um meine Schultern, binde mir den Beutel mit der Robe um und breite meine Arme aus, ganz weit, bis ich das Gefühl habe, vom Wind davongetragen zu werden.

Dann laufe ich los.

30

Im Dorf hinter dem Fluss herrscht hektisches Treiben, als ich dort ankomme. Kinder laufen kreuz und quer durch die Gassen und sammeln herumfliegende Blumenkränze und herabgewehte Lampions ein. Ein paar Männer schleppen Eimer voll mit schweren Steinen heran und beschweren damit Taue, Werkzeuge und einen riesigen Stapel Holzbretter. Die bunten Tücher, die sonst immer vor den Häusern wehen, sind abgenommen worden und irgendwo verstaut, und sämtliche Blumenkästen wurden entweder in Hauseingängen in Sicherheit gebracht oder mit langen Seilen festgezurrt.

Der Wind bläst immer heftiger. Ich muss mich richtig gegen die Böen stemmen, als ich auf Hildes Haus zulaufe. Ihre Mutter hängt gerade das Windspiel im Haus an einen Haken, als sie mich sieht und eilig heranwinkt.

»Komm schnell rein, Nia. Hier wird es gleich ziemlich ungemütlich!«

»Was passiert denn mit … uns?« Ich schiebe mich in den Hausflur und atme tief durch. Der Rucksack fühlt sich auf einmal wieder ganz leicht an, seit der Wind nicht mehr daran rüttelt. Ich nehme ihn ab und lasse ihn zwischen meine Füße gleiten.

»Wir reisen!« Sie lächelt versonnen. »Keine Angst. Es tut nicht weh.«

Wieder schaue ich nach draußen, wo die Kinder immer noch durch die Gassen rennen. »Geschieht das denn physisch?«, frage ich. »Bewegen wir uns tatsächlich von hier weg?«

Hilde steht auf einmal hinter mir, die schwarze Robe fest um die Schultern geschlossen. Sie muss die Treppe runtergekommen sein, als ich aus dem Fenster geguckt habe.

»Nicht direkt«, klärt sie mich auf. »Aber wir nutzen Kräfte, die den Wind entfesseln. Besser gesagt einen ordentlichen Sturm! Deshalb bringen wir alles in Sicherheit.«

Also wie beim Zauberer von Oz. Doch was entfesselt den Sturm? Was ist so mächtig, dass man damit die Zeit stoppen kann?

»Willst du deine Sachen nach oben bringen?« Hilde deutet auf meinen Rucksack. »Danach reiten wir zu Norwin. Wir haben heute noch einiges zu tun.«

Norwin! Ein mulmiges Gefühl kriecht in meinen Bauch. So richtig erklären kann ich es nicht, aber ich habe immer noch Angst, dass sie es sich anders überlegen und mich doch nicht dabeihaben wollen. Ich presse die Daumen in meine Fäuste und denke ganz fest daran, dass alles gut wird und niemand mich fortschicken will.

Hilde zieht den Kopf ein und läuft raus in den Sturm, also gehe ich allein nach oben und betrete den Raum, in dem ich am Morgen aufgewacht bin. Er wirkt düsterer, jetzt, wo das Sonnenlicht fehlt. So als hätte man seine Farben ausgeknipst. Ich werfe den Rucksack aufs Bett, binde den Stoffbeutel los und nehme die Robe heraus. Soll ich sie anziehen? Hilde hat sie auch getragen, und sie gibt mir Sicherheit – und das Gefühl, wirklich zu ihnen zu gehören.

Ich trete ans Fenster und sehe auf die Wiese hinunter, wo Pan und Lun aufgebracht hin und her rennen. Sie spüren etwas! Bestimmt den Wind …

Wie wird es wohl sein, jeden Morgen hier aufzuwachen und gleich zu Pan hinauszukönnen? Ein Zuhause wie dieses habe ich mir mein ganzes Leben lang erträumt, ein Zuhause mit Pferden und Menschen, die verstehen, wie ich bin … und schon muss ich an Sammy denken, Sammy, der ich das alles so gern gezeigt hätte! All das, die Windpferde, den Wald und seine Geheimnisse. Aber Sammy ist nicht da, Sammy hat jetzt den kleinen Yves und sieht mich nicht mehr. Es wird eine Weile dauern, bis sie merkt, dass ich tatsächlich nicht mehr da bin.

Die Baumspitzen biegen sich bedrohlich, und das Heulen des Windes ist längst so laut, dass ich es durch die geschlossene Scheibe hören kann. Kein vernünftiger Mensch sollte jetzt da draußen rumlaufen, am liebsten würde ich auch Pan und Lun in Sicherheit bringen! Aber das ist Quatsch, schließlich sind sie Windpferde. Sie trinken den Sturm wie …

Moment.

Was ist das?

Nein. Das kann nicht sein, ich habe mich bestimmt getäuscht! Ich trete näher ans Fenster heran und drücke meine Nase gegen das Glas. Dahinten, verborgen am Waldsaum, läuft eine geduckte Gestalt! Sie bewegt sich durch den Sturmwald, als würde sie etwas suchen, aber ich weiß, was sie da treibt, denn ich erkenne sie sofort.

Keine Robe, sondern ein schwarzer Kapuzenpullover.

Der sucht nichts. Der versteckt sich, damit ihn niemand sieht.

Diesmal lasse ich mich nicht abwimmeln! Ich haste zur Tür, halte inne, weil mein Blick auf die Robe fällt, die immer noch auf dem Bett ausgebreitet liegt. Jetzt brauche ich sie tatsächlich! Ich schnappe sie mir, lege sie mir um und renne die Treppe hinunter.

Pan kommt zu mir, als ich über die Weide laufe. Er stößt mich dauernd an und will, dass ich aufsteige, er fühlt die Energie und die Entschlossenheit, die von mir ausgehen. Ich weiß, dass es gefährlich werden kann, ihn in diesem Zustand zu reiten, aber als ich mich umschaue, ist Hannes nirgendwo mehr zu sehen, also habe ich gar keine andere Wahl, wenn ich ihn aufspüren will. Mit klopfendem Herzen lasse ich zu, dass Pan neben mir in die Knie geht, und ziehe mich auf seinen Rücken hinauf.

Sofort spüre ich die pulsierende Kraft, die von ihm ausströmt. Mit einem Ruck starten wir, quer durch den Wald, mitten hinein in den Sturm!

Im Wald höre ich das Brausen der Blätter, als wäre ich mitten in einen grünen Ozean hineingeritten. Die Bäume knistern und knacken und beugen sich zu allen Seiten, bis ihre Äste den Boden berühren, und der aufziehende Abend färbt alles um uns trüb und düstergrau.

»Pan«, wispere ich, »nicht so schnell!«

Wir rauschen durch den Wald, verschmelzen mit dem Rhythmus des Windes, und ich weiß, dass mir nichts passieren wird, dass uns nichts passieren wird, solange Pan und ich nur zusammenbleiben. Er bringt die Bäume dazu, sich von ihm wegzubiegen, ihm Platz zu schaffen, und dabei spüre ich die ganze Zeit, wie der Wind uns anschiebt und immer schneller durch das Dickicht aus Wurzeln und Schatten treibt.

Hannes, denke ich. Wir müssen Hannes finden! Er hat irgendetwas vor!

Pan fängt meine Gedanken auf. Ich lasse zu, dass meine Gefühle und Gedanken auf ihn übergehen, all das, was meinem Körper Antrieb gibt, und dafür sucht er Hannes für mich, er spürt ihn auf wie ein Jäger, der sein Revier durchkämmt, und Hannes hat keine Chance, uns zu entkommen. Schon bald sehe ich seinen blonden Schopf aufblitzen, halb verborgen von den düsteren, hin und her wogenden Farnen.

»Still, Pan«, flüstere ich.

Wir schleichen uns näher, das Geräusch unserer Schritte schlucken der Wind und der Wald. Diesen Ort kenne ich nicht, hier war ich noch nie. Auch hier türmen sich verstreut liegende Felsen, die von dichten Farnwedeln verdeckt werden. Hannes duckt sich, huscht unter die Farnblätter und verschwindet zwischen zwei halbhohen Felsen, sodass ich ihn nicht mehr sehen kann.

Ich warte … warte. Etliche Minuten lang. Dann lasse ich Pan noch dichter herantreten, aber Hannes bleibt verschwunden. Verdammt, was macht er da bloß? Ich wage nicht, ihn zu rufen, bei dem Sturmwind wäre es sowieso sinnlos. Mit einer Hand schiebe ich die Farne zur Seite … und starre in ein schwarzes Loch im Boden!

»Stopp«, flüstere ich Pan zu, aber er hat es auch gesehen und tritt einen halben Schritt rückwärts.

Ich springe von Pans Rücken, damit ich das Loch genauer untersuchen kann. Es sieht aus wie ein Kaninchenbau, nur breiter. Unmöglich zu sagen, wie tief es in die Erde reicht oder wo es hinführt. Ob Hannes dort drin verschwunden ist?

Ich drehe mich um, schaue Pan an. »Nein, oder?«

Aber wo sonst soll er sein? Ich trete ein Stück von dem Loch weg und streife durch die Farnwedel. Felsen und Steine sind von dichtem Grün umgeben, aber nirgends ist ein Versteck, und weggekrochen sein kann er auch nicht, das hätte ich bemerkt! Was hat er nur vor? Ein Erdloch im Boden …

Ich beuge mich noch mal über die Grube. Gruselig. Die Wände wirken ziemlich steil, wenn sie tief ist, kommt er da doch nie wieder hoch! Nein, niemals ist Hannes hier reingekrochen. Der Wind lässt die Farne rascheln, ich setze mich ein Stück zurück – und in dem Moment wirbelt etwas hoch, etwas Winziges, was vor mir auf dem Boden gelegen haben muss … Ich brauche nicht zu versuchen, es zu fangen, ich weiß auch so, was es ist: eine grau-schwarze Flaumfeder.

»Oh Scheiße«, murmle ich und drehe mich wieder zu Pan. »Er ist wirklich dort drin!«

Pan sieht mich nur mit großen Augen an. Wie ein Fels steht er in dem Sturm, völlig ruhig, und wartet auf meine Anweisung. Ich spüre so eine tiefe Liebe zu ihm, dass ich aufstehe und ihm einen Kuss auf die Nase gebe.

»Pan«, flüstere ich ihm zu. »Ich muss wissen, was Hannes treibt. Verstehst du das? Ich muss es einfach wissen!« Ich deute auf das Loch im Boden. »Du passt da leider nicht rein. Aber du wartest hier, ja? Ich bin gleich zurück!«

Aber ohne Schutz steige ich nicht in dieses Loch! Ich sehe mich um. Ein Seil habe ich natürlich nicht dabei, und Pan trägt auch kein Sattelzeug, also muss ich improvisieren. Ich hebe meinen Umhang an, schaue an mir herab. Mein Lieblingskleid. Aber was ist schon ein Kleid gegen ein Geheimnis?

Kurzerhand greife ich nach dem Saum, ziehe an und reiße zwei lange Streifen davon ab, die ich zu einer Stoffkordel zusammenzwirbeln kann. Ich binde sie um den nächstbesten Baumstamm und lasse das Ende des Seils in das Loch hinabgleiten. Dann drehe ich mich wieder zu Pan, der den Kopf gesenkt hat und mir zusieht.

»Nur kurz, okay?«, wispere ich ihm zu und streiche ihm über die Stirn. »Lass mich nicht im Stich!«

Mein Herz klopft heftig, als ich die Füße in das Loch stecke und mich vorsichtig in die Erde schiebe. Was mache ich hier eigentlich? Das ist doch total bescheuert! Mein Kleiderseil baumelt neben mir, also greife ich danach und lasse mich langsam daran in die Tiefe gleiten. Im Nu ist es dunkel um mich, das Licht bleibt zurück, auch die Luft bleibt zurück, ich atme Erde und Staub und muss husten. Mein Seil ist zu Ende, es gleitet einfach durch meine Finger, jetzt geht es steil bergab, ich habe überhaupt keinen Halt mehr! Schreien kann ich nicht, sonst ersticke ich, also bohre ich meine Knie und Ellbogen in die Erde und versuche zu bremsen, irgendwie, aber das Loch hat sich in eine Rutschbahn verwandelt, die senkrecht in die Tiefe führt!

Pan, denke ich verzweifelt, hilf mir doch, Pan!

Ich schließe die Augen. Oben wird unten und unten zu oben, alles zugleich, rutschen wird zu fallen, Luft zu Erde, Erde zu Luft. Und dann ist es vorbei, ganz plötzlich. Ich lande hart, auf festem Boden, aber ich kann wieder atmen, atmen, und mein heftig pochendes Herz beruhigt sich langsam.

Vorsichtig öffne ich die Augen.

31

Das Erste, was ich sehe, ist das Licht. Blau schimmernd und wabernd, als wäre ich unter Wasser gelandet. Ein seltsames Klirren und Klingen kommt von irgendwoher, und ich rapple mich hoch, um mehr zu erkennen. Das Loch, durch das ich gefallen bin, schwebt unerreichbar über mir.

Da schaffe ich es im Leben nicht mehr rauf! Und ich hätte mein ganzes Kleid samt der Robe zerreißen müssen, um mich daran wieder in die Höhe hangeln zu können.

Wo bin ich hier bloß? Ich schaue mich um. Wände aus Stein, in ein blaues, flimmerndes Leuchten getaucht. Das Klingen ist seltsam hohl, ich bin also in einer Höhle gelandet, einer riesigen Höhle, in die von irgendwoher Licht fällt! Wo Licht einen Weg hineinfindet, komme ich auch wieder raus.

Aber eigentlich bin ich nicht hier, um den Ausgang zu finden, sondern Hannes.

Ich versuche, auf dem Boden irgendwelche Spuren zu entdecken. Tatsächlich, links von mir liegen Lehmkrümel auf dem Stein! Wenn Hannes auch durch das Loch gefallen ist, hatte er die sicher an seinen Schuhen kleben. Ich wende mich nach links und folge der Lehmspur. Als ich um eine Biegung komme, höre ich plötzlich etwas, leise, im Einklang mit dem Klirren um mich herum, aber deutlich hörbar.

Schritte.

Ich gehe schneller. Die Höhle wird breiter, ich kann jetzt locker hindurchlaufen, ohne mich ducken zu müssen. Nur der Boden ist spiegelglatt wie eine Eisfläche. So als hätte etwas ihn über viele Jahre hinweg fein geschliffen.

Wieder eine Biegung, diesmal hat sie zwei Abzweigungen. Wo muss ich lang? Aber die Schritte sind jetzt deutlicher zu hören, und als ich in den linken Gang einbiege, sehe ich noch etwas, ein weiteres Licht: das deutliche Flackern einer Flamme. Einer ziemlich großen Flamme.

Mein Atem geht heftig, es ist ein seltsames Gefühl, so durch die Gänge zu irren. Ich wünschte, Pan wäre hier! Die Höhle wäre sogar hoch genug für ihn, doch Pan ist nicht da und ich muss allein wieder zurückfinden. Entschlossen reiße ich einen weiteren Streifen Stoff von meinem Kleid ab. Jetzt ist es ein T-Shirt, aber die Streifen kann ich in kleine Stücke reißen und auf den Felsen verteilen. So habe ich wenigstens die Möglichkeit, zurück zu dem Loch zu finden, vor dem Pan auf mich wartet.

Ich folge der Flamme, die sich immer schneller entfernt, und muss aufpassen, dass ich auf dem blanken Steinboden nicht ausrutsche. Das blasse blaue Licht ist zu schwach, um Schatten zu werfen, es reicht gerade mal aus, dass ich meinen Weg erkenne, aber so ist es einfacher, der Flamme zu folgen. Plötzlich bleibt sie stehen.

Ich husche schnell näher und jetzt erkenne ich Hannes. Er hat die Kapuze seines schwarzen Pullovers über seine Haare gezogen, aber er ist es, ganz bestimmt! In der Hand hält er eine Fackel, die das flackernde Licht verströmt, und vor ihm … Was ist das? Ein Bogen?

Von diesem Bogen geht der blaue Schimmer aus und von hier kommt auch das Klingen. Es scheint aus einem anderen Material zu bestehen als der Rest der Höhle, kein Stein, dazu glänzt es zu sehr … Aber was es ist, kann ich von hier aus nicht erkennen. Hannes könnte einfach darunter hindurchlaufen, aber aus irgendeinem Grund ist er davor stehen geblieben und sieht an den Seiten, wo sich der Bogen in den Felsen schmiegt, in die Höhe.

Meine Chance!

Ich schließe lautlos zu ihm auf. Erst als ich nur noch wenige Schritte hinter ihm stehe, sage ich leise: »Hannes?«

Die Flamme zieht einen Lichtkreis in die Dunkelheit, und zwei Augen starren mich aus dem Schatten der Kapuze heraus an, zutiefst erschrocken.

»Nia?«

Ich trete näher. »Gut, dass ich dich gefunden habe.«

Er rührt sich nicht. Sein Blick flackert umher. »Bist … bist du allein?«

Ich gucke an ihm vorbei. Im Lichtschein der Fackel sieht das blau glimmende Tor aus wie ein riesiger Diamant.

»Was ist das hier?«, frage ich statt einer Antwort und gehe darauf zu.

»Nicht anfassen!« Hannes packt mich und reißt mich zurück. »Nicht … berühren!«

»Warum?« Es sieht wunderschön aus. Wie Eiskristalle, die um eine geheime Lichtquelle gefroren sind. »Was ist das nur?«, flüstere ich erneut.

»Ein Tor.« Hannes lässt die Fackel sinken und stellt sich vor mich, sodass er mir den Weg versperrt. »Was zur Hölle treibst du hier, Nia?«

»Ich bin dir gefolgt. Als du in diesem Loch verschwunden bist … Du hast irgendwas vor, oder?«

Er schließt für einen Moment die Augen und schüttelt den Kopf.

»Ich glaub es nicht«, murmelt er. »Verdammt, ich habe ewig gebraucht, um das Loch zu vergrößern!«

»Du?« Fassungslos starre ich ihn an. »Aber warum?«

Er macht eine ausladende Handbewegung. »Um hier reinzukommen!«

»Und wo sind wir hier?«

Hannes stöhnt resigniert. »Im Arkanum.«

»Was?« Mein Mund klappt auf. »Das Arkanum ist eine Höhle?«

»Ja.« Hannes nickt grimmig. »Nicht nur eine Höhle, es ist ein unterirdisches Labyrinth. Niemand kennt sich hier aus außer Norwin. Es ist unser großes Geheimnis. Ohne das Arkanum könnten wir nicht in der Zeit verschwinden!«

Fragen purzeln durch meinen Kopf, unendlich viele, aber Hannes dreht sich schon wieder von mir weg und versucht, neben dem Diamanttor den Felsen hinaufzuklettern.

»Was machst du da?«

»Ich suche einen Weg an dem Tor vorbei.«

»Warum gehst du nicht einfach durch?«

»Das ist zu gefährlich. Das Tor … Es speichert Leben.« Hannes hat es fast geschafft, aber mit einer Hand gelingt es ihm nicht, ganz hinaufzuklettern. Er streckt den Arm aus und reicht mir die Fackel. »Hier, halt mal. Aber pass auf, dass du nicht an den Kristall stößt!«

Ein Kristall … So aus der Nähe ist er noch schöner. Er glüht richtig im Feuerschein. Das leise Klirren und Klacken klingt fast wie ein pulsierender Herzschlag. Leben, hat Hannes gesagt … Es speichert Leben …

»Hannes«, rufe ich zu ihm hinauf. »Warum gehst du nicht durch einen anderen Gang? Wo kein Tor steht?«

Hannes wirft mir einen hektischen Blick zu. »Dauert zu lang! Ich hab nicht mehr viel Zeit! Bevor ich mich verirre, nehme ich den Weg, den ich kenne!« Er zieht sich an dem vorspringenden Felsen empor und kauert jetzt dicht unter der Höhlendecke. »Gib mir die Fackel hoch!«

Ich hebe den Arm, aber im letzten Moment ziehe ich ihn zurück. »Was hast du eigentlich vor?«

Hannes schnauft ungeduldig. »Erklär ich dir später, ja? Gib mir jetzt einfach die verdammte Fackel!«

Er lässt mich hier zurück, oder? Durch das Tor soll ich nicht gehen. Aber er hat auch nicht gesagt, dass er auf mich wartet und mich mitnimmt, wo auch immer er so eilig hinmuss!

»Nein.« Ich trete einen Schritt zurück. »Erst wenn du mir die Wahrheit sagst. Was hast du vor?«

»Scheiße, Nia«, flucht Hannes. »Die Zeit läuft mir davon!«

»Ich dachte, wir haben bald unendlich viel Zeit.«

»Sie nicht«, knurrt er. »Sie hat keine Zeit mehr. Wenn das Tor erst geschlossen ist, gibt es kein Zurück, und noch ein Jahr schafft sie das nicht. Sie wird sterben, verstehst du? Ich muss zu ihr, ich muss diesen Wahnsinn aufhalten!«

»Zu wem?« Ich flüstere es nur, aber die blau schimmernden Höhlenwände werfen meine Stimme als vielfaches Echo zurück. »Wen musst du retten?«

Wieder schließt er die Augen. Ich denke schon, er klettert einfach an den Felsen auf der anderen Seite des Kristalltors herunter und läuft ohne die Fackel davon, aber dann sehe ich, dass seine Lippen zittern, und er wispert: »Gin. Meine Verbündete.«

»Gin?« Den Namen habe ich schon mal gehört. Ist sie nicht … »Du meinst, dein Windpferd? Aber ich dachte, sie ist tot!«

»Das ist sie nicht«, sagt eine feste Stimme hinter uns. »Noch nicht.«

Ich wirble herum. Silvan steht vor uns, ich erkenne das riesige silbergraue Windpferd sofort. Hinter ihm treten die anderen Windhüter aus dem Dunkel, alle sieben. Sie tragen dunkle Roben, dieselben wie ich, aber das ist es nicht, was mein Herz zum Stolpern bringt. Zwischen ihnen – an einem kurzen, mit Federn besetzten Seil – haben sie Pan, der sich windet und gegen die Fessel sträubt, die ihm wehtut und die er so hasst!

»Pan!«, schreie ich und will zu ihm laufen, aber Silvan schneidet mir den Weg ab.

»Langsam, PaNia.« Er sieht auf mich herab, und ich fühle mich ganz klein, so wie in der Nacht auf der Pferdewiese, wo KaRio mich gefangen genommen hat.

Ich schlucke heftig.

Dann sehe ich an mir herab, auf meine Robe, die in Pans Farben schimmert. Nein, nein, es ist nicht wie damals, diese Nacht ist lange her, wie aus einem anderen Leben – ich bin eine andere jetzt! Nicht mehr Nia, klein und unsichtbar für andere, die Träumerin … Ich gehöre jetzt zu Pan! Energie durchströmt mich, als ich in seine schimmernden, weit aufgerissenen Augen sehe, ich straffe die Schultern und fühle die Kraft, fühle, wie etwas in mir erwacht, wie ich wachse, wie die Verbindung zu Pan übermächtig wird!

»Lass ihn los«, verlange ich und stelle mich vor Silvan auf. »Lass Pan zu mir!«

»Zuerst erklärst du mir, warum du gemeinsame Sache mit ihm machst!« Silvan streckt die Hand aus und zeigt auf Hannes wie auf ein lästiges Insekt. »Diesen Wahnsinn aufhalten, hm? Davon träumst du, Ginnes!«

Ich wage es nicht, mich zu Hannes umzudrehen. Er hatte etwas vor, die ganze Zeit schon hatte er seine eigenen Pläne, und ich war dumm genug, ihm hinterherzulaufen! Was soll ich denn jetzt noch sagen? Ich halte die Fackel in der Hand! Sie werden mir nie glauben, aber ich rette jetzt Pan, Pan gehört zu mir, alles andere ist nicht mehr wichtig …

»Lass sie in Ruhe«, sagt Hannes da hinter mir mit weicher Stimme. »Sie ist mir gefolgt, genau wie ihr. Sie hatte keine Ahnung.«

»Das sagst du nur«, poltert Silvan. »Warum sollten wir dir glauben?«

»Weil es die Wahrheit ist.« Ich höre ein Schaben und Ratschen hinter mir, und als ich mich doch umwende, steht Hannes neben mir, den Kopf gesenkt, und schiebt sich die Kapuze vom Kopf. »Ihr wisst genau, was ich vorhatte. Ich wollte Gin befreien. Sie hat nichts damit zu tun, sie kennt Gin nicht mal.«

»Stimmt das, Nia?« Silvan sieht mich durchdringend an.

Ich werfe Hannes einen schnellen Blick zu. Dann nicke ich. Er will mir helfen, er rettet mich schon wieder und ich kann gar nichts für ihn tun.

»Ich glaube ihr«, sagt Hilde laut. »Sonst hätte sie niemals Pan da draußen zurückgelassen.«

Silvan lässt sein Pferd zwischen Hannes und mich treten und trennt uns damit. »Wie hast du es überhaupt geschafft, das Loch zu buddeln?«

»Es war schon da«, knurrt Hannes. »Es gibt viele solcher Luftschächte. Ich hab nur ein bisschen nachgeholfen und ihn breiter gemacht.«

»Ach, Hannes«, seufzt Hilde. »Warum kannst du es nicht einfach lassen? Wenn du so unglücklich bist bei uns, dann geh doch einfach wieder in deine Welt zurück!«

»Das kann ich nicht«, murmelt er. »Das weißt du genau.«

»Hoch mit dir«, sagt Silvan und streckt ihm die Hand hin.

Hannes sieht erschrocken aus, aber er hat keine andere Wahl, also ergreift er die Hand, und Silvan zieht ihn hinter sich aufs Pferd. Sofort bläht der Silbergraue die Nüstern und wirft ungeduldig den Kopf hin und her.

Hilde streift Pan das Seilende über den Kopf und Pan ist frei. Mit zwei schnellen Sätzen ist er bei mir und ich schlinge die Arme um seinen Hals.

»Danke«, murmle ich in seine Mähne. Der Schreck sitzt noch immer tief, aber Pans Nähe beruhigt mich etwas.

»Willkommen im Arkanum«, sagt Hilde zu mir und deutet auf das riesige Kristalltor. »Du erkennst es nicht, aber du warst schon einmal hier. Bei deiner Prüfung.«

»Hier?« Ich schaue mich erstaunt um. »Aber ich dachte, man darf nicht durch das Tor reiten.«

»Es gibt genug andere Wege«, erklärt Hilde. »Die Pferde gehen auch nicht freiwillig durch das Tor. Und jetzt komm, es ist Zeit!«

Zeit … Ein seltsames Gefühl strömt durch meinen Bauch. Sie werden jetzt die Zeit anhalten. Ich habe dann mehr Zeit für Pan.

Zeit … die Hannes nicht will, weil sein Pferd in Gefahr ist. Ich wünschte, er hätte mir mehr erzählt, ich wünschte, wir hätten mehr Zeit gehabt, bevor die anderen uns gefunden haben!

Wieder werfe ich ihm einen Blick zu. Er hält den Kopf gesenkt, resigniert. Er hätte abhauen können – wenn sie nicht durch das Tor können, hätten sie ihm nie so schnell folgen können! Vielleicht hätte er es geschafft, sein Pferd zu befreien! Aber das hat er nicht, er hat aufgegeben. Wegen mir. Auf einmal fühle ich mich schlecht. Und schuldig.

Hannes dreht den Kopf, als hätte er meinen Blick gespürt. Durchdringend sieht er mich an, so als wollte er mir noch etwas sagen – etwas Wichtiges! Aber weil die anderen jetzt hier sind, kann er es nicht. Er lässt den Kopf wieder sinken, und Silvan reitet los, zielstrebig, als wüsste er den Weg genau.

»Wunderschön, oder?« Hilde deutet auf das Kristalltor, das in allen Blautönen schimmert und leuchtet. »Es ist uralt, älter als die Menschen selbst! Wir haben keine Ahnung, wie mächtig es tatsächlich ist.«

Ein magisches Tor … ein Kristall, der Leben speichert. Wunderschön und gefährlich zugleich. Aber was ist so schrecklich an ihm? Wie funktioniert sein Zauber?

»Komm«, ruft Hilde, und Lun läuft los, sicher, wie nur ein Windpferd es kann, über den spiegelglatten Höhlenboden.

Pan knickt mit den Vorderbeinen ein, und ich will schon auf seinen Rücken steigen, da merke ich, dass ich noch immer die Fackel in der Hand halte. Soll ich sie löschen? Aber wer weiß, wie lang wir durch die Dunkelheit reiten. Es ist nur fair, dass ich dieses Mal etwas mehr sehen kann als die anderen.

Ich schwinge mich auf Pans Rücken, und er geht los, erst zögerlich, dann immer schneller. Als wir an eine Abzweigung kommen, hebe ich die Fackel an, um besser erkennen zu können … Was ich sehe, lässt mir das Blut gefrieren. Ich erstarre und Pan erstarrt mit mir.

Um uns an den Wänden, überall an den Felsen, in den Ritzen der Steine, haben sich Haare verfangen, Haare mit bunten Spitzen in allen möglichen Farben. Und dazwischen klebt etwas, eine dunkle Flüssigkeit, die zu Boden gesickert und dort in kleinen Pfützen getrocknet ist … Ich hebe die Fackel, halte den Atem an. Nicht nur hier, es ist überall! Was ist das? Was ist das nur?

Pan zuckt zurück. Er hat es auf einmal unglaublich eilig, aus der Höhle herauszukommen, aber ich muss das noch einmal sehen. Ich halte die Fackel noch näher an die seltsame Flüssigkeit heran, dabei weiß ich, was das ist, ich weiß es längst.

Blut. Getrocknetes Blut. Unmengen davon.

32

Pan und ich fliegen hinter den anderen her. Auch ich will jetzt keine Sekunde länger in dieser Höhle bleiben! Es gibt unzählige Abzweigungen, aber Pan weiß genau, wohin er laufen muss, er folgt den anderen Windpferden, er folgt dem Lichtschein und dem Ruf des Windes, und ich lasse ihn laufen, so schnell, dass die Fackel ausgeht, doch das macht nichts. Ich habe genug gesehen, ich will gar nicht mehr sehen.

Blut. So unglaublich viel Blut! Wo kommt das her? Und wessen Blut ist das?

Mein Herz pocht heftig, als wir endlich Tageslicht sehen. Die Höhle wird breiter, die Gänge weiten sich zu einem Raum, einem düsteren Raum voller Schatten. Immerhin dringt genug Luft hier hinein, um durchatmen zu können.

Die anderen Windhüter sind schon vorgeritten, nur Silvan und Hilde warten auf mich. Oder nein, sie warten gar nicht auf mich, sie sind stehen geblieben, vor einer Art Gehege, einem vergitterten Verlies, das in den Fels geschlagen worden ist. Es gibt ein Tor aus festem Metall, das mit dicken Schrauben befestigt ist. Das Tor steht offen, in dem Verlies steht ein Eimer voll Wasser, in einer Ecke liegt ein Rest Stroh.

»Wohin habt ihr sie gebracht?«, keucht Hannes. Er schließt die Augen, konzentriert sich, und als der Bann sich löst, springt er hastig vom Rücken des Silbergrauen und stürzt auf das Felsenverlies zu. »Was habt ihr mit ihr gemacht?«

»Gar nichts.« Hilde verdreht die Augen. »Sie ist draußen bei den anderen.«

Hannes bleibt unsicher stehen. Er geht einen Schritt in das Verlies, dann noch einen. Bückt sich, hebt etwas auf – ein dünnes Büschel Haare. Er fährt herum, aber da versetzt Silvan ihm einen Schubs und knallt das Tor zu.

»Spinnst du?«, schreit Hannes.

»Sicher nicht«, gibt Silvan zurück. Er zieht ein dickes Vorhängeschloss von einem Felsvorsprung und lässt es einrasten. »Tut mir leid, mein Freund. Aber wir haben heute noch einiges zu tun, wir können nicht die ganze Nacht auf dich aufpassen.«

»Lass mich raus«, brüllt Hannes. »Ich kann doch jetzt eh nichts mehr tun, bitte, lass mich zu ihr!«

»Ich lasse dich raus, keine Sorge«, ruft Silvan und schwingt sich wieder auf sein Pferd. »Wenn die Nacht vorbei ist.«

Erschrocken reite ich auf das Verlies zu, auf Hannes, der wütend gegen die Wände schlägt, aber Silvan schneidet uns den Weg ab.

»PaNia, wir brauchen dich. Du bist eine Windhüterin, eine von uns! Komm mit.«

Ich zögere. Ich will Hannes hier nicht so zurücklassen – aber ich verstehe nichts mehr. Wenn Gin gar nicht tot ist, warum verhält er sich bloß so verrückt? Was hat er angestellt, dass sie fortmusste? Ich verstehe nicht, warum er das tut. Was ist so schlimm? Gin ist ja gar nicht tot, Gin lebt, warum verhält er sich bloß so verrückt? Wenn sie sein Windpferd ist, seine Verbündete, warum kann er dann nicht mit ihr zusammen sein?

Aber Silvan wartet, und Hannes sieht nicht aus, als ob er mit mir reden würde. Ich komme später zurück, später …

Draußen tobt der Sturm noch verrückter. Blätter und Zweige werden von den Ästen gerissen, Bäume knicken um und schlagen krachend auf dem Waldboden auf. Das Heulen und Brausen ist so laut, dass jedes andere Geräusch verschluckt wird, und der Wind zerrt so heftig an mir, dass ich kaum atmen kann.

Ich schaue mich um. Ich weiß, wo ich bin! Die Pferdewiese! Und die Höhle oder das, was ich für eine Höhle gehalten habe, ist in Wirklichkeit ein Eingang. Der Eingang zum Arkanum.

Wo sind die anderen hin? Der Wind wirbelt Staub umher, hüllt alles in einen feinen braunen Nebel. Wir tasten uns durch den Dunst, hier irgendwo müssen auch die Pferde sein, die Windpferde. Wer hat sie eigentlich bewacht, während wir alle im Arkanum waren?

Da, ich kann sie sehen! Ein paar von ihnen. Sie laufen aufgebracht hin und her, werfen die Köpfe hoch, trinken den Wind. Auf einmal steht ein weißes Pferd vor uns, das ich noch nie gesehen habe. Die Stute ist sehr dünn und über ihren Rücken zieht sich ein langer, verkrusteter Riss. Pan ruft nach ihr, aber sie scheint Schwierigkeiten zu haben, uns zu sehen, sie blinzelt die ganze Zeit und wirft wild den Kopf hin und her. Jetzt bin ich sicher, dass ich sie noch nie zuvor gesehen habe, denn ihre Mähne ist zweifarbig, hell- und dunkelblau, die Farbe erinnert mich an …

»PaNia! Komm zu uns.«

Pan und ich wirbeln herum. Norwin ist hier, zusammen mit ein paar Männern. Sie halten lange Eisenstangen in den Händen, an deren Ende dünne Lederbändchen baumeln, Lederbändchen mit Federn daran.

Norwin tritt lächelnd auf uns zu und nickt anerkennend. »Die Robe steht dir ausgezeichnet, PaNia. Nun wirst du deine erste große Aufgabe erfüllen. Wir müssen das Arkanum in Gang setzen, damit es uns Zeit schenkt!«

»Wie … wie mache ich das?«, frage ich. Mein Mund ist staubtrocken vor Aufregung, vor lauter Fragen. Wer ist das neue Pferd? Woher kommt es? Sind noch mehr fremde Pferde hier? Und was ist mit Hannes, warum ist er eingesperrt? Hilft er nicht mit?

»Reite mit uns«, ruft Hilde, die plötzlich neben uns steht. »Wir kümmern uns um die Pferde!«

Die Pferde, natürlich! Die Pferde müssen auch mit, sie dürfen nicht hierbleiben auf ihrer Wiese, wo jeder sie entdecken könnte. Ich nicke, natürlich helfe ich, und dann jagen Pan und ich hinter Hilde und Lun und den anderen her, umrunden die Wiese, treiben versprengte Fohlen aus dem wild rauschenden Wasserfall, treiben sie zu den anderen, treiben sie, bis sie eine Traube bilden, all die Windpferde, all die Farben, sie trinken keinen Wind mehr jetzt, sie flüchten vor uns, und dann flüchten sie vor den Männern mit den langen Stangen. Die Federn schwingen durch die Luft, und die Windpferde weichen ihnen aus, sie laufen in die Richtung davon, die noch frei ist, es ist … der einzige Weg. Jetzt haben die Männer eine Gasse gebildet, und wir hetzen die Pferde hinein, die Federn schnalzen, zwei Pferde wiehern, es klingt angstvoll, aber wir tun ihnen doch nichts, wir treiben sie nur zusammen … Der Weg, die Gasse, sie führt nicht in den Wald, sie führt in die Höhle. Schon höre ich die ersten Pferde über den harten, spiegelglatten Boden laufen, panisch, schnell, nein, warum dort hinein, sie werden durch das Kristalltor rennen, sie kennen doch den Weg gar nicht! Ist jemand von uns bei ihnen?

Hannes! Hannes ist noch in der Höhle! Aber er ist eingesperrt … Warum ist er eingesperrt? Er wollte Gin retten, seine Gin …, Ginnes …

»Pass auf«, schreit jemand neben mir. Ich kann nicht erkennen, wer es ist, alles geht zu schnell, zwei Pferde brechen aus, jemand ruft: »Nicht entkommen lassen!«, und ich schneide ihnen den Weg ab, Pan macht das, wir treiben sie zurück in die Spur, und sie laufen hinter den anderen her in die Höhle, bis auch das letzte von ihnen darin verschwunden ist.

Keuchend bleiben wir vor dem Eingang stehen. Unsere Pferde schnaufen heftig, sie sind aufgewühlt, vom Wind, von den Schreien und Rufen der Pferde, die in der Höhle verschwunden sind. Die Männer stützen sich auf die langen Stangen, ihre Gesichter sind rot vor Anstrengung, aber sie grinsen, sie lachen, klatschen sich ab.

Silvan kommt aus der Höhle geritten und verkündet: »Alle Tore sind geschlossen. Es kann losgehen!«

Begleitet vom Sturm stapfen die Männer los, auf den Fluss zu. Die Windhüter begleiten sie, nur Pan und ich, wir stehen immer noch vor dem Höhleneingang, fassungslos, was gerade geschehen ist.

Die Pferde. Sie haben die Windpferde in die Höhle getrieben und das Tor verschlossen! Warum? Sind sie nur dort sicher?

»Warte«, rufe ich Silvan hinterher. »Was ist mit Hannes?«

Silvan wirft mir einen belustigten Blick zu. Dann kehrt er um, greift unter sein Shirt und zieht einen Schlüssel an einem langen Band heraus. »Hier. Du kannst ihn mitbringen, dann muss er nicht den ganzen Weg zurücklaufen!« Er beugt sich ein Stück zu mir vor. »Aber warte nicht zu lang. Der Wind wird noch ziemlich heftig werden!«

Ich starre ihnen nach, bis sie außer Sichtweite sind. Der Sturm peitscht schwarze Wolken über den Himmel, und es ist so düster geworden, als wäre die Nacht bereits angebrochen. Schnell treibe ich Pan zurück in die Höhle, zu dem Verlies, das nun in einer Sackgasse liegt, denn jetzt gibt es ein zweites Tor, eines aus starken, dicht aneinandergezimmerten Holzbalken, das den Eingang zum Arkanum blockiert.

Hannes sitzt an die Wand gekauert in seinem Verlies und schaut nicht auf, als ich von Pans Rücken gleite und hastig den Schlüssel im Schloss drehe.

»Hannes«, rufe ich sacht. »Komm mit, du bist frei!«

Er schüttelt den Kopf. Erhebt sich in Zeitlupe, kraftlos, mutlos. »Frei«, murmelt er. »Was für ein Scheiß.«

Ich merke, wie sich meine Augen mit Tränen füllen. »Es ist ihr Blut, das dadrin überall an den Wänden klebt, oder?«, frage ich leise. »Das Blut der Windpferde?«

Hannes sagt nichts. Er hebt den Kopf und sieht mich aus traurigen dunkelblauen Augen an.

»Alles hat seinen Preis«, sagt er nur. »Ihr Leben verkürzen wir, dafür verlängern wir unser eigenes.«

Ich muss mich an Pan festhalten, ich brauche Halt, sonst kippe ich um. »Aber … aber wie lange …«

»So lange, wie es dauert«, antwortet Hannes.

»Ein Jahr«, murmle ich. »Zehn Jahre in normalen Menschenjahren.«

Er nickt. »Verstehst du jetzt? Sie benutzen die Windpferde, sie lassen sie Kräfte sammeln und den Wind trinken, hier, in ihrem Wald – nur um ihnen all das wieder zu nehmen. Das Arkanum speichert ihre Energie, und mit jeder Runde, die sie laufen, werden sie erschöpfter, so lange, bis ihre Kraft restlos verbraucht ist.«

Ich starre ihn an. »Aber … aber warum fliehen sie nicht? Warum laufen sie durch das Tor, wenn es ihnen wehtut?«

»Freiwillig laufen sie nicht«, murmelt Hannes düster. »Sie werden getrieben. Die Höhle macht ihnen Angst, weil sie windstill ist und dunkel. Angst … verstärkt Energie. So wird sie größer.«

Mein Magen fühlt sich an, als hätte ich riesige Steine verschluckt.

»Warum hast du mir das nie gesagt?«, schluchze ich. »Wie kannst du hier sitzen und dabei mitmachen, wie kannst du nur?«

»Gin«, sagt er leise. »Du hast sie doch gesehen, oder? Sie ist eine von ihnen. Ich wollte sie retten, ich wollte … sie mitnehmen, hinüber, raus aus diesem verdammten Dorf. Aber sie haben uns erwischt und seitdem ist sie eine von ihnen.« Er blickt auf den verschlossenen Höhleneingang, und seine Arme zittern, als er sie um seinen Körper schlingt.

Ich lehne mich an Pan, suche seinen Herzschlag, suche nach Leben – aber alles in mir fühlt sich kalt an, erstarrt.

»Was können wir tun?«, frage ich verzweifelt. »Irgendwas müssen wir doch dagegen machen, sie befreien …«

Hannes lacht freudlos auf. »Oh Mann, Nia. Was glaubst du, wie viele Stunden ich mir darüber schon den Kopf zerbrochen habe? Sie lassen es nicht zu, verstehst du? Sie werden alles tun, um dich daran zu hindern!« Er wirft Pan einen Blick zu und ich verstehe. Pan … Pan wird es büßen müssen, wenn ich mich gegen sie wende. Sie haben mir Pan geschenkt, und nun ist Pan ihr Druckmittel, durch ihn haben sie mich in der Hand.

»Eine Sache kannst du noch machen«, flüstert Hannes.

Hoffnung erwacht in mir, wie eine winzige Kerzenflamme. »Echt? Was? Was kann ich tun?«

Hannes steht auf und tritt an Pans Seite. Er formt mit den Händen eine Räuberleiter und dreht sich zu mir um. »Komm. Ich zeige es dir.«

Er wartet, bis ich aufgestiegen bin, und schwingt sich hinter mir auf Pans Rücken. Kaum haben wir die Höhle verlassen, jagt Pan auch schon los, hinein in die Dunkelheit des Waldes, fort von dem Schrecken dieser Nacht, und für einen Moment, ein paar Herzschläge lang, fühle ich so was wie Glück, einfach weil wir zusammen sind, Pan und ich, und er nicht durch eine dunkle Höhle laufen muss.

Am Ufer des Flusses, kurz vor der alten Steinbrücke, halten wir an. Hannes löst den Bann und steigt ab, er sieht müde aus, müde und traurig.

»Es tut mir leid«, sage ich leise zu ihm. »Du wolltest deine Gin retten und ich habe alles kaputtgemacht!«

»Es hätte sowieso niemals funktioniert«, murmelt er. »Aber es war die einzige Hoffnung, die ich hatte.«

»Gibt es keine Möglichkeit, sie da rauszuholen? Zurück zu dir?«

Hannes schüttelt ganz leicht den Kopf. »Das dachte ich, aber nein. Ich bin der Verräter. Sie bestrafen mich dafür, indem sie mir Gin wegnehmen. Das ist meine Bürde.«

Pan reckt seine Nase in den tobenden Wind und mir kommt

ein schrecklicher Gedanke. »Wenn ich nicht gekommen wäre, was wäre dann mit Pan?«

Hannes zieht die Brauen hoch. »Er wäre einer von ihnen, Nia. Müsste durch die Gänge laufen. Nur deshalb habe ich dir überhaupt geholfen. Ich wusste, wenn du die Prüfung bestehst, ist Pan gerettet. Und ein Windpferd weniger muss dieses Leben führen.«

Ich spüre, wie ich anfange zu zittern. »Hannes, ich kann das nicht! Wie soll ich mit dem Wissen leben, dass die Windpferde wegen mir leiden müssen?«

Er sieht zur Brücke hinüber. »Noch ist es nicht zu spät, Nia. Du kannst immer noch von hier verschwinden!«

Die Brücke … das Tor zurück in meine Welt. Was soll ich tun? Fliehen? All das vergessen, als wäre nichts geschehen?

Wie zur Antwort heult der Wind um uns auf. Schotterstraßenstaub nebelt uns ein, eine braune Wand, die den Wald verschluckt und alles, was sich darin befindet.

»Du musst dich beeilen«, sagt er eindringlich. »Und du musst gehen, bevor sie etwas merken.«

Ich will auf die Brücke zureiten, doch Pan macht keinen Schritt.

»Nia«, flüstert Hannes, und da weiß ich es.

Ich kann gehen.

Aber Pan nicht.

»Pan«, schluchze ich. »Was wird aus ihm, wenn ich gehe?«

Hannes sieht mich an. »Es ist deine einzige Chance, Nia. Die letzte Chance, das alles zu vergessen.«

»Sie werden ihn zu den anderen schicken! Stimmt das? Sie werden ihn da hineinjagen und durch die Gänge treiben wie alle, wie Gin …«

Hannes schüttelt den Kopf. »Nia, geh, ich kümmere mich um ihn, ich verspreche es dir. Ich passe auf ihn auf!«

Die Luft um uns wird dicker, zäh wie Brei. Auch die Geräusche des Windes, das Rauschen in den Blättern und das Heulen im Gebälk, ersterben, sie entfernen sich, wie damals im Wald, als ich Pan zum ersten Mal begegnet bin …

»Schnell, Nia!« Hannes streckt mir beide Hände hin. »Gleich ist es zu spät!«

Ich gleite von Pans Rücken, aber ich kann noch nicht gehen, ich muss mich doch von ihm verabschieden! Mein ganzer Körper schmerzt, ich falle Pan um den Hals und drücke mich an ihn, so fest ich kann, mein Kopf, ich kann nicht denken, ich kann nur fühlen, Pan, es tut mir so leid, oh, Pan …

Der Nebel wird dichter, die Geräusche dumpf. Hannes ruft etwas, aber ich verstehe ihn nicht mehr. Ich lasse Pan los und laufe auf die Brücke, bleibe stehen, schaue zurück. Das Dorf erzittert, Hannes und Pan verschwimmen, als würden sie sich auflösen, wie Nebel, wie ein Traum …

Pan wiehert, lautlos, doch ich fühle seinen Ruf wie ein Flimmern auf meiner Haut. Und da weiß ich, was ich tue. Was ich machen muss.

»Pan«, flüstere ich. »Ich lass dich nicht im Stich!«

EPILOG

Der Sturm rauschte vor den Fenstern und heulte unheilvoll, aber ganz plötzlich wurde es still, obwohl die Bäume sich weiter bogen und bauschten. Einen Moment lang flackerte etwas am Horizont, wie ein blauer Blitz – aber es war kein Blitz, das wusste sie genau. Sie blieb am Fenster stehen, bis die Luft wieder klar wurde, die Geräusche zurückkehrten. Erleichtert atmete sie auf.

Sie waren fort. Das Tor hatte sich geschlossen und ihre Rückkehr würde sie nicht mehr erleben.

Ein Lächeln huschte über ihr Gesicht. Sie riss das Fenster weit auf, hielt den Kopf hinaus und fühlte, wie der brausende Wind an ihren Haaren zerrte. Ein ganz normaler Sturmwind, der Regen brachte und keine bösen Gestalten!

Als sie das Fenster wieder schloss, war es still geworden. Das Baby hatte aufgehört zu brüllen. Ich habe es euch gesagt, dachte sie. Aber auf mich hört ja niemand mehr. Außer Nia.

Ganz kurz wurde sie doch wieder traurig. Nia! Sie hatte sie nicht aufhalten können. Die Nebel waren zu stark gewesen, aber jetzt, wo der böse Wind fort war, konnte sie wieder dagegen ankämpfen.

Ich bin hier, Nia, dachte sie. Ich werde dich nicht vergessen!

Sabine Giebken, geboren 1979 in München, tauschte mit acht Jahren Ballettunterricht gegen Reitstunden und träumte fortan vom eigenen Pferd. Schon als Kind schrieb sie Geschichten in Schulhefte, die später zu ihren ersten Pferdebüchern wurden. Nach einem Diplom in Betriebswirtschaft und einigen beruflichen Irrwegen entschied sie sich, ihr Hobby vom Schreiben endlich zum Beruf zu machen. Sabine Giebken lebt in Bayern und ist Mama von zwei wilden Kindern, einem anhänglichen Hund und einer ziemlich selbstbewussten Islandstute.

MEHR AUS DEN WÄLDERN WINDHEIMS:

ISBN 978-3-7348-4725-7

Mitten im Wald, zwischen tiefgrünen Blättern und knorrigen Bäumen, liegt Windheim, das neue Zuhause von Nia. Gleich am ersten Tag verläuft sie sich auf den verschlungenen Pfaden, als plötzlich ein wunderschönes, schimmerndes schwarzes Pferd vor ihr steht. Nia fühlt sofort eine starke Verbindung zu ihm und steigt auf seinen Rücken. Doch wie aus dem Nichts taucht ein junger Reiter auf, der Nia zwingt abzusteigen und das schwarze Pferd mit sich davontreibt. Die geisterhafte Begegnung lässt ihr keine Ruhe. Woher kam das einsame Pferd? Und was hat das alles mit der Legende der Windpferde zu tun, von der man sich in Windheim erzählt?

Natürlich magellan©

FSC
www.fsc.org
MIX
Papier aus verantwortungsvollen Quellen
FSC® C083411

Wir pflanzen Bäume
Für unsere Umwelt
www.magellanverlag.de

FAIR PRODUZIERT
www.magellanverlag.de

Hergestellt in Deutschland
Gedruckt auf FSC®-Papier
Lösungsmittelfreier Klebstoff
Drucklack auf Wasserbasis

1. Auflage 2020

Dieses Werk wurde vermittelt durch die Literatur Agentur Hanauer
Lektorat: Marion Perko
Umschlaggestaltung: Christian Keller
unter der Verwendung von Motiven von iStock / Vectorig / kate_sun / Daniela Yumi Iga / mysondanube / Julia_Henze / GaryAlvis und shutterstock / AlexanderLipko / andreiuc88 / Makarova Viktoria
Druck: CPI, Leck
ISBN 978-3-7348-4726-4

www.magellanverlag.de